山田社

STS

山田社

山田社　ここまでやる、だから合格できる　竭盡所能，所以絕對合格

日檢書

附贈 MP3

絕對合格　全攻略！

新制日檢

必背
かならず
あんしょう

かならずでる
必出

文法

N1

吉松由美・田中陽子・西村惠子・
山田社日檢題庫小組 ◉ 合著

吳季倫 ◉ 譯

前言
preface

秒記文法心智圖＋瞬間回憶關鍵字＋
直擊考點全真模擬考題＋「5W+1H」細分使用狀況
最具權威日檢金牌教師，竭盡所能，濃縮密度，
讓您學習效果再次翻倍！

《絕對合格 全攻略！新制日檢 N1 必背必出文法》百分百全面日檢學習對策，讓您制勝考場：

★「以一帶十機能分類」幫您歸納，腦中文法不再零亂分散，概念更紮實，學習更精熟！

★「秒記文法心智圖」圖解文法考試重點，像拍照一樣，一看就記住！

★「瞬間回憶關鍵字」濃縮文法精華成膠囊，考試瞬間打開記憶寶庫。

★「5W+1H」細分使用狀況，絕對貼近日檢考試，高效學習不漏接！

★ 類義文法用法辨異，掃清盲點，突出易混點，高分手到擒來！

★ 小試身手分類題型立驗學習成果，加深記憶軌跡！

★ 必勝全真模擬試題，直擊考點，全解全析，100% 命中考題！

本書提供 100% 全面的文法學習對策，讓您輕鬆取證，致勝考場！特色有：

「以一帶十機能分類」，以功能化分類，快速建立文法體系！

書中將文法機能進行分類，按時間、目的、可能、程度、評價、限定、列舉、感情、主張…等共 14 章節，幫您歸納，以一帶十，把零散的文法句型系統列出，讓學習更有效果，文法概念更為紮實，學習更為精熟。

2 100%秒記 「秒記文法心智圖」圖解文法考試重點，像拍照一樣，一看就記住！

本書幫您精心整理超秒記文法心智圖，透過有效歸納、整理的關鍵字及圖表，讓您學習思維在一夕間蛻變，讓您學習思考化被動為主動。

化繁為簡的「心智圖」中，「放射狀聯想」讓記憶圍繞在中央的關鍵字，不偏離主題；「群組化」利用關鍵字，來分層、分類，讓記憶更有邏輯；「全體檢視」可以讓您不遺漏也不偏重某項目。這樣自然能夠將文法重點，長期的停留在腦中，像拍照一樣，達到永久記憶的效果。

「瞬間回憶關鍵字」濃縮文法精華成膠囊，考試瞬間打開記憶寶庫！

文法解釋為什麼總是那麼抽象又複雜，每個字都讀得懂，但卻很難讀進腦袋裡？本書貼心在每項文法解釋前加上「關鍵字」，也就是將大量資料簡化的「重點字句」，去蕪存菁濃縮文法精華成膠囊，幫助您以最少時間就能輕鬆抓住重點，刺激聯想，進而達到長期記憶的效果！有了這項記憶法寶，絕對讓您在考試時瞬間打開記憶寶庫，高分手到擒來！

④ 100%細分 「5W+1H」細分使用狀況，絕對貼近日檢考試，高效學習不漏接！

學習日語文法，要讓日文像一股活力，打入自己的體內，就要先掌握文法中的人事時地物（5W+1H）等要素，了解每一項文法、文型，是在什麼場合、什麼時候、對誰使用、為何使用，這樣學文法就能慢慢跳脫死記死背的方式，進而變成一個真正屬於您且實用的知識！

因此，書中將所有符合 N1 文法程度的 5 個 W 跟 1 個 H 等使用狀況細分出來，並列出相對應的例句，讓您看到考題，答案立即選出！

⑤ 100%辨異 類義文法用法辨異，掃清盲點，突出易混點，高分手到擒來！

書中每項文法，還特別將難分難解刁鑽易混淆的文法項目，用「比一比」的方式進行整理、歸類，並分析易混淆文法間的意義、用法、語感、接續…等的微妙差異。讓您在考場中不必再「左右為難」「一知半解」，一看題目就能迅速找到答案，一舉拿下高分！

⑥ 100%實戰 立驗成果文法小練習，身經百戰，成功自然手到擒來！

每個單元後面，先附上文法小練習，幫助您在學習完文法概念後，「小試身手」一下！提供您豐富的實戰演練，當您身經百戰，成功自然手到擒來！

⑦ 100%命中 必勝全真模擬試題，直擊考點，全解全析，100% 命中考題！

每單元最後又附上，金牌日檢教師以專業與實力精心撰寫必勝模擬試題，試題完整掌握新制日檢出題傾向，並參考國際交流基金和及財團法人日本國際教育支援協會對外公佈的，日本語能力試驗文法部分的出題標準。最後並作了翻譯及直擊考點的解題分析！讓您可以即時演練、即時得知解題技巧，就像有個貼身日語教師幫您全解全析，帶您 100% 命中考題！

⑧ 100%情境 日籍教師親自錄音，發音、語調、速度都力求符合新日檢考試情境！

書中所有日文句子，都由日籍教師親自錄音，發音、語調、速度都要求符合 N1 新日檢聽力考試情境，讓您一邊學文法，一邊還能熟悉 N1 情境的發音，這樣眼耳並用，為您打下堅實基礎，全面提升日語力！

目録

contents

N1 題型分析

測驗科目 （測驗時間）				試題內容	
			題型	小題 題數 ＊	分析
語言知識、讀解 （110分）	文字、語彙	1	漢字讀音 ◇	6	測驗漢字語彙的讀音。
		2	選擇文脈語彙 ○	7	測驗根據文脈選擇適切語彙。
		3	同義詞替換 ○	6	測驗根據試題的語彙或說法，選擇同義詞或同義說法。
		4	用法語彙 ○	6	測驗試題的語彙在文句裡的用法。
	文法	5	文句的文法1 （文法形式判斷）○	10	測驗辨別哪種文法形式符合文句內容。
		6	文句的文法2 （文句組構）◆	5	測驗是否能夠組織文法正確且文義通順的句子。
		7	文章段落的文法 ◆	5	測驗辨別該文句有無符合文脈。
	讀解＊	8	理解內容 （短文）○	4	於讀完包含生活與工作之各種題材的說明文或指示文等，約200字左右的文章段落之後，測驗是否能夠理解其內容。
		9	理解內容 （中文）○	9	於讀完包含評論、解說、散文等，約500字左右的文章段落之後，測驗是否能夠理解其因果關係或理由。
		10	理解內容 （長文）○	4	於讀完包含解說、散文、小說等，約1000字左右的文章段落之後，測驗是否能夠理解其概要或作者的想法。
		11	綜合理解 ◆	3	於讀完幾段文章（合計600字左右）之後，測驗是否能夠將之綜合比較並且理解其內容。
		12	理解想法 （長文）◇	4	於讀完包含抽象性與論理性的社論或評論等，約1000字左右的文章之後，測驗是否能夠掌握全文想表達的想法或意見。
		13	釐整資訊 ◆	2	測驗是否能夠從廣告、傳單、提供各類訊息的雜誌、商業文書等資訊題材（700字左右）中，找出所需的訊息。
聽解 （60分）		1	理解問題 ◇	6	於聽取完整的會話段落之後，測驗是否能夠理解其內容（於聽完解決問題所需的具體訊息之後，測驗是否能夠理解應當採取的下一個適切步驟）。
		2	理解重點 ◇	7	於聽取完整的會話段落之後，測驗是否能夠理解其內容（依據剛才已聽過的提示，測驗是否能夠抓住應當聽取的重點）。
		3	理解概要 ◇	6	於聽取完整的會話段落之後，測驗是否能夠理解其內容（測驗是否能夠從整段會話中理解說話者的用意與想法）。
		4	即時應答 ◆	14	於聽完簡短的詢問之後，測驗是否能夠選擇適切的應答。
		5	綜合理解 ◇	4	於聽完較長的會話段落之後，測驗是否能夠將之綜合比較並且理解其內容。

＊「小題題數」為每次測驗的約略題數，與實際測驗時的題數可能未盡相同。此外，亦有可能會變更小題題數。

＊有時在「讀解」科目中，同一段文章可能會有數道小題。

＊符號標示：「◆」舊制測驗沒有出現過的嶄新題型；「◇」沿襲舊制測驗的題型，但是更動部分形式；「○」與舊制測驗一樣的題型。

資料來源：《日本語能力試驗JLPT官方網站：分項成績‧合格判定‧合否結果通知》。2016年1月11日，取自：http://www.jlpt.jp/tw/guideline/results.html

本書使用說明

Point 1 秒記文法心智圖

有效歸納、整理的關鍵字及圖表，讓您學習思維在一夕間蛻變，思考化被動為主動！

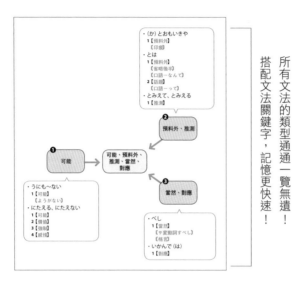

所有文法的類型通通一覽無遺！搭配文法關鍵字，記憶更快速！

Point 2 瞬間回憶關鍵字

每項文法解釋前加上「關鍵字」，也就是將大量資料簡化的「重點字句」，幫助您以最少時間就能輕鬆抓住重點，刺激聯想，進而達到長期記憶的效果！

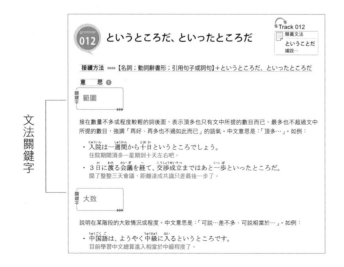

文法關鍵字

Point 3 「5W+1H」細分使用狀況

將所有符合 N1 文法程度的 5 個 W 跟 1 個 H 等使用狀況細分出來，並列出相對應的例句，讓您看到考題，答案立即選出！

細分所有使用狀況

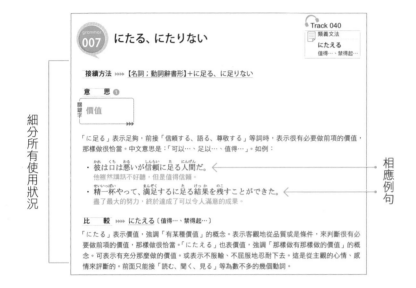

相應例句

Point 4 類義文法用法辨異

每項文法特別將難分難解刁鑽易混淆的文法項目，用「比一比」的方式進行整理、歸類，並分析易混淆文法間的意義、用法、語感、接續…等的微妙差異。讓您在考場中一看題目就能迅速找到答案，一舉拿下高分！

類義文法辨異解說

Point 5 小試身手＆必勝全真模擬試題＋解題攻略

學習完每章節的文法內容，馬上為您準備小試身手，測驗您學習的成果！接著還有金牌日檢教師以專業與實力精心撰寫必勝模擬試題，試題完整掌握新制日檢出題傾向，還附有翻譯及直擊考點的解題分析！讓您可以即時演練、即時得知解題技巧，就像有個貼身日語教師幫您全解全析，帶您 100% 命中考題！

文法小試身手

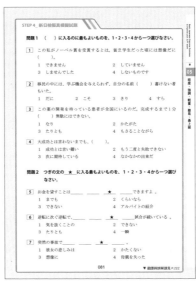

全真模擬考題

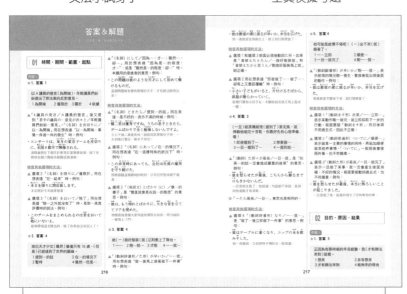

模擬考題解題

詞　性	定　義	例（日文／中譯）
名詞	表示人事物、地點等名稱的詞。有活用。	門（大門）
形容詞	詞尾是い。說明客觀事物的性質、狀態或主觀感情、感覺的詞。有活用。	細い（細小的）
形容動詞	詞尾是だ。具有形容詞和動詞的雙重性質。有活用。	静かだ（安靜的）
動詞	表示人或事物的存在、動作、行為和作用的詞。	言う（說）
自動詞	表示的動作不直接涉及其他事物。只說明主語本身的動作、作用或狀態。	花が咲く（花開。）
他動詞	表示的動作直接涉及其他事物。從動作的主體出發。	母が窓を開ける（母親打開窗戶。）
五段活用	詞尾在ウ段或詞尾由「ア段＋る」組成的動詞。活用詞尾在「ア、イ、ウ、エ、オ」這五段上變化。	持つ（拿）
上一段活用	「イ段＋る」或詞尾由「イ段＋る」組成的動詞。活用詞尾在イ段上變化。	見る（看） 起きる（起床）
下一段活用	「エ段＋る」或詞尾由「エ段＋る」組成的動詞。活用詞尾在エ段上變化。	寝る（睡覺） 見せる（讓…看）
變格活用	動詞的不規則變化。一般指カ行「来る」、サ行「する」兩種。	来る（到來） する（做）
カ行變格活用	只有「来る」。活用時只在カ行上變化。	来る（到來）
サ行變格活用	只有「する」。活用時只在サ行上變化。	する（做）
連體詞	限定或修飾體言的詞。沒活用，無法當主詞。	どの（哪個）
副詞	修飾用言的狀態和程度的詞。沒活用，無法當主詞。	余り（不太…）
副助詞	接在體言或部分副詞、用言等之後，增添各種意義的助詞。	～も（也…）
終助詞	接在句尾，表示說話者的感嘆、疑問、希望、主張等語氣。	か（嗎）
接續助詞	連接兩項陳述內容，表示前後兩項存在某種句法關係的詞。	ながら（邊…邊…）
接續詞	在段落、句子或詞彙之間，起承先啟後的作用。沒活用，無法當主詞。	しかし（然而）
接頭詞	詞的構成要素，不能單獨使用，只能接在其他詞的前面。	御～（貴〈表尊敬及美化〉）
接尾詞	詞的構成要素，不能單獨使用，只能接在其他詞的後面。	～枚（…張〈平面物品數量〉）
寒暄語	一般生活上常用的應對短句、問候語。	お願いします（麻煩…）

關鍵字及符號表記說明

符號表記	文法關鍵字定義	呈現方式
【　】	該文法的核心意義濃縮成幾個關鍵字。	【義務】
〖　〗	補充該文法的意義。	〖決心〗

文型接續解說

▶ 形容詞

活　用	形容詞（い形容詞）	形容詞動詞（な形容詞）
形容詞基本形 （辭書形）	大^{おお}きい	綺麗^{きれい}だ
形容詞詞幹	大^{おお}き	綺麗^{きれい}
形容詞詞尾	い	だ
形容詞否定形	大^{おお}きくない	綺麗^{きれい}でない
形容詞た形	大^{おお}きかった	綺麗^{きれい}だった
形容詞て形	大^{おお}きくて	綺麗^{きれい}で
形容詞く形	大^{おお}きく	×
形容詞假定形	大^{おお}きければ	綺麗^{きれい}なら（ば）
形容詞普通形	大^{おお}きい 大^{おお}きくない 大^{おお}きかった 大^{おお}きくなかった	綺麗^{きれい}だ 綺麗^{きれい}ではない 綺麗^{きれい}だった 綺麗^{きれい}ではなかった
形容詞丁寧形	大^{おお}きいです 大^{おお}きくありません 大^{おお}きくないです 大^{おお}きくありませんでした 大^{おお}きくなかったです	綺麗^{きれい}です 綺麗^{きれい}ではありません 綺麗^{きれい}でした 綺麗^{きれい}ではありませんでした

▶ 名詞

活　用	名　詞
名詞普通形	雨^{あめ}だ 雨ではない 雨だった 雨ではなかった
名詞丁寧形	雨です 雨ではありません 雨でした 雨ではありませんでした

▶ 動詞

活　用	五　段	一　段	カ　変	サ　変
動詞基本形 （辞書形）	書^かく	集^{あつ}める	来^くる	する
動詞詞幹	書^か	集^{あつ}	0 （無詞幹詞尾區別）	0 （無詞幹詞尾區別）
動詞詞尾	く	める	0	0
動詞否定形	書^かかない	集^{あつ}めない	来^こない	しない
動詞ます形	書^かきます	集^{あつ}めます	来^きます	します
動詞た形	書^かいた	集^{あつ}めた	来^きた	した
動詞て形	書^かいて	集^{あつ}めて	来^きて	して
動詞命令形	書^かけ	集^{あつ}めろ	来^こい	しろ
動詞意向形	書^かこう	集^{あつ}めよう	来^こよう	しよう
動詞被動形	書^かかれる	集^{あつ}められる	来^こられる	される
動詞使役形	書^かかせる	集^{あつ}めさせる	来^こさせる	させる

動詞使役被動形	書かれる	集めさせられる	来させられる	させられる
動詞可能形	書ける	集められる	来られる	できる
動詞假定形	書けば	集めれば	来れば	すれば
動詞命令形	書け	集めろ	来い	しろ
動詞普通形	行く 行かない 行った 行かなかった	集める 集めない 集めた 集めなかった	来る 来ない 来た 来なかった	する しない した しなかった
動詞丁寧形	行きます 行きません 行きました 行きませんでした	集めます 集めません 集めました 集めませんでした	来ます 来ません 来ました 来ませんでした	します しません しました しませんでした

MEMO

Lesson

01 時間、期間、範囲、起点

▶ 時間、期間、範圍、起點

date. 1　　／　　　　　date. 2　　／

・にして
1【時點】
2【列舉】
3【逆接】
4【短時間】
・にあって（は／も）
1【時點・場合－順接】
〖逆接〗
・まぎわに（は）、
まぎわの
1【時點】
〖間際のN〗
・ぎわに、ぎわの
1【時點】
2【界線】
3【位置】
・を〜にひかえて
1【時點】
〖Nがひかえて〗
〖をひかえたN〗
・や、やいなや
1【時間前後】

・がはやいか
1【時間前後】
〖がはやいか〜た〗
・そばから
1【時間前後】
・なり
1【時間前後】

❶ 時間

時間、期間、
範圍、起點

❷ 期間、範圍、
起點

・この、ここ〜というもの
1【強調期間】
・ぐるみ
1【範圍】
・というところだ、といったところだ
1【範圍】
〖大致〗
〖口語－ってとこだ〗
・をかわきりに、をかわきりにして、
をかわきりとして
1【起點】

にして

Track 001
類義文法
におうじて
根據…

接續方法 ▶▶▶▶ 【名詞】＋にして

意　思 ❶

關鍵字　**時點**
▶▶▶

前接時間、次數、年齡等，表示到了某階段才初次發生某事，也就是「直到…才…」之意，常用「名詞＋にしてようやく」、「名詞＋にして初めて」的形式。中文意思是：「在…（階段）時才…」。如例：

- 男は 50 歳にして初めて人の優しさに触れたのだ。
  那個男人直到五十歲才首度感受到了人間溫情。

比　　較 ▶▶▶▶ におうじて〔根據…〕

「にして」表示時點，強調「階段」的概念。表示到了前項這個時間、人生等階段，才初次產生後項，難得可貴、期盼已久的事。常和「初めて」相呼應。「におうじて」表示相應，強調「根據某變化來做處理」的概念。表示依據前項不同的條件、場合或狀況，來進行與其相應的後項。後面常接相應變化的動詞，如「変える、加減する」。

意　思 ❷

關鍵字　**列舉**
▶▶▶

表示兼具兩種性質和屬性，可以用於並列。中文意思是：「是…而且也…」。如例：

- 彼女は女優にして、5 人の子供の母親でもある。
  她不僅是女演員，也是五個孩子的母親。

意　思 ❸

關鍵字　**逆接**
▶▶▶

可以用於逆接。中文意思是：「雖然…但是…」。如例：

・ 宗教家にして、このような贅沢が人々の共感を得られるはずもない。
　雖身為宗教家，但如此鋪張的作風不可能得到眾人的認同。

意　思 ❹

關鍵字　短時間

表示極短暫，或比預期還短的時間，表示「僅僅在這短時間的範圍」的意思。前常接「一瞬、一日」等。中文意思是：「僅僅⋯」。如例：

・ 大切なデータが一瞬にして消えてしまった。
　重要的資料僅僅就在那一瞬間消失無影了。

grammar 002　にあって（は／も）

Track 002

類義文法
にして
直到⋯オ⋯

接續方法 ▸▸▸▸【名詞】＋にあって（は／も）

意　思 ❶

關鍵字　時點・場合
　　　　ー順接

「にあっては」前接場合、地點、立場、狀況或階段，強調因為處於前面這一特別的事態、狀況之中，所以有後面的事情，這時候是順接。中文意思是：「在⋯之下、處於⋯情況下；即使身處⋯的情況下」。如例：

・ この国は発展途上にあって、市内は活気に満ちている。
　這裡雖然還處於開發中國家，但是城裡洋溢著一片蓬勃的氣息。

・ このような寒冷地にあっては、自給自足など望むべくもない。
　像這樣寒冷的地方，恐怕無法寄望過上自給自足的生活了。

・ 災害などの非常時にあっては、地域のリーダーの果たす役割は大きい。
　萬一遇上受災的非常時期，該地區領導人的角色相形重要。

使用「あっても」基本上表示雖然身處某一狀況之中，卻有後面的跟所預測不同的事情，這時候是逆接。接續關係比較隨意。屬於主觀的說法。說話者處在當下，描述感受的語氣強。書面用語。如例：

· 戦時下にあっても明るく逞しく生きた一人の女性の人生を描く。
  這部作品描述的是一名女子即使身處戰火之中，依然開朗而堅毅求生的故事。

比　較 ▸▸▸ にして〔直到…才…〕

「にあって（は／も）」表示時點、場合，強調「處於這一特殊狀態等」的概念。表示在前項的立場、身份、場合之下，所以會有後面的事情。「にあっては」用在順接，「にあっても」用在逆接。
「にして」表示時點，強調「階段」的概念。表示到了前項那一個階段，才產生後項。前面常接「～才、～回目、～年目」等，後面常接難得可貴的事項。可以是並列，也可以是逆接。

grammar 003

まぎわに（は）、まぎわの

Track 003

類義文法
にさいして
在…之際

接續方法 ▸▸▸ 【動詞辭書形】＋間際に（は）、間際の＋【名詞】

意　思 ❶

表示事物臨近某狀態，或正當要做什麼的時候。中文意思是：「迫近…、…在即」。如例：

· 帰る間際に部長に仕事を頼まれた。
  臨回去前被經理交辦了事務。
· 家を出る間際に、突然大雨が降り出した。
  正要走出家門的時候，忽然下起大雨來了。
· 寝る間際にはパソコンやスマホの画面を見ないようにしましょう。⋯▸
  我們一起試著在睡前不要看電腦和手機螢幕吧！

後接名詞，用「間際の＋名詞」的形式。如例：

・試合終了間際の同点ゴールに会場は沸き返った。
在比賽即將結束的前一刻追平比分，在場觀眾頓時為之沸騰。

比　較 ▶▶▶ にさいして〔在…之際〕

「まぎわに」表示時點，強調「臨近前項的狀態，發生後項的事情」的概念。表示事物臨近某狀態。前接事物臨近某狀態，後接在那一狀態下發生的事情。含有緊迫的語意。「にさいして」也表時點，強調「以某事為契機，進行後項的動作」的概念。也就是動作的時間或場合。

grammar
004　ぎわに、ぎわの

Track 004

類義文法

がけ（に）
臨…時…、…時順便…

意　思 ❶

關鍵字　時點 ▶▶▶

【動詞ます形】＋ぎわに、ぎわの＋【名詞】。表示事物臨近某狀態，或正當要做什麼的時候。常用「瀬戸際（關鍵時刻）、今わの際（臨終）」的表現方式。中文意思是：「臨到…、在即…、迫近…」。如例：

・これは祖父が死に際に残した言葉です。
這是先祖父臨終前的遺言。

・勝つか負けるかの瀬戸際だぞ。諦めずに頑張れ。
現在正是一決勝負的關鍵時刻！不要放棄，堅持下去！

比　較 ▶▶▶ がけ（に）〔臨…時…、…時順便…〕

「ぎわに」表示時點，強調「臨近前項的狀態，發生後項的事情」的概念。前接事物臨近的狀態，後接在那一狀態下發生的事情，表示事物臨近某狀態，或正當要做什麼的時候。「がけ（に）」表示附帶狀態，がけ（に）是接尾詞，強調「在前一行為開始後，順便又做其他動作」的概念。

意　思 ❷

關鍵字　界線 ▶▶▶

【動詞ます形】＋ぎわに；【名詞の】＋きわに。表示和其他事物間的分界線，特別注意的是「際」原形讀作「きわ」，常用「名詞の＋際」的形式。中文意思是：「邊緣」。如例：

・日が昇って、山際が白く光っている。 ┄┄┄┄┄▶
太陽升起，沿著山峰的輪廓線泛著耀眼的白光。

關鍵字　位置 ▸▸▸

表示在某物的近處。中文意思是：「旁邊」。如例：

・戸口の際にベッドを置いた。
　將床鋪安置在房門邊。

を～にひかえて

Track 005

類義文法
を～にあたって
在…的時候

意　思 ❶

關鍵字　時點 ▸▸▸

【名詞】＋を＋【時間；場所】＋に控えて。「に控えて」前接時間詞時，表示「を」前面的事情，時間上已經迫近了；前接場所時，表示空間上很靠近的意思，就好像背後有如山、海、高原那樣宏大的背景。中文意思是：「臨進…、靠近…、面臨…」。如例：

・結婚を来年に控えて、姉はどんどんきれいになっている。
　隨著明年的婚期一天天接近，姊姊變得愈來愈漂亮。

・首脳会談を明日に控えて、現地には大勢のマスコミ関係者が押し寄せている。
　隨著即將於明天展開的首腦會談，當地湧入大批媒體相關人士。

關鍵字　Nがひかえて ▸▸▸

【名詞】＋が控えて。一般也有使用「が」的用法。如例：

・この病院は目の前には海が広がり、後ろには山が控えた自然豊かな環境にある。
　這家醫院的地理位置前濱海、後靠山，享有豐富的自然環境。

關鍵字　をひかえたN ▸▸▸

を控えた＋【名詞】。也可以省略「【時間；場所】＋に」的部分。還有，後接名詞時用「を～に控えた＋名詞」的形式。如例：

- 開店を控えたオーナーは、食材探しに忙しい。
  即將開店的老闆，因為尋找食材而忙得不可開交。

- 大学受験を目前に控えた娘は、緊張のあまり食事も喉を通らない。
  眼看著大學入學考試一天天逼近，女兒緊張得食不下嚥。

比　較 ▶▶▶ を～にあたって〔在…的時候〕

「を～にひかえて」表示時點，強調「時間上已經迫近了」的概念。「にひかえて」前接時間詞時，表示「を」前面的事情，時間上已經迫近了。「を～にあたって」也表時點，強調「事情已經到了重要階段」的概念。表示某一行動，已經到了事情重要的階段。它有複合格助詞的作用。一般用在致詞或感謝致意的書信中。

Track 006

類義文法

そばから
才剛…就…

grammar
006

や、やいなや

接續方法 ▶▶▶ 【動詞辭書形】＋や、や否や

意　思 ❶

關鍵字

時間前後

▶▶▶

表示前一個動作才剛做完，甚至還沒做完，就馬上引起後項的動作。兩動作時間相隔很短，幾乎同時發生。語含受前項的影響，而發生後項意外之事。多用在描寫現實事物。書面用語。前後動作主體可不同。中文意思是：「剛…就…、一…馬上就…」。如例：

- 遠くに警察官の姿を見るや、男は帽子を被って走り出した。
  那男人遠遠地一瞥見警官的身影，立刻戴上帽子撒腿跑了。

- テレビに速報が流れるや、事務所の電話が鳴り始めた。
  電視新聞快報一播出，事務所的電話就開始響個不停了。

- 病室のドアを閉めるや否や、彼女はポロポロと涙をこぼした。……▶
  病房的門扉一闔上，她豆大的淚珠立刻撲簌簌地落了下來。

- この映画が公開されるや否や、世界中から称賛の声が届いた。
  這部電影甫上映旋即博得了世界各地的讚賞。

比　較 ▶▶▶ そばから〔才剛…就…〕

「や、やいなや」表示時間前後，強調「前後動作無間隔地連續進行」的概念。後項是受前項影響而發生的意外，前後句動作主體可以不一樣。「そばから」也表時間前後，強調「前項剛做完，後項馬上抵銷前項的內容」的概念。多用在反覆進行相同動作的場合。且大多用在不喜歡的事情。

grammar **007** がはやいか

接續方法 ▸▸▸ 【動詞辭書形】＋が早いか

意　思 ❶

關鍵字 | 時間前後

▸▸▸

表示剛一發生前面的情況，馬上出現後面的動作。前後兩動作連接十分緊密，前一個剛完，幾乎同時馬上出現後一個。由於是客觀描寫現實中發生的事物，所以後句不能用意志句、推量句等表現。中文意思是：「剛一…就…」。如例：

・父は、布団に入るが早いか、もういびきをかいている。
　爸爸才躺進被窩裡就鼾聲大作了。

・息子は靴を脱ぐが早いか、ゲーム機に飛びついた。
　兒子剛脫了鞋就迫不急待地衝去拿遊戲機了。

・彼は壇上に上がるが早いか、研究の必要性について喋り始めた。
　他一站上講台，隨即開始闡述研究的重要性。

研究！

・この掃除機は、先月発売されるが早いか、全て売り切れてしまった。
　這台吸塵器上個月一上市立刻銷售一空。

關鍵字 | がはやいか〜
た

▸▸▸

後項是描寫已經結束的事情，因此大多以過去時態「た」來結束。

「がはやいか」表示時間前後，強調「一…就馬上…」的概念。後項伴有迫不及待的語感。是一種客觀描述，後項不用意志、推測等表現。「たとたんに」也表時間前後，強調「同時、那一瞬間」的概念。後項伴有意外的語感。前後大多是互有關連的事情。這個句型要接動詞過去式。

grammar 008 そばから

🎧 Track 008

📄 類義文法

たとたんに
剛…就…

接續方法 ▶▶▶ 【動詞辭書形；動詞た形；動詞ている】＋そばから

意　思❶

關鍵字 **時間前後**
▶▶▶

表示前項剛做完，其結果或效果馬上被後項抹殺或抵銷。用在同一情況下，不斷重複同一事物，且說話人含有詫異的語感。大多用在不喜歡的事情。前項多為「動詞ている」的接續形式。中文意思是：「才剛…就（又）…、隨…隨…」。如例：

・ 毎日<ruby>新<rt>あたら</rt></ruby>しい<ruby>単語<rt>たんご</rt></ruby>を<ruby>習<rt>なら</rt></ruby>うが、<ruby>覚<rt>おぼ</rt></ruby>えるそばから、<ruby>忘<rt>わす</rt></ruby>れてしまう。
　　雖然每天都學習新的單詞，可是剛背完一眨眼又忘了。

・ <ruby>仕事<rt>しごと</rt></ruby>を<ruby>片付<rt>かたづ</rt></ruby>けるそばから、<ruby>次<rt>つぎ</rt></ruby>の<ruby>仕事<rt>しごと</rt></ruby>を<ruby>頼<rt>たの</rt></ruby>まれる。
　　才剛解決完一項工作，下一樁任務又交到我手上了。

・ <ruby>夫<rt>おっと</rt></ruby>は<ruby>禁煙<rt>きんえん</rt></ruby>すると<ruby>言<rt>い</rt></ruby>ったそばから、<ruby>煙草<rt>たばこ</rt></ruby>を<ruby>探<rt>さが</rt></ruby>している。
　　我先生才嚷嚷著要戒菸，沒多久又找起他的菸來。

・ <ruby>子供<rt>こども</rt></ruby>たちは<ruby>作<rt>つく</rt></ruby>っているそばから、みんな<ruby>食<rt>た</rt></ruby>べてしまう。
　　才剛煮完上桌，下一秒孩子們就吃得盤底朝天了。

比　　較 ▶▶▶ たとたんに〔剛…就…〕

「そばから」表示時間前後，強調「前項剛做完，後項馬上抵銷前項的內容」的概念。多用在反覆進行相同動作的場合。且大多用在不喜歡的事情。「たとたんに」也表時間前後，強調「同時，那一瞬間」兩個行為間沒有間隔的概念。後項伴有意外的語感。前後大多是互有關連的事情。這個句型要接動詞過去式，表示突然、立即的意思。

 **なり**

接續方法 ▸▸▸ 【動詞辭書形】＋なり

意　思 ❶

 時間前後 ▸▸▸

表示前項動作剛一完成，後項動作就緊接著發生。後項的動作一般是預料之外的、特殊的、突發性的。後項不能用命令、意志、推量、否定等動詞。也不用在描述自己的行為，並且前後句的動作主體必須相同。中文意思是：「剛…就立刻…、一…就馬上…」。如例：

・子供は母親の姿を見るなり泣き出した。
　孩子一見到媽媽立刻放聲大哭。

・娘は家に帰るなり、部屋に閉じこもって出てこない。⋯⋯⋯▸
　女兒一回到家就馬上把自己關進房間不肯出來。

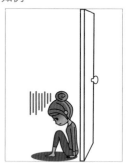

・相談に来た学生は、椅子に座るなり喋り始めた。
　前來諮商的學生剛落座就開始侃侃而談了。

・鈴木君は転校して来るなり学校中の人気者になった。
　鈴木同學才剛轉學立刻成為全校矚目的焦點。

比　較 ▸▸▸▸ しだい〔（一旦）…立刻…〕

「なり」表示時間前後，強調「前項動作剛完成，緊接著就發生後項的動作」的概念。後項是預料之外的事情。後項不接命令、否定等動詞。前後句動作主體相同。「しだい」也表時間前後，強調「前項動作一結束，後項動作就馬上開始」的概念。或前項必須先完成，後項才能夠成立。後項多為説話人有意識、積極行動的表達方式。前面動詞連用形，後項不能用過去式。

 この、ここ～というもの

接續方法 ▸▸▸ この、ここ＋【期間・時間】＋というもの

意　思 ❶

關鍵字 **強調期間**

▸▸▸

前接期間、時間等表示最近一段時間的詞語，表示時間很長，「這段期間一直⋯」的意思。說話人對前接的時間，帶有感情地表示很長。後項的狀態一般偏向消極的，是跟以前不同的、不正常的。中文意思是：「整整⋯、整個⋯以來」。如例：

- この 1 か月というもの、一度も雨が降っていない。
  近一個月以來連一場雨都沒下過。

- この半年というもの、娘とろくに話していない。⋯⋯⋯
  整整半年了，我和女兒幾乎沒好好說過話。

- ここ数日というもの、部長の機嫌がやたらにいい。
  這幾天以來，經理堪稱龍心大悅。

- ここ 10 年というもの、景気は悪くなる一方だ。
  整整十年以來，景氣一年比一年衰退。

比　較 ▸▸▸ ということだ〔據說⋯〕

「この、ここ～というもの」表示強調期間，前接期間、時間的詞語，強調「在這期間發生了後項的事」的概念。含有說話人感嘆這段時間很長的意思。「ということだ」表示傳聞，強調「直接引用，獲得的情報」的概念。表示說話人把得到情報，直接引用傳達給對方，用在具體表示說話、事情、知識等內容。

grammar
011

ぐるみ

🎧 Track 011

類義文法

ずくめ
充滿了⋯

接續方法 ▸▸▸ 【名詞】＋ぐるみ

意　思 ❶

關鍵字 **範圍**

▸▸▸

表示整體、全部、全員。前接名詞時，通常為慣用表現。中文意思是：「全⋯、全部的⋯、整個⋯」。如例：

- 借金に借金を重ね、とうとう身ぐるみ剥がされた。
  債臺高築，終究淪落到一窮二白的地步了。

- お隣さんとは、家族ぐるみのお付き合いをしています。
  我們和隔鄰的一家人往來熱絡。

- 高齢者を騙す組織ぐるみの犯罪が後を絶たない。⋯⋯⋯⋯➤

  専門鎖定銀髮族下手的詐騙集團犯罪層出不窮。

- 我が町は子育て世代を地域ぐるみで応援しています。

  本鎮傾全區之力協助育兒家庭。

比　　較 ▶▶▶ **ずくめ〔充滿了…〕**

「ぐるみ」表示範圍，強調「全部都」的概念。前接名詞，表示連同該名詞都包括，全部都…的意思。是接尾詞。「ずくめ」表示樣態，強調「全部都是同一狀態」的概念。前接名詞，表示在身邊淨是某事物、狀態或清一色都是…。也是接尾詞。

グラマ 012 というところだ、といったところだ

🎧 Track 012

類義文法

ということだ
據說…

接續方法 ▶▶▶ 【名詞；動詞辭書形；引用句子或詞句】+というところだ、といったところだ

意　　思 ❶

> 關鍵字 **範圍** ▶▶▶

接在數量不多或程度較輕的詞後面，表示頂多也只有文中所提的數目而已，最多也不超過文中所提的數目，強調「再好、再多也不過如此而已」的語氣。中文意思是：「頂多…」。如例：

- 入院は一週間から十日というところでしょう。

  住院期間頂多一星期到十天左右吧。

- 3日に渡る会議を経て、交渉成立まではあと一歩といったところだ。

  開了整整三天會議，距離達成共識只差最後一步了。

> 關鍵字 **大致** ▶▶▶

説明在某階段的大致情況或程度。中文意思是：「可説…差不多、可説就是…、可説相當於…」。如例：

- 中国語は、ようやく中級に入るというところです。

  目前學習中文總算進入相當於中級程度了。

> 關鍵字 **口語ーってとこだ** ▶▶▶

「ってとこだ」為口語用法。是自己對狀況的判斷跟評價。如例：

・「試験どうだった。」「うん、ぎりぎり合格ってとこだね。」 ────▶

「考試結果還好嗎？」「嗯，差不多低空掠過吧。」

比 較 ▶▶▶ ということだ〔據說…〕

「というところだ」表示範圍，強調「大致的程度」的概念。接在數量不多或程度較輕的詞後面，表示頂多也只有文中所提的數目而已，最多也不超過文中所提的程度。「ということだ」表示傳聞，強調「從外界聽到的傳聞」的概念。直接引用傳聞的語意很強，所以也可以接命令形。句尾不能變成否定形。

grammar 013

をかわきりに、をかわきりにして、をかわきりとして

Track 013

類義文法

（が）あっての
有了…之後…才能…

接續方法 ▶▶▶ 【名詞】＋を皮切りに、を皮切りにして、を皮切りとして

意 思 ❶

關鍵字 | 起點
▶▶▶

前接某個時間、地點等，表示以這為起點，開始了一連串同類型的動作。後項一般是繁榮飛躍、事業興隆等內容。中文意思是：「以…為開端開始…、從…開始」。如例：

・来年は２月の東京公演を皮切りに、全国ツアーを予定している。
　目前計畫以明年二月的東京公演為第一站，此後展開全國巡迴演出。

・モデル業を皮切りに、歌手、女優と彼女の活躍の場は広がる一方だ。
　她從伸展台出道，此後陸續跨足唱壇與戲劇界，在各個表演領域都相當活躍。

・営業部長の発言を皮切りに、各部署の責任者が次々に発言を始めた。
　業務部長率先發言，緊接著各部門的主管也開始逐一發言。

・Ｂ市を皮切りに、民主化を求めるデモは全国各地に広がった。
　最早的引爆點是Ｂ市，此後要求民主化的示威活動陸續遍及全國。

比 較 ▶▶▶ （が）あっての〔有了…之後…才能…〕

「をかわきりに」表示起點，強調「起點」的概念。表示以前接時間點為開端，後接同類事物，接二連三地隨之開始，通常是事業興隆等內容。助詞要用「を」。前接名詞。「（が）あっての」表示強調，強調一種「必要條件」的概念。表示因為有前項的條件，後項才能夠存在。含有如果沒有前面的條件，就沒有後面的結果了。助詞要用「が」。前面也接名詞。

文法知多少？

☞ 請完成以下題目，從選項中，選出正確答案，並完成句子。

▼ 答案詳見右下角

1 彼女は1年間休養していたが、3月に行うコンサートを（　　）芸能界に復帰します。

    1. あっての　　　　　　2. 皮切りに

2 いかなる厳しい状況（　　）、冷静さを失ってはならない。

    1. にあっても　　　　2. にして

3 アメリカは44代目に（　　）はじめて黒人大統領が誕生した。

    1. して　　　　　　　2. おうじて

4 ここ1年（　　）、転職や大病などいろいろなことがありました。

    1. というもの　　　　2. ということ

5 就寝する（　　）には、あまり食べないほうがいいですよ。

    1. 間際　　　　　　　2. に際して

6 大学の合格発表を明日に（　　）、緊張で食事もろくにのどを通りません。

    1. 当たって　　　　　2. 控えて

7 ホテルに着く（　　）、さっそく街にくりだした。

    1. がはやいか　　　　2. や

8 注意する（　　）、転んでけがをした。

    1. とたんに　　　　　2. そばから

答案：(1) 2 (2) 1 (3) 1 (4) 1
(5) 1 (6) 2 (7) 1 (8) 2

問題1 （　　）に入るのに最もよいものを、1・2・3・4から一つ選びなさい。

1 A議員の発言を（　　　）、若手の議員から法案に対する反対意見が次々と出された。
1　皮切りに　　　　　　　　　　2　限りに
3　おいて　　　　　　　　　　　4　もって

2 この天才少女は、わずか16歳（　　　）、世界の頂点に立ったのだ。
1　ときたら　　　　　　　　　　2　にあって
3　とばかり　　　　　　　　　　4　にして

3 私が稼ぐ（　　　）妻が使ってしまう。
1　とたん　　　　　　　　　　　2　そばから
3　かと思うと　　　　　　　　　4　が早いか

4 高橋部長がマイクを（　　　）最後、10曲は聞かされるから、覚悟しておけよ。
1　握っても　　　　　　　　　　2　握ろうと
3　握ったが　　　　　　　　　　4　握るなり

5 よっぽど疲れていたのだろう、座る（　　　）寝てしまった。
1　次第　　　　　　　　　　　　2　ついでに
3　が最後　　　　　　　　　　　4　が早いか

▼ 翻譯與詳解請見 P.220

Lesson 02 目的、原因、結果

▶ 目的、原因、結果

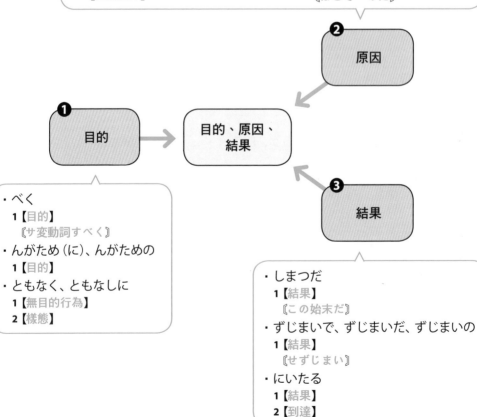

・がゆえ（に）、がゆえの、（が）ゆえだ
  1【原因】
    〖故の＋N〗
    〖省略に〗
・ことだし
  1【原因】
    〖ことだし＝し〗
・こととて
  1【原因】
    〖古老表現〗
  2【逆接條件】

・てまえ
  1【原因】
  2【場所】
・とあって
  1【原因】
    〖後－意志或判斷〗
・にかこつけて
  1【原因】
・ばこそ
  1【原因】
    〖ばこそ～のだ〗

❷ 原因

❶ 目的

目的、原因、結果

❸ 結果

・べく
  1【目的】
    〖サ変動詞すべく〗
・んがため（に）、んがための
  1【目的】
・ともなく、ともなしに
  1【無目的行為】
  2【樣態】

・しまつだ
  1【結果】
    〖この始末だ〗
・ずじまいで、ずじまいだ、ずじまいの
  1【結果】
    〖せずじまい〗
・にいたる
  1【結果】
  2【到達】

grammar
001

べく

Track 014

類義文法
ように
為了…而…，以便達到…

接續方法 ▶▶▶ 【動詞辭書形】＋べく

關鍵字 **目的** ▶▶▶

表示意志、目的。是「べし」的ます形。表示帶著某種目的，來做後項。語氣中帶有這樣做是理所當然、天經地義之意。雖然是較生硬的説法，但現代日語有使用。後項不接委託、命令、要求的句子。中文意思是：「為了…而…、想要…、打算…」。如例：

・息子さんはお父さんの期待に応えるべく頑張っていますよ。
令郎為了達到父親的期望而一直努力喔！

・来年開催のワールドカップに間に合わせるべく、競技場の
建設が進められている。
競技場正加緊施工當中，以便趕上明年舉行的世界盃大賽。

・バスの運転手は長時間労働を強いられていた。これは起こるべくして起こった事
故だ。
那名巴士司機被迫長時間出勤。這是一起無可避免的事故！

關鍵字 **サ変動詞す
べく** ▶▶▶

前面若接サ行變格動詞，可用「すべく」、「するべく」，但較常使用「すべく」（「す」為古日語「する」的辭書形）。如例：

・新薬を開発すべく、日夜研究を続けている。
為了研發出新藥而不分晝夜持續研究。

比　　較 ▶▶▶ **ように**〔為了…而…，以便達到…〕

「べく」表示目的，強調「帶著某種目的，而做後項」的概念。前接想要達成的目的，後接為了達成目的，所該做的內容。後項不接委託、命令、要求的句子。這個句型要接動詞辭書形。「ように」也表目的，強調「為了實現前項，而做後項」的概念。是行為主體的希望。這個句型也接動詞辭書形，但也可以接動詞否定形。後項表示説話人的意志句。

grammar
002

んがため（に）、んがための

接續方法 ▸▸▸▸ 【動詞否定形（去ない）】＋んがため（に）、んがための

意　思 ❶

關鍵字 | 目的

▸▸▸

表示目的。用在積極地為了實現目標的説法，「んがため（に）」前面是想達到的目標，後面常是雖不喜歡，不得不做的動作。含有無論如何都要實現某事，帶著積極的目的做某事的語意。書面用語，很少出現在對話中。要注意前接サ行變格動詞時為「せんがため」，接「来る」時為「来（こ）んがため」；用「んがための」時後面要接名詞。中文意思是：「為了…而…（的）、因為要…所以…（的）」。如例：

・ 我が子の命を救わんがため、母親は街頭募金に立ち続けた。
　　當時為了拯救自己孩子的性命，母親持續在街頭募款。

・ 研究の成果を一日も早く発表せんがため、徹夜の作業が続いた。
　　那時為了盡早發表研究成果而日復一日熱夜奮戰。
・ 部長の自らの身を守らんがための発言には、皆がうんざりしていた。
　　經理那套形同撇清關係的論調大家已經聽膩了。
・ 私は今、自分の生き方を見直さんがための貧乏旅行中です。
　　我正在窮遊的旅途中，目的是重新檢視自己的生活態度。

比　　較 ▸▸▸▸ べく〔為了…而…〕

「んがため（に）」表示目的，強調「無論如何都要實現某目的」的概念。前接想要達成的目的，後接因此迫切採取的行動。語氣中帶有迫切、積極之意。前接動詞否定形。「べく」也表目的，強調「帶著某種目的，而做後項」的概念。語氣中帶有這樣做是理所當然、天經地義之意。是較生硬的説法。前接動詞辭書形。

grammar 003

ともなく、ともなしに

Track 016

類義文法

とばかりに

幾乎要說…

意 思 ❶

關鍵字 | 無目的行為

【疑問詞（＋助詞）】＋ともなく、ともなしに。前接疑問詞時，則表示意圖不明確。表示在對象或目的不清楚的情況下，採取了那種行為。中文意思是：「雖然不清楚是…，但…」。如例：

- どこからともなく列車の走る音が聞こえてくる。
  火車的行駛聲不知從何處傳來。

- 多田君はいつからともなしに、みんなのリーダー的存在となっていた。
  不知道從什麼時候起，多田同學成為班上的領導人物了。

意 思 ❷

關鍵字 | 樣態

【動詞辭書形】＋ともなく、ともなしに。表示並不是有心想做，但還是發生了後項這種意外的情況。也就是無意識地做出某種動作或行為，含有動作、狀態不明確的意思。中文意思是：「無意地、下意識的、不知…、無意中…」。如例：

- 父は一日中見るともなくテレビを見ている。
  爸爸一整天漫不經心地看著電視。

- 言うともなしに言った言葉が、友人を傷つけてしまった。
  不經大腦說出來的話傷了朋友的心。

比 較 ▸▸▸ とばかりに〔幾乎要說…〕

「ともなく」表示樣態，強調「無意識地做出某種動作」的概念。表示並不是有心想做後項，卻發生了這種意外的情況。「とばかりに」也表樣態，強調「幾乎表現出來」的概念。表示雖然沒有說出來，但簡直就是那個樣子，來做後項動作猛烈的行為。後續內容多為不良的結果或狀態。常用來描述別人。書面用語。

grammar 004 がゆえ（に）、がゆえの、（が）ゆえだ

接續方法 ▶▶▶ 【[名詞・形容動詞詞幹]（である）；[形容詞・動詞]普通形】＋（が）故（に）、（が）故の、（が）故だ

意思 ①

> 關鍵字 **原因** ▶▶▶

是表示原因、理由的文言說法。中文意思是：「因為是…的關係；…才有的…」。如例：

- 外国人であるが故に差別されることは少なくない。
  由於外籍人士的身分而受到歧視的情形並不罕見。

- 子供に厳しくするのも、子供の幸せを思うが故 ······▶ なのだ。
  之所以如此嚴格要求孩子的言行舉止，也全是為了孩子的幸福著想。

> 關鍵字 **故の＋N** ▶▶▶

使用「故の」時，後面要接名詞。如例：

- 勇太くんのわがままは、寂しいが故の行動と言えるでしょう。
  勇太小任性的行為表現，應當可以歸因於其寂寞的感受。

> 關鍵字 **省略に** ▶▶▶

「に」可省略。書面用語。如例：

- 貧しさ故（に）非行に走る子供もいる。
  部分兒童由於家境貧困而誤入歧途。

比較 ▶▶▶ べく〔為了…而…〕

「がゆえ（に）」表示原因，表示因果關係，強調「前項是因，後項是果」的概念。也就是前項是原因、理由，後項是導致的結果。是較生硬的說法。「べく」表示目的，強調「帶著某種目的，而做後項」的概念。語氣中帶有這樣做是理所當然、天經地義之意。也是較生硬的說法。

grammar
005

ことだし

Track 018

類義文法

こともあって

也是由於…

接續方法 ▶▶▶ 【[名詞・形容動詞詞幹]である；形容動詞詞幹な；[形容詞・動詞]普通形】＋
ことだし

意 思 ❶

關鍵字 原因

後面接決定、請求、判斷、陳述等表現，表示之所以會這樣做、這樣認為的理由或依據。表達程度較輕的理由，語含除此之外，還有別的理由。是口語用法，語氣較為輕鬆。中文意思是：「由於…、因為…」。如例：

- まだ病気も初期であることだし、手術せずに薬で治せますよ。
  所幸病症還屬於初期階段，不必開刀，只要服藥即可治癒囉。

- こっちの方が安全なことだし、時間はかかるけど広い道を行きましょう。
  由於走這條路比較安全，雖然會多花一些時間，我們還是選擇寬敞的道路吧。
- 今日は天気も悪いことだし、花見は来週にしませんか。
  今天天氣不好，要不要延到下星期再去賞花？
- まだ5時前だけど、今日はみんな疲れてることだし、もう帰ろう。
  雖然還不到五點，但由於今天大家都累了，我看還是回去好了。

關鍵字 ことだし＝し

意義、用法和單獨的「し」相似，但「ことだし」更得體有禮。

比 較 ▶▶▶ **こともあって**〔也是由於…〕

「ことだし」表示原因，表示之所以會這樣做、這樣認為的其中某一個理由或依據。語含還有其他理由的語感，後項經常是某個決定的表現方式。「こともあって」也表原因，列舉其中某一、二個原因，暗示除了提到的理由之外，還有其他理由的語感。後項大多是解釋說明的表現方式。

こととて

接續方法 ▶▶▶ 【名詞の；形容動詞詞幹な；[形容詞・動詞]普通形】＋こととて

意 思 ❶

關鍵字 **原因** ▶▶▶

表示順接的理由、原因。常用於道歉或請求原諒時，後面伴隨著表示道歉、請求原諒的理由，或消極性的結果。中文意思是：「（總之）因為…」。如例：

- 初めてのこととて、ご報告が遅れ、申し訳ございません。
  由於是首次承辦，報告有所延遲，懇請見諒。
- 子供のやったこととて、大目に見て頂けませんか。‥‥‥▶
  既然是小孩犯的錯誤，能否請您海涵呢？

關鍵字 **古老表現** ▶▶▶

是一種正式且較為古老的表現方式，因此前面也常接古語。「こととて」是「ことだから」的書面語。如例：

- 慣れぬこととて、大変お待たせしてしまい、大変失礼致しました。
  因為還不夠熟悉，非常抱歉讓您久等了。

比 較 ▶▶▶ がゆえ（に）〔因為是…的關係〕

「こととて」表示原因，表示順接的原因。強調「前項是因，後項是消極的果」的概念。常用在表示道歉的理由，前項是理由，後項是因前項而產生的消極性結果，或是道歉等內容。是正式的表達方式。「がゆえ（に）」也表原因，表示句子之間的因果關係。強調「前項是因，後項是果」的概念。

意 思 ❷

關鍵字 **逆接條件** ▶▶▶

表示逆接的條件，表示承認前項，但後項還是有不足之處。中文意思是：「雖然是…也…」。如例：

・知らぬこととて、ご迷惑をおかけしたことに変わりはありません。申し訳ありませんでした。
由於我不知道相關規定，以致於造成各位的困擾，在此致上十二萬分的歉意。

てまえ

grammar
007

接續方法 ▶▶▶▶ 【名詞の；動詞普通形】＋手前

意 思 ❶

關鍵字 原因 ▶▶▶

強調理由、原因，用來解釋自己的難處、不情願。有「因為要顧自己的面子或立場必須這樣做」的意思。後面通常會接表示義務、被迫的表現，例如：「なければならない」、「しないわけにはいかない」、「ざるを得ない」、「しかない」。中文意思是：「由於…所以…」。如例：

・応援してくれた人たちの手前、ここで諦めるわけにはいかない。
為了幫我加油打氣的人們，我絕不能在這一刻退縮棄權！

・ここは伯父に紹介してもらった手前、簡単に退職できないんだ。
由於這個工作是承蒙伯父引薦的，因此我無法輕言辭職。

・こちらから誘った手前、今さら断れないよ。
是我開口邀約對方的，事到如今自己怎能打退堂鼓呢？

比 較 ▶▶▶ からには〔既然…，就…〕

「てまえ」表示原因，表示做了前項之後，為了顧全自己的面子或立場，而只能做後項。後項一般是應採取的態度，或強烈決心的句子。「からには」也表原因，表示既然到了前項這種情況，後項就要理所當然堅持做到底。後項一般是被迫覺悟、個人感情表現的句子。

意 思 ❷

關鍵字 場所 ▶▶▶

表示場所，不同於表示前面之意的「まえ」，此指與自身距離較近的地方。中文意思是：「…前、…前方」。如例：

・本棚は奥に、テーブルはその手前に置いてください。
請將書櫃擺在最後面、桌子則放在它的前面。

とあって

Track 021

類義文法

とすると
假如…的話…

接續方法 ▸▸▸ 【名詞；[名詞・形容詞・形容動詞・動詞] 普通形；形容動詞詞幹】＋とあって

意　思 ❶

> 關鍵字　**原因**　▸▸▸

表示理由、原因。由於前項特殊的原因，當然就會出現後項特殊的情況，或應該採取的行動。後項是説話人敘述自己對某種特殊情況的觀察。書面用語，常用在報紙、新聞報導中。中文意思是：「由於…（的關係）、因為…（的關係）」。如例：

・20年ぶりの記録更新とあって、競技場は ┄┄▸
　興奮に包まれた。
　那一刻打破了二十年來的紀錄，競技場因而一片
　歡聲雷動。

・例年より桜の開花が 10 日も早いとあって、旅行社やホテルは対応に追われて
　いる。
　由於櫻花比往年足足提早了十天開花，旅行社和飯店旅館紛紛忙著安排因應計畫。

・小山議員はハンサムな上に庶民的とあって、国民の人気は高まる一方だ。
　小山議員不僅長相帥氣，行事作風又接地氣，民眾的支持度於是急遽飆漲。

・今日検査の結果が分かるとあって、朝から父は落ち着かない。
　因為今天即將收到檢驗報告，爸爸從一早就坐立難安。

> 關鍵字　**後－意志或判斷**　▸▸▸

後項要用表示意志或判斷，不能用推測、命令、勸誘、祈使等表現方式。

比　較 ▸▸▸ **とすると**〔假如…的話…〕

「とあって」表示原因，強調「有前項才有後項」的概念，表示因為在前項的特殊情況下，所以出現了後項的情況。前接特殊的原因，後接因而引起的效應，説話人敘述自己對前面特殊情況的觀察。「とすると」表示條件，表示順接的假定條件。表示對當前不可能實現的事物的假設，強調「如果前項是事實，後項就會實現」的概念。常伴隨「かりに（假如）、もし（如果）」等。

grammar
009 **にかこつけて**

🎧 Track 022
類義文法

にひきかえ
和…比起來

接續方法 ▶▶▶ 【名詞】＋にかこつけて

意　　思 ❶

關鍵字 原因

▶▶▶

前接表示原因的名詞，表示為了讓自己的行為正當化，用無關的事做藉口。後項大多是可能會被指責的事情。中文意思是：「以…為藉口、托故…」。如例：

・就職にかこつけて、東京で一人暮らしを始めた。
我用找到工作當藉口，展開了一個人住在東京的新生活。

・学生の頃は試験勉強にかこつけて、友人の家に集まったものだ。
學生時代常拿準備考試當藉口，一群人湊在朋友家玩。

・祖母の介護にかこつけて、度々実家に帰っている。
我經常以照料祖母作為回娘家的藉口。

・彼はよく仕事にかこつけて、喫茶店でサボっている。
他常藉口外出工作，其實是溜到咖啡廳摸魚偷閒。

比　　較 ▶▶▶ にひきかえ〔和…比起來〕

「にかこつけて」表示原因，強調「以前項為藉口，去做後項」的概念。前接表示原因的名詞，表示為了讓自己的行為正當化，用無關的事，不是事實的事做藉口。「にひきかえ」表示對比，強調「前後兩項，正好相反」的概念。比較兩個相反或差異性很大的人事物。含有說話人個人主觀的看法。

grammar 010 **ばこそ**

接續方法 ▶▶▶ 【[名詞・形容動詞詞幹] であれ；[形容詞・動詞] 假定形】＋ばこそ

意　思 ❶

關鍵字 **原因** ▶▶▶

強調原因。表示強調最根本的理由。正是這個原因，才有後項的結果。強調説話人以積極的態度説明理由。中文意思是：「就是因為…才…、正因為…才…」。如例：

・ 体が健康であればこそ、仕事も頑張ることができる。
要靠健康的身體才能夠努力工作。

・ 辛い経験が多ければこそ、彼女のような思いやりに溢れた人になったのだ。
多虧過去嘗過那許許多多的辛酸，才能夠成為像她那樣充滿關懷之心的人。

・ 君のためを思えばこそ、厳しいことを言うんだよ。
就是為了你著想，才會那麼嚴厲地訓斥呀！

・ あなたの支えがあればこそ、私は今までやって ……▶
来られたんです。
承蒙你的支持，我才得以一路走到了今天。

關鍵字 **ばこそ〜のだ** ▶▶▶

句尾用「の（ん）だ」、「の（ん）です」時，有「加強因果關係的説明」的語氣。一般用在正面的評價。書面用語。

比　較 ▶▶▶ すら〔就連…都〕

「ばこそ」表示原因，有「強調某種結果的原因」的概念。表示正是這個最根本必備的理由，才有後項的結果。一般用在正面的評價。常和「の（ん）です」相呼應，以加強肯定語氣。「すら」表示強調，有「特別強調主題」的作用。舉出一個極端例子，強調就連前項都這樣了，其他就更不用提了。後面跟否定相呼應。有導致消極結果的傾向。後面只接負面評價。

しまつだ

Track 024

類義文法

しだいだ
因此

接續方法 ▸▸▸ 【動詞辭書形；この／その／あの】＋始末だ

意　思 ❶

關鍵字　**結果**　▸▸▸

表示經過一個壞的情況，最後落得一個不理想的、更壞的結果。前句一般是敘述事情發生的情況，後句帶有譴責意味地，對結果竟然發展到這樣的地步的無計畫性，表示詫異。有時候不必翻譯。中文意思是：「（結果）竟然…、落到…的結果」。如例：

- 木村君は日頃から遅刻がちだが、今日はとうとう無断欠勤する始末だ。
  木村平時上班就常遲到，今天居然乾脆曠職！

- あの監督は女優へのセクハラ発言が問題になっていたが、今度はパワハラで訴えられる始末だ。
  那位導演以前就曾發生過以言語騷擾女演員的醜聞，這回終究逃不過被控告職權騷擾的命運了。

- 恋愛経験のない彼が恋をしたのはいいが、結局ストーカー扱いされる始末だ。
  從沒談過戀愛的他終於墜入情網了，問題是到後來居然被人當成了跟蹤狂。

關鍵字　**この始末だ**　▸▸▸

固定的慣用表現「この始末だ／淪落到這般地步」，對結果竟是這樣，表示詫異。後項多和「とうとう、最後は」等詞呼應使用。如例：

- そんなに借金を重ねたら会社が危ないとあれほど忠告したのに、やっぱりこの始末だ。
  之前就苦口婆心勸你不要一而再、再而三借款，否則會影響公司的營運，現在果然週轉不靈了吧！

比　　較 ▸▸▸ しだいだ〔因此〕

「しまつだ」表示結果，強調「不好的結果」的概念。表示經過一個壞的情況，最後落得一個更壞的結果。前句一般是敘述事情發生的情況，後句帶有譴責意味地，陳述結果竟然發展到這樣的地步。「しだいだ」也表結果，強調「事情發展至此的理由」的概念。表示說明因某情況、理由，導致了某結果。

grammar 012
ずじまいで、ずじまいだ、ずじまいの

類義文法

ずに
不知道…

接續方法 ▶▶▶ 【動詞否定形（去ない）】＋ずじまいで、ずじまいだ、ずじまいの＋【名詞】

意 思 ❶

關鍵字 結果 ▶▶▶

表示某一意圖，由於某些因素，沒能做成，而時間就這樣過去了，最後沒能實現，無果而終。常含有相當惋惜、失望、後悔的語氣。多跟「結局、とうとう」一起使用。使用「ずじまいの」時，後面要接名詞。中文意思是：「（結果）沒…（的）、沒能…（的）、沒…成（的）」。如例：

・せっかく大阪へ行ったのに、時間がなくて実家へ寄らずじまいで帰って来た。
　難得去一趟大阪，可惜沒空順道回老家探望，辦完事就直接回到這邊了。

・旅行中は雨続きで、結局山には登らず
　じまいだった。
　旅遊途中連日陰雨，無奈連山都沒爬成，
　就這麼失望而歸了。

・カメラを修理に出したが、故障の原因は分からずじまいだった。
　雖然把相機送修了，結果還是沒能查出故障的原因。

・3年前に書いた百合子さん宛ての渡せずじまいの手紙を、今日とうとう捨てた。
　三年前寫給百合子小姐卻終究沒能交給她的那封信，今天終於狠下心來扔掉了。

關鍵字 せずじまい ▶▶▶

請注意前接サ行變格動詞時，要用「せずじまい」。如例：

・デザインはよかったが、妥協せずじまいだった。
　設計雖然很好，但最終沒能得到彼此認同。

比 較 ▶▶▶ ずに〔不知道…〕

「ずじまいで」表示結果，強調「由於某原因，無果而終」的概念。表示某一意圖，由於某些因素，沒能做成，而時間就這樣過去了。常含有相當惋惜的語氣。多跟「結局、とうとう」一起使用。「ずに」表示否定，強調「沒有在前項的狀態下，進行後項」的概念。「ずに」是否定助動詞「ぬ」的連用形。後接「に」表示否定的狀態。「に」有時可以省略。

Track 026

類義文法

にいたって（は）
到…階段（オ）

grammar 013　にいたる

意　思 ❶

關鍵字　結果 ▶▶▶

【名詞；動詞辭書形】＋に至る。表示事物達到某程度、階段、狀態等。含有在經歷了各種事情之後，終於達到某狀態、階段的意思，常與「ようやく、とうとう、ついに」等詞相呼應。中文意思是：「最後…、到達…、發展到…程度」。如例：

・ ３時間に及ぶトップ会談の末、両者は合意するに至った。
　　經過了長達三個小時的高峰會談，雙方終於達成了共識。

・ 少年が傷害事件を起こすに至ったのには、それなりの背景がある。
　　少年之所以會犯下傷害案件有其背後的原因。

・ 夫婦は 10 年間の別居生活を経て、ついに離婚に至った。
　　夫妻於分居十年之後，最終步上了離婚的結局。

比　較 ▶▶▶ にいたって（は）〔到…階段（オ）〕

「にいたる」表示結果，表示連續經歷了各種事情之後，事態終於到達某嚴重的地步。「にいたって（は）」也表結果，表示直到極端事態出現時，才察覺到後項，或才發現該做後項。

意　思 ❷

關鍵字　到達 ▶▶▶

【場所】＋に至る。表示到達之意。偏向於書面用語。翻譯較靈活。中文意思是：「最後…」。如例：

・ この川は関東平野を南に流れ、東京湾に至る。
　　這條河穿越關東平原向南流入東京灣。

文法知多少？

☞ 請完成以下題目，從選項中，選出正確答案，並完成句子。

▼ 答案詳見右下角

1 彼の本心を聞く（　　）、二人きりで話してみようと思う。

　　1．べく　　　　　　　2．ように

2 この企画を（　　）、徹夜で頑張りました。

　　1．通さんべく　　　　2．通さんがために

3 あまりの寒さ（　　）、声が出ません。

　　1．ゆえに　　　　　　2．べく

4 不慣れな（　　）、多々失礼があるかと存じますが、どうぞ温かく見守ってください。

　　1．こととて　　　　　2．ゆえに

5 大人気のお菓子（　　）、開店するや、瞬く間に売り切れた。

　　1．とすると　　　　　2．とあって

6 何かと忙しいのに（　　）、ついついトレーニングをサボってしまいました。

　　1．かこつけて　　　　2．ひきかえ

7 彼女を思えば（　　）、厳しいことを言ったのです。

　　1．すら　　　　　　　2．こそ

8 結局、彼女の話は最後まで（　　）じまいだった。

　　1．聞けずに　　　　　2．聞けず

答案：(1) 1　(2) 2　(3) 1　(4) 1
(5) 2　(6) 1　(7) 2　(8) 2

問題1　（　　）に入るのに最もよいものを、1・2・3・4から一つ選びなさい。

1 あの時の辛い経験があればこそ、僕はここまで（　　　）。

1　来たいです　　　　　　　　　　2　来たかったです

3　来られたんです　　　　　　　　4　来られた理由です

2 戦争の悲惨さを後世に（　　　）べく、体験記を出版する運びとなった。

1　伝わる　　　　　　　　　　　　2　伝える

3　伝えられる　　　　　　　　　　4　伝わらない

3 子供のいじめを見て見ぬふりをするとは、教育者に（　　　）行為だ。

1　足る　　　　　　　　　　　　　2　あるまじき

3　堪えない　　　　　　　　　　　4　に至る

問題2　つぎの文の　★　に入る最もよいものを、1・2・3・4から一つ選びなさい。

4 ＿＿＿　＿＿＿　★　＿＿＿　、どの選手も緊張を隠せない様子だった。

1　とあって　　　　　　　　　　　2　をかけた

3　試合　　　　　　　　　　　　　4　オリンピック出場

5 採用面接では、志望動機　＿＿＿　＿＿＿　★　＿＿＿　、細かく質問された 。

1　家族構成　　　　　　　　　　　2　から

3　至るまで　　　　　　　　　　　4　に

▼ 翻譯與詳解請見 P.221

Lesson 03 可能、予想外、推測、当然、対応

▶ 可能、預料外、推測、當然、對應

- （か）とおもいきや
  1【預料外】
  〖印象〗
- とは
  1【預料外】
  〖省略後半〗
  〖口語－なんて〗
  2【話題】
  〖口語－って〗
- とみえて、とみえる
  1【推測】

② 預料外、推測

① 可能

可能、預料外、推測、當然、對應

③ 當然、對應

- うにも～ない
  1【可能】
  〖ようがない〗
- にたえる、にたえない
  1【可能】
  2【價值】
  3【強制】
  4【感情】

- べし
  1【當然】
  〖サ変動詞すべし〗
  〖格言〗
- いかんで（は）
  1【對應】

grammar
001

うにも～ない

Track 027

類義文法
っこない
不可能…

接續方法 ▶▶▶▶ 【動詞意向形】＋うにも＋【動詞可能形的否定形】

意　思 ❶

關鍵字｜可能

表示因為某種客觀的原因的妨礙，即使想做某事，也難以做到，不能實現。是一種願望無法實現的説法。前面要接動詞的意向形，表示想達成的目標。後面接否定的表達方式，可接同一動詞的可能形否定形。中文意思是：「即使想…也不能…」。如例：

· 体がだるくて、起きようにも起きられない。 ┈┈▶

　全身倦怠，就算想起床也爬不起來。

· 彼女に言われた酷い言葉は忘れようにも忘れられない。
　她當年深深刺傷了我的那句話，我始終難以忘懷。

關鍵字｜ようがない

後項不一定是接動詞的可能形否定形，也可能接表示「沒辦法」之意的「ようがない」。另外，前接サ行變格動詞時，除了用「詞幹＋しようがない」，還可用「詞幹＋のしようがない」。如例：

· こうはっきり証拠が残ってるのでは、ごまかそうにもごまかしようがないな。
　既然留下了如此斬釘截鐵的證據，就算想瞞也瞞不了人囉！

· 事情を話してくださらないと、協力しようにも協力のしようがありませんよ。
　如果不先把前因後果說清楚，即使想幫忙也無從幫起呀！

比　較 ▶▶▶▶ っこない〔不可能…〕

「うにも～ない」表示可能，強調「因某客觀原因，無法實現願望」的概念。表示因為某種客觀的原因，即使想做某事，也難以做到。是一種願望無法實現的説法。前面要接動詞的意向形，後面接否定的表達方式。「っこない」也表可能，強調「某事絕不可能發生」的概念。表示説話人強烈否定，絕對不可能發生某事。相當於「絕對に～ない」。

にたえる、にたえない

grammar 002

Track 028

類義文法

にかたくない

不難…

意 思 ❶

關鍵字 可能

▶▶▶

【名詞；動詞辭書形】＋にたえる；【名詞】＋にたえられない。表示可以忍受心中的不快或壓迫感，不屈服忍耐下去的意思。否定的説法用不可能的「たえられない」。中文意思是：「經得起…、可忍受…」。如例：

・受験を通して、不安や焦りにたえる精神力を強くすることができる。
　透過考試，可以對不安或焦慮的耐受力進行考驗，強化意志力。

意 思 ❷

關鍵字 價值

▶▶▶

【名詞；動詞辭書形】＋にたえる；【名詞】＋にたえない。表示值得這麼做，有這麼做的價值。這時候的否定説法要用「たえない」，不用「たえられない」。中文意思是：「值得…」。如例：

・これは彼の 9 歳のときの作品だが、それでも十分鑑賞にたえるものだ。
　這是他九歲時的作品，但已具備供大眾欣賞的資格了。

意 思 ❸

關鍵字 強制

▶▶▶

【動詞辭書形】＋にたえない。表示情況嚴重得不忍看下去，聽不下去了。這時候是帶著一種不愉快的心情。前面只能接「読む、聞く、見る」等為數不多的幾個動詞。中文意思是：「不堪…、忍受不住…」。如例：

・ネットニュースの記事は見出しばかりで、読むにたえないものが少なくない。
　網路新聞充斥著標題黨，不值一讀的文章不在少數。

比　　較 ▶▶▶▶ にかたくない〔不難…〕

「にたえない」表示強制，強調「因某心理因素，難以做某事」的概念。表示忍受不了所看到的或所聽到的事。這時候是帶著一種不愉快的心情。「にかたくない」表示難易，強調「從現實因素，不難想像某事」的概念。表示從某一狀況來看，不難想像，誰都能明白的意思。前面多用「想像する、理解する」等詞，書面用語。

意　　思 ❹

關鍵字　感情

▶▶▶

【名詞】＋にたえない。前接「感慨、感激」等詞，表示強調前面情感的意思，一般用在客套話上。中文意思是：「不勝…」。如例：

・いつも私(わたし)を見守(みまも)ってくださり、感謝(かんしゃ)の念(ねん)にたえません。
　真不知道該如何感謝你一直守護在我的身旁。

grammar
003

（か）とおもいきや

Track 029

類義文法

ながらも

雖然…但是…

接續方法 ▶▶▶▶ 【[名詞・形容詞・形容動詞・動詞] 普通形；引用的句子或詞句】＋（か）と思いきや

意　　思 ❶

關鍵字　預料外

▶▶▶

表示按照一般情況推測，應該是前項的結果，但是卻出乎意料地出現了後項相反的結果，含有說話人感到驚訝的語感。後常跟「意外に（も）、なんと、しまった、だった」相呼應。本來是個古日語的說法，而古日語如果在現代文中使用通常是書面語，但「（か）と思いきや」多用在輕鬆的對話中，不用在正式場合。是逆接用法。中文意思是：「原以為…、誰知道…、本以為…居然…」。如例：

・誰(だれ)も来(こ)ないかと思(おも)いきや、子供(こども)たちの作品展(さくひんてん)には大勢(おおぜい)の人(ひと)が訪(おとず)れた。
　原以為小朋友的作品展不會有人來看，沒想到竟有大批人潮前來參觀。
・手紙(てがみ)を読(よ)んだ彼女(かのじょ)は、喜(よろこ)ぶかと思(おも)いきや、なぜか怒(いか)り出(だ)した。
　本來以為她讀了信應該會很高興，不料居然發起脾氣來。
・今夜(こんや)は暴風雨(ぼうふうう)かと思(おも)いきや、台風(たいふう)は1時間前(じかんまえ)に日本付近(にほんふきん)を通過(つうか)したそうだ。
　原先以為今天恐將有個風雨交加的夜晚，然而根據報導颱風已於一個小時前在日本附近通過逐漸遠離了。

・今年は合格間違いなしと思いきや、今年もダメだった。

原本有十足的把握今年一定可以通過考試，誰曉得今年竟又落榜了。

關鍵字 印象

▶▶▶

前項是說話人的印象或瞬間想到的事，而後項是對此進行否定。

比　較 ▶▶▶ ながらも〔雖然…但是…〕

「（か）とおもいきや」表示預料外，原以為應該是前項的結果，但是卻出乎意料地出現了後項相反或不同的結果。含有說話人感到驚訝的語氣。「ながらも」也表預料外，表示雖然是能夠預料的前項，但卻與預料不同，實際上出現了後項。是一種逆接的表現方式。

grammar
004

とは

Track 030

類義文法

ときたら
提起…來

接續方法 ▶▶▶ 【名詞；[形容詞・形容動詞・動詞] 普通形；引用句子】＋とは

意　思 ❶

關鍵字 預料外

▶▶▶

由格助詞「と」＋係助詞「は」組成，表示對看到或聽到的事實（意料之外的），感到吃驚或感慨的心情。前項是已知的事實，後項是表示吃驚的句子。中文意思是：「連…也、沒想到…、…這…、竟然會…」。如例：

・江戸時代の水道設備がこんなに高度だったとは、本当に驚きだ。

江戶時代居然有如此先進的水利設施，實在令人驚訝。

關鍵字 省略後半

▶▶▶

有時會省略後半段，單純表現出吃驚的語氣。如例：

・たった1年でN1に受かるとは。君の勉強方法をおしえてくれ。

只用一年時間就通過了N1級測驗！請教我你的學習方法。

關鍵字
口語―なんて

▶▶▶

口語用「なんて」的形式。如例：

・あのときの赤<ruby>赤<rt>あか</rt></ruby>ちゃんがもう大学生<ruby>大学生<rt>だいがくせい</rt></ruby>だなんて。
　想當年的小寶寶居然已經是大學生了！

比　　較 ▶▶▶ ときたら〔提起…來〕

「とは」表示預料外，強調「感嘆或驚嘆」的概念。前接意料之外看到或遇到的事實，後接說話人對其感到感嘆、吃驚心情。「ときたら」表示話題，強調「帶著負面的心情提起話題」的概念。前面一般接人名，後項是譴責、不滿和否定的內容。

意　　思 ❷

關鍵字
話題

▶▶▶

前接名詞，也表示定義，前項是主題，後項對這主題的特徵、意義等進行定義。中文意思是：「所謂…、是…」。如例：

・「急<ruby>急<rt>いそ</rt></ruby>がば回<ruby>回<rt>まわ</rt></ruby>れ」とは、急<ruby>急<rt>いそ</rt></ruby>ぐときは遠回<ruby>遠回<rt>とおまわ</rt></ruby>りでも安全<ruby>安全<rt>あんぜん</rt></ruby>な道<ruby>道<rt>みち</rt></ruby>を行<ruby>行<rt>い</rt></ruby>けという意味<ruby>意味<rt>いみ</rt></ruby>です。
　所謂「欲速則不達」，意思是寧走十步遠，不走一步險（著急時，要按部就班選擇繞行走一條安全可靠的遠路）。

關鍵字
口語―って

▶▶▶

口語用「って」的形式。如例：

・「はとこってなに。」「親<ruby>親<rt>おや</rt></ruby>の従兄弟<ruby>従兄弟<rt>いとこ</rt></ruby>の子<ruby>子<rt>こ</rt></ruby>のことだよ。」
　「什麼是『從堂（表）兄弟姐妹』？」「就是爸媽的堂（表）兄弟姐妹的孩子。」

とみえて、とみえる

Track 031

類義文法

ともなると
要是…那就…

接續方法 ▸▸▸ 【名詞（だ）；形容動詞詞幹（だ）；[形容詞・動詞] 普通形】＋とみえて、とみえる

意　思 ❶

關鍵字 **推測**
▸▸▸

表示前項是敘述推測出來的結果，後項是陳述這一推測的根據。前項為後項的根據、原因、理由，表示說話者從現況、外觀、事實來自行推測或做出判斷。中文意思是：「看來…、似乎…」。如例：

・ お隣は留守とみえて、玄関も窓も真っ暗だ。
　鄰居好像不在家，玄關和窗戶都是黑漆漆的。

・ 母は穏やかな表情で顔色もよい。回復は ┄┄▸
　順調とみえる。
　媽媽不僅露出舒坦的表情，氣色也挺不錯的，
　看來恢復狀況十分良好。

・ 窓の光が眩しいとみえて、赤ん坊は目をパチパチさせている。
　從窗口射入的光線似乎十分刺眼，只見小寶寶不停眨巴著眼睛。

・ 春はそこまで来ているとみえて、桜のつぼみが薄く色づいている。
　春天的腳步似乎近了，櫻花的花苞已經染上一抹淡淡的緋紅。

比　較 ▸▸▸ ともなると〔要是…那就…〕

「とみえて」表示推測，表示前項是推測出來的結果，後項是這一推測的根據。「ともなると」表示評價的觀點，表示如果在前項的條件或到了某一特殊時期，就會出現後項的不同情況。含有強調前項，敘述果真到了前項的情況，就當然會出現後項的語意。

Track 032

類義文法

べからざる
禁止…

べし

接續方法 ▸▸▸ 【動詞辭書形】＋べし

意思 ❶

關鍵字 **當然** ▶▶▶

是一種義務、當然的表現方式。表示説話人從道理上、公共理念上、常識上考慮，覺得那樣做是應該的，理所當然的。用在説話人對一般的事情發表意見的時候，含有命令、勸誘的語意，只放在句尾。是種文言的表達方式。中文意思是：「應該⋯、必須⋯、值得⋯」。如例：

- ゴミは各自持ち帰るべし。
  垃圾必須各自攜離。

持ち帰る

- 学生たるものしっかり勉強に励むべし。
  學生的本分就是努力用功讀書。

關鍵字 **サ変動詞す べし** ▶▶▶

前面若接サ行變格動詞，可用「すべし」、「するべし」，但較常使用「すべし」（「す」為古日語「する」的辭書形）。如例：

- 問題が発生した場合は速やかに報告すべし。
  萬一發生異狀，必須盡快報告。

關鍵字 **格言** ▶▶▶

用於格言。如例：

- 「後生畏るべし」という言葉がある。若者は大切にすべきだ。
  有句話叫「後生可畏」。我們切切不可輕視年輕人。

比 較 ▶▶▶ べからざる〔禁止⋯〕

「べし」表示當然，強調「那樣做是一種義務」的概念。表示説話人從道理上考慮，覺得那樣做是應該的，理所當然的。用在説話人對一般的事情發表意見的時候。只放在句尾。「べからざる」表示禁止，強調「強硬禁止」的概念。是一種強硬的禁止説法，文言文式的説法，多半出現在告示牌、公佈欄、演講標題上。現在很少見。

grammar 007 いかんで（は）

Track 033
類義文法
におうじて
根據…

接續方法 ▶▶▶ 【名詞（の）】＋いかんで（は）

意　思 ❶

> 關鍵字 **對應** ▶▶▶

表示後面會如何變化，那就要取決於前面的情況、內容來決定了。「いかん」是「如何」之意，「で」是格助詞。中文意思是：「要看…如何、取決於…」。如例：

- 出席するかどうかは、当日の父の体調のいかんで決めさせてください。
  請恕在下需視家父當天的身體狀況，才能判斷當天能否出席。

- コーチの指導方法いかんで、選手はいくらでも伸びるものだ。
  運動員能否最大限度發揮潛能，可以說是取決於教練的指導方法。

- 来場者数いかんでは、映画の上映中止もあり得る。
  假如票房慘澹（視到場人數的多寡），電影也可能隨時下檔。

- あなたの今後の態度のいかんでは、退学も止むを得ませんね。
  如果你今後的態度仍然不佳，校方恐怕不得不做出退學處分喔。

比　較 ▶▶▶ におうじて〔根據…〕

「いかんで（は）」表示對應，表示後項會如何變化，那就要取決於前項的情況、內容來決定了。「におうじて」也表對應，表示後項會根據前項的情況，而發生變化。

文法知多少？

☞ 請完成以下題目，從選項中，選出正確答案，並完成句子。

▼ 答案詳見右下角

1 彼女がこんなに綺麗になる（　　）、想像もしなかった。

　　1.とは　　　　　　　2.ときたら

2 チョコレートか（　　）、なんとキャラメルでした。

　　1.ときたら　　　　　2.と思いきや

3 風邪をひいて声が出ないので、話（　　）話せない。

　　1.そうにも　　　　　2.に

4 イライラしたときこそ努めて冷静に、客観的に自分を見つめる
（　　）。

　　1.べし　　　　　　　2.べからざる

5 彼の身勝手な言い訳は聞くに（　　）。

　　1.たえない　　　　　2.難くない

6 ぬいぐるみの売れ行き（　　）では、すぐに増産ということもあるで
しょう。

　　1.かぎり　　　　　　2.いかん

答案：(1) 1 (2) 2 (3) 1 (4) 1
(5) 1 (6) 2

問題1 次の文章を読んで、文章全体の内容を考えて、 1 から 5 の中に入る最もよいものを、1・2・3・4の中から一つ選びなさい。

若者言葉

　いつの時代も、若者特有の若者言葉というものがあるようである。電車の中などで、中・高生グループの会話を聞いていると、大人にはわからない言葉がポンポン出てくる。 1 通じない言葉を使うことによって、彼らは仲間意識を感じているのかもしれない。

　携帯電話やスマートフォンでのSMSやラインでは、それこそ暗号 (注1) のような若者言葉が飛び交っているらしい。

　どんな言葉があるか、ネットで 2 覗いてみた。

　「フロリダ」とは、「風呂に入るから一時離脱 (注2) する」という意味だそうだ。お風呂に入るので会話を中断するよ、という時に使うらしい。似た言葉に「イチキタ」がある。「一時帰宅する」の略で、1度家に帰ってから出かけよう、というような時に使うそうだ。どちらも漢字の 3-a を組み合わせた 3-b だ。

　「り」「りょ」は、「了解」、「おこ」は「怒っている」ということ。ここまで極端に 4 と思うのだが、若者はせっかち (注3) なのだろうか。

　「ディする」は、英語 disrespect（軽蔑する）を日本語の動詞的に使って「軽蔑する」という意味。「メンディー」は英語っぽいが「面倒くさい」という意味だという。

　「ガチしょんぼり (注4) 沈殿 (注5) 丸」は、何かで激しくしょんぼりしている状態を表すそうだが、これなどちょっと可愛く、センスもあると思われる。

　これらの若者言葉を使っている若者たちも、何年か後には「若者」でなくなり、若者言葉を卒業することだろう。 5 、言葉の遊びを楽しむのもいいことかもしれない。

（注1）暗号：秘密の記号。

（注2）離脱：離れて抜け出すこと。

（注3）せっかち：短気な様子。

（注4）しょんぼり：がっかりして元気がない様子。

（注5）沈殿：底に沈むこと。

1

1　若者にしか　　　　　　　　2　若者には

3　若者だけには　　　　　　　4　若者は

2

1　じっと　　　　　　　　　　2　かなり

3　ちらっと　　　　　　　　　4　さんざん

3

1　a 読み／b 略語　　　　　　2　a 意味／b 略語

3　a 形／b 言葉　　　　　　　4　a 読み／b 熟語

4

1　略してもいいのでは　　　　2　組み合わせてもいいのでは

3　判断してはいけないのでは　4　略しなくてもいいのでは

5

1　困ったときには　　　　　　2　しばしの間

3　永久に　　　　　　　　　　4　さっそく

▼ 翻譯與詳解請見 P.223

Lesson **04** 樣態、傾向、価値

▶ 様態、傾向、價值

date. 1 　　　／　　　　　date. 2 　　　／

・といわんばかりに、とばかりに
　1【様態】
　2【様態】
・ながら、ながらに、ながらの
　1【様態】
　　〖ながらにして〗
　2【譲歩】
・まみれ
　1【様態】
　　〖困擾〗
・ずくめ
　1【様態】
・めく
　1【傾向】
　　〖めいた〗
・きらいがある
　1【傾向】
　　〖どうも～きらいがある〗
　　〖すぎるきらいがある〗

❶ 様態、傾向

様態、傾向、価値

❷ 価値

・にたる、にたりない
　1【價值】
　2【無價值】
　3【不足】

grammar
001

といわんばかりに、とばかりに

接續方法 ►►►►【名詞；簡體句】＋と言わんばかりに、とばかり（に）

意　思 ❶

| 關鍵字 | 樣態 |

「とばかりに」表示看那樣子簡直像是的意思，心中憋著一個念頭或一句話，幾乎要說出來，後項多為態勢強烈或動作猛烈的句子，常用來描述別人。中文意思是：「幾乎要說…；簡直就像…、顯出…的神色、似乎…般地」。如例：

・ ドアを開けると、「寂しかったよ」とばかりに犬が走ってきた。
　 一開門，滿臉寫著「我好孤單喔」的愛犬立刻朝我飛奔而來。

・ 彼らがステージに現れると、待ってましたと
　 ばかりにファンの歓声が鳴り響いた。
　 他們一出現在舞台上，滿場迫不及待的粉絲立刻發出了歡呼。

・ キャプテンが退場すると、今がチャンスとばかりに
　 敵が攻撃を仕掛けてきた。
　 我方隊長一離場，敵隊立刻抓住這個機會發動了攻勢。

比　較　►►►► ばかりに〔就因為…〕

「といわんばかりに」表示樣態，強調「幾乎要表現出來」的概念。表示雖然沒有說出來，但簡直就是那個樣子，來做後項動作猛烈的行為。「ばかりに」表示原因，強調「正是因前項，導致後項不良結果」的概念。就是因為某事的緣故，造成後項不良結果或發生不好的事情。說話人含有後悔或遺憾的心情。

意　思 ❷

| 關鍵字 | 樣態 |

「といわんばかりに」雖然沒有說出來，但是從表情、動作、樣子、態度上已經表現出某種信息，含有幾乎要說出前項的樣子，來做後項的行為。如例：

・ もう我慢できないといわんばかりに、彼女は洗濯物を投げ捨てて出て行った。
　 她彷彿再也無法忍受似地把待洗的髒衣服一扔，衝出了家門。

grammar 002　ながら、ながらに、ながらの

接続方法 ▶▶▶ 【名詞；動詞ます形】＋ながら、ながらに、ながらの＋【名詞】

意　思 ❶

> 關鍵字 **樣態**
> ▶▶▶

前面的詞語通常是慣用的固定表達方式。表示「保持…的狀態下」，表明原來的狀態沒有發生變化，繼續持續。用「ながらの」時後面要接名詞。中文意思是：「保持…的狀態」。如例：

- この辺りは昔ながらの街並みが残っている。
  這一帶還留有古時候的街景。
- 男性は幼い頃の記憶を涙ながらに語った。
  那名男士一邊流淚一邊敘述了兒時的記憶。

> 關鍵字 **ながらにして**
> ▶▶▶

「ながらに」也可使用「ながらにして」的形式。如例：

- インターネットがあれば、家に居ながらにして ┈┈▶
  世界中の人と交流できる。
  只要能夠上網，即使人在家中坐，仍然可以與全世界的人交流。

比　較 ▶▶▶ のままに〔仍舊〕

「ながら」表示樣態，強調「做某動作時的狀態」的概念。前接在某狀態之下，後接在前項狀態之下，所做的動作或狀態。「のままに」表示狀態，強調「仍然保持原來的狀態」的概念。表示過去某一狀態，到現在仍然持續不變。

意　思 ❷

> 關鍵字 **讓步**
> ▶▶▶

讓步逆接的表現。表示「實際情形跟自己所預想的不同」之心情，後項是「事實上是…」的事實敘述。中文意思是：「雖然…但是…」。如例：

- 彼女<ruby>が<rt>かのじょ</rt></ruby>国<ruby>に<rt>くに</rt></ruby>帰<ruby>った<rt>かえ</rt></ruby>ことを知<ruby>り<rt>し</rt></ruby>ながら、どうして僕<ruby>に<rt>ぼく</rt></ruby>教<ruby>えて<rt>おし</rt></ruby>くれなかったんだ。
  你明明知道她已經回國了，為什麼不告訴我這件事呢！

grammar 003 まみれ

接續方法 ▶▶▶ 【名詞】＋まみれ

意思 ❶

關鍵字 **樣態**
▶▶▶

表示物體表面沾滿了令人不快或骯髒的東西，非常骯髒的樣子，前常接「泥、汗、ほこり」等詞，表示在物體的表面上，沾滿了令人不快、雜亂、負面的事物。中文意思是：「沾滿…、滿是…」。如例：

- 息子<ruby>の<rt>むすこ</rt></ruby>泥<ruby>まみれの<rt>どろ</rt></ruby>ズボンをゴシゴシ洗<ruby>う<rt>あら</rt></ruby>。
  我拚命刷洗兒子那件沾滿泥巴的褲子。

- 取<ruby>り<rt>と</rt></ruby>押<ruby>さえられた<rt>お</rt></ruby>男<ruby>の<rt>おとこ</rt></ruby>鞄<ruby>の<rt>かばん</rt></ruby>中<ruby>から<rt>なか</rt></ruby>血<ruby>まみれの<rt>ち</rt></ruby>ナイフが発見<ruby>された<rt>はっけん</rt></ruby>。
  從被制服的男人的皮包裡找到了一把布滿血跡的刀子。

- ようやく本棚<ruby>の<rt>ほんだな</rt></ruby>後<ruby>ろから<rt>うし</rt></ruby>出<ruby>て<rt>で</rt></ruby>きた子猫<ruby>は<rt>こねこ</rt></ruby>体中<ruby>ほこりまみれだった<rt>からだじゅう</rt></ruby>。
  終於從書架後面鑽出來的小貓咪渾身都是灰塵。

關鍵字 **困擾**
▶▶▶

表示處在叫人很困擾的狀況，如「借金」等令人困擾、不悅的事情。如例：

- 借金<ruby>まみれの<rt>しゃっきん</rt></ruby>人生<ruby>。<rt>じんせい</rt></ruby>宝<ruby>くじで<rt>たから</rt></ruby>一発逆転<ruby>だ<rt>いっぱつぎゃくてん</rt></ruby>。⋯⋯⋯▶
  這輩子負債累累。我要靠樂透逆轉人生！

- 結婚<ruby>して<rt>けっこん</rt></ruby>初<ruby>めて<rt>はじ</rt></ruby>、夫<ruby>が<rt>おっと</rt></ruby>借金<ruby>まみれである<rt>しゃっきん</rt></ruby>ことを知<ruby>った<rt>し</rt></ruby>。
  婚後才得知丈夫負債累累。

比　較 ▶▶▶ ぐるみ〔連…〕

「まみれ」表示樣態，強調「全身沾滿了不快之物」的概念。表示全身沾滿了令人不快的、骯髒的液體或砂礫、灰塵等細碎物。「ぐるみ」表示範圍，強調「全部都」的概念。前接名詞，表示連同該名詞都包括，全部都…的意思。如「家族ぐるみ（全家）」。是接尾詞。

ずくめ

接續方法 ▶▶▶ 【名詞】＋ずくめ

關鍵字 **樣態** ▶▶▶

前接名詞，表示全都是這些東西、毫不例外的意思。可以用在顏色、物品等；另外，也表示事情接二連三地發生之意。前面接的名詞通常都是固定的慣用表現，例如會用「黒ずくめ」，但不會用「赤ずくめ」。中文意思是：「清一色、全都是、淨是…、充滿了」。如例：

・黒ずくめの男たちが通りの向こうへ走り去って行った。
　全身黑衣的幾名男子衝向馬路對面，就此消失了身影。

・息子の結婚、娘の出産と、今年はめでたいことずくめでした。
　今年好事接連臨門，先是兒子結婚，然後女兒也生了寶寶。

・君の持って来る弁当は、いつもごちそうずくめだな。羨ましいよ。
　你帶來的飯盒總是裝著滿滿的山珍海味，真讓人羨慕死囉！

・今月に入って残業ずくめで、もう倒れそうだ。
　這個月以來幾乎天天加班，都快撐不下去了。

比　較 ▶▶▶ だらけ〔全是…〕

「ずくめ」表示樣態，強調「在…範圍中都是…」的概念。在限定的範圍中，淨是某事物。正、負面評價的名詞都可以接。「だらけ」也表樣態，強調「數量過多」的概念。也就是某範圍中，雖然不是全部，但絕大多數都是前項名詞的事物。常伴有「骯髒」、「不好」等貶意，是說話人給予負面的評價。所以後面不接正面、褒意的名詞。

grammar 005 めく

接續方法 ▸▸▸ 【名詞】＋めく

意　思 ❶

關鍵字 傾向 ▸▸▸

「めく」是接尾詞，接在詞語後面，表示具有該詞語的要素，表現出某種樣子。前接詞很有限，習慣上較常說「春めく（有春意）、秋めく（有秋意）」。但「夏めく（有夏意）、冬めく（有冬意）」就較少使用。中文意思是：「像…的樣子、有…的意味、有…的傾向」。如例：

・凍(こお)るような寒(さむ)さも去(さ)り、街(まち)は少(すこ)しずつ春(はる)めいてきた。
　嚴寒的冷冬終於離去，街上漸漸散發出春天的氣息了。

・今朝(けさ)の妻(つま)の謎(なぞ)めいた微笑(びしょう)はなんだろう。⋯⋯▸
　今天早上妻子那一抹神祕的微笑究竟是什麼意思呢？

・冗談(じょうだん)めいた言(い)い方(かた)だったけど、何(なに)か怒(おこ)ってるみたいだった。
　他當時雖然用半開玩笑的口吻說話，但似乎隱含著某種怒氣。

關鍵字 めいた ▸▸▸

五段活用後接名詞時，用「めいた」的形式連接。如例：

・あの先生(せんせい)はすぐに説教(せっきょう)めいたことを言(い)うので、生徒(せいと)から煙(けむ)たがれている。
　那位老師經常像在訓話似的，學生無不對他望之生畏。

比　較 ▸▸▸ ぶり〔假裝…〕

「めく」表示傾向，強調「帶有某感覺」的概念。接在某事物後面，表示具有該事物的要素，表現出某種樣子的意思。「めく」是接尾詞。「ぶり」表示樣子，強調「擺出某態度」的概念。表示給予負面的評價，有意擺出某種態度的樣子，「明明…卻要擺出…的樣子」的意思。也是接尾詞。

きらいがある

接續方法 ▸▸▸▸ 【名詞の；動詞辭書形】＋きらいがある

意　思 ❶

關鍵字 **傾向** ▸▸▸

表示某人有某種不好的傾向，容易成為那樣的意思。多用在對這不好的傾向，持批評的態度。而這種傾向從表面是看不出來的，是自然而然容易變成那樣的。它具有某種本質性，漢字是「嫌いがある」。中文意思是：「有一點…、總愛…、有…的傾向」。如例：

・あの子はなんでもおおげさに言うきらいがあるんです。
　那個小孩有凡事誇大的傾向。

・彼は有能だが人を下に見るきらいがある。 ·············▶
　他能力很強，但也有點瞧不起人。

・夫は優しい人ですが、人の意見に流されるきらいがあります。
　外子脾氣好，可是耳根子軟，容易被別人影響。

關鍵字 **どうも〜きらいがある** ▸▸▸

一般以人物為主語。以事物為主語時，多含有背後為人物的責任。書面用語。常用「どうも〜きらいがある」。如例：

・このテレビ局はどうも、時の政権に反対の立場をとるきらいがある。
　這家電視台似乎傾向於站在反對當時政權的立場。

關鍵字 **すぎるきらいがある** ▸▸▸

常用「すぎるきらいがある」的形式。如例：

・彼女は物事を深く考えすぎるきらいがある。
　她對事情總是容易顧慮過多。

比　　較 ▸▸▸ おそれがある〔恐怕會…〕

「きらいがある」表示傾向，強調「有不好的性質、傾向」的概念。表示從表面看不出來，但具有某種本質的傾向。多用在對這不好的傾向，持批評的態度上。「おそれがある」表示推量，強調「可能發生不好的事」的概念。表示有發生某種消極事件的可能性。只限於用在不利的事件。常用在新聞或報導中。

grammar 007　にたる、にたりない

Track 040
類義文法
にたえる
值得…、禁得起…

接續方法 ▸▸▸ 【名詞；動詞辭書形】＋に足る、に足りない

意　　思 ❶

關鍵字　價值

「に足る」表示足夠，前接「信頼する、語る、尊敬する」等詞時，表示很有必要做前項的價值，那樣做很恰當。中文意思是：「可以…、足以…、值得…」。如例：

・彼は口は悪いが信頼に足る人間だ。
　他雖然講話不好聽，但是值得信賴。

・精一杯やって、満足するに足る結果を残すことができた。
　盡了最大的努力，終於達成了可以令人滿意的成果。

比　　較 ▸▸▸ にたえる〔值得…、禁得起…〕

「にたる」表示價值，強調「有某種價值」的概念。表示客觀地從品質或是條件，來判斷很有必要做前項的價值，那樣做很恰當。「にたえる」也表價值，強調「那樣做有那樣做的價值」的概念。可表示有充分那麼做的價值。或表示不服輸、不屈服地忍耐下去。這是從主觀的心情、感情來評斷的。前面只能接「読む、聞く、見る」等為數不多的幾個動詞。

意　　思 ❷

關鍵字　無價值

「に足りない」含又不是什麼了不起的東西，沒有那麼做的價值的意思。中文意思是：「不足以…、不值得…」。如例：

・そんな取るに足りない小さな問題を、いちいち気にするな。
　不要老是在意那種不值一提的小問題。

關鍵字 不足

▶▶▶

「に足りない」也可表示「不夠…」之意。如例：

- ひと月の収入は、二人分を合わせても新生活を始めるに足りなかった。

  那時兩個人加起來的一個月收入依然不夠他們展開新生活。

文法知多少？

☞ 請完成以下題目，從選項中，選出正確答案，並完成句子。

▼ 答案詳見右下角

1 申し訳ないと思い（　）、彼女にお願いするしかない。

　　1．つつも　　　　　　　　2．ながらも

2 彼はどうだ（　）私たちを見た。

　　1．と言わんばかりに　　　2．ばかりに

3 彼には生まれ（　）、備わっている品格があった。

　　1．のままに　　　　　　　2．ながらに

4 彼女はいつも上から下までブランド（　）です。

　　1．だらけ　　　　　　　　2．ずくめ

5 汗（　）になって畑仕事をするのが好きです。

　　1．ぐるみ　　　　　　　　2．まみれ

6 法律の改正には、国民が納得するに（　）説明が必要だ。

　　1．足る　　　　　　　　　2．たえる

7 彼は思いこみが強く、独断専行の（　）がある。

　　1．嫌い　　　　　　　　　2．恐れ

問題1 次の文章を読んで、文章全体の内容を考えて、 1 から 5 の中に入る最もよいものを、1・2・3・4の中から一つ選びなさい。

旅の楽しみ

　テレビでは、しょっちゅう旅行番組をやっている。それを見ていると、居ながらにしてどんな遠い国にも 1 。一流のカメラマンが素晴らしい景色を写して見せてくれる。旅行のための面倒な準備もいらないし、だいいち、お金がかからない。番組を見ているだけで、 2-a その国に 2-b 気になる。

　だからわざわざ旅行には行かない、という人もいるが、私は、番組を見て旅心を誘われるほうである。その国の自然や人々の生活に関する想像が膨らみ、行ってみたいという気にさせられる。

　旅の楽しみとは、まずは、こんなことではないだろうか。心の中で想像を膨らますことだ。 3-a その想像は美化^(注1)されすぎて、実際に行ってみたらがっかりすることも 3-b 。しかし、それでもいいのだ。自分自身の目で見て、そのギャップ^(注2)を実感することこそ、旅の楽しみでも 4 。

　もう一つの楽しみとは、旅先から自分の国、自分の家、自分の部屋に帰る楽しみである。帰りの飛行機に乗った途端、私は早くもそれらの楽しみを思い浮かべる。ほんの数日間離れていただけなのに、空港に降り立ったとき、日本という国のにおいや美しさがどっと身の回りに押し寄せる。家の小さな庭の草花や自分の部屋のことが心に 5 。

　帰宅すると、荷物を片付ける間ももどかしく^(注3)、懐かしい自分のベッドに倒れこむ。その瞬間の嬉しさは格別である。

　旅の楽しみとは、結局、旅に行く前と帰る時の心の高揚^(注4)にあるのかもしれない。

（注1）美化：実際よりも美しく素晴らしいと考えること。

（注2）ギャップ：差。

（注3）もどかしい：早くしたいとあせる気持ち。

（注4）高揚：気分が高まること。

[1]

1　行くのだ

2　行くかもしれない

3　行くことができる

4　行かない

[2]

1　aまるで／b行く

2　aあたかも／b行くような

3　aまたは／b行ったかのような

4　aあたかも／b行ったかのような

[3]

1　aもしも／bあるだろう

2　aもしかしたら／bあるかもしれない

3　aもし／bあるに違いない

4　aたとえば／bないだろう

[4]

1　ないかもしれない

2　あるだろうか

3　あるからだ

4　ないに違いない

[5]

1　浮かべる

2　浮かぶ

3　浮かばれる

4　浮かべた

▼ 翻譯與詳解請見 P.224

Lesson 05 程度、強調、輕重、難易、最上級

▶ 程度、強調、輕重、難易、最上級

date. 1 ___/___ date. 2 ___/___

・ないまでも
 1【程度】
・に（は）あたらない
 1【程度】
 2【不相當】
・だに
 1【強調程度】
 2【強調極限】
・にもまして
 1【強調程度】
 2【最上級】

・たりとも、たりとも〜ない
 1【強調輕重】
 〖何人たりとも〗
・といって〜ない、といった〜ない
 1【強調輕重】

❶ 程度

❷ 輕重

程度、強調、
輕重、難易、
最上級

❸ 強調

❹ 難易、最上級

・あっての
 1【強調】
 〖後項もの、こと〗
・こそすれ
 1【強調】
・すら、ですら
 1【強調】
 〖すら〜ない〗

・にかたくない
 1【難易】
・にかぎる
 1【最上級】

ないまでも

Track 041

類義文法

までもない
用不著…

接續方法 ▶▶▶ 【名詞で（は）；動詞否定形】＋ないまでも

意　思 ❶

關鍵字 | 程度

▶▶▶

前接程度比較高的，後接程度比較低的事物。表示雖然不至於到前項的地步，但至少有後項的水準，或只要求做到後項的意思。後項多為表示義務、命令、意志、希望、評價等內容。後面為義務或命令時，帶有「せめて、少なくとも」（至少）等感情色彩。中文意思是：「就算不能…、沒有…至少也…、就是…也該…、即使不…也…」。如例：

・ヒット商品とは言えないまでも、毎月そこそこ売れています。
　　即使說不上暢銷商品，每個月還能維持基本的銷量。

・高級でないまでも、少しはおしゃれな服が着たい。
　　不敢奢求多麼講究，只是想穿上漂亮一點的衣服。

・ピアニストにはなれないまでも、音楽に関わる仕事をしていきたい。
　　就算無法成為鋼琴家，依然希望從事音樂相關工作。

・毎日とは言わないまでも、週に１、２回は連絡してちょうだい。
　　就算沒辦法天天保持聯絡，至少每星期也要聯繫一兩次。

比　較 ▶▶▶ までもない〔用不著…〕

「ないまでも」表示程度，強調「就算不能達到前項，但可以達到程度較低的後項」的概念。是一種從較高的程度，退一步考慮後項實現問題的辦法，後項常接義務、命令、意志、希望等表現。「までもない」表示不必要，強調「沒有必要做到那種程度」的概念。表示事情尚未到達到某種程度，沒有必要做某事。

に（は）あたらない

意思 ❶

關鍵字 程度

▶▶▶

【動詞辭書形】＋に（は）当たらない。接動詞辭書形時，為沒必要做某事，或對對方過度反應到某程度，表示那樣的反應是不恰當的。用在説話人對於某事評價較低的時候，多接「賞賛する（稱讚）、感心する（欽佩）、驚く（吃驚）、非難する（譴責）」等詞之後。中文意思是：「不需要…、不必…、用不著…」。如例：

・彼の実力からすると、今回の受賞は驚くに当たらない。
　以他的實力，此次獲獎乃是實至名歸，無須大驚小怪。
・この程度の発言は表現の自由の範囲内だ。非難するには当たらない。
　這種程度的發言屬於言論自由的範圍，不應當受到指責。
・若いうちの失敗は嘆くに当たらないよ。「失敗は成功の母」というじゃないか。
　不必怨嘆年輕時的失敗嘛。俗話說得好：「失敗為成功之母」，不是嗎？

比較 ▶▶▶ にたりない〔不足以…〕

「に（は）あたらない」表示程度，強調「沒有必要做某事」的概念。表示沒有必要做某事，那樣的反應是不恰當的。用在説話人對於某事評價較低的時候。「にたりない」表示無價值，強調「沒有做某事的價值」的概念。前接「信頼する、尊敬する」等詞，表示沒有做前項的價值，那樣做很不恰當。

意思 ❷

關鍵字 不相當

▶▶▶

【名詞】＋に（は）当たらない。接名詞時，則表示「不相當於…」的意思。中文意思是：「不相當於…」。如例：

・ちょっとトイレに行っただけです。‥‥‥▶
　駐車違反には当たらないでしょう。
　我只是去上個廁所而已，不至於到違規停車
　吃紅單吧？

ちょっと
トイレに...

grammar
003　だに

接續方法　▸▸▸▸　【名詞；動詞辭書形】＋だに

意　思 ❶

關鍵字　強調程度 ▸▸▸

前接「考える、想像する、思う、聞く、思い出す」等心態動詞時，則表示光只是做一下前面的心理活動，就會出現後面的狀態了。有時表示消極的感情，這時後面多為「ない」或「怖い、つらい」等表示消極的感情詞。中文意思是：「一…就…、只要…就…、光…就…」。如例：

・致死率 90％ の伝染病など、考えるだに恐ろしい。
　致死率高達 90％ 的傳染病，光想就令人渾身發毛。

・新人の彼女が主演女優賞を取るとは、誰も予想だにしなかった。
　誰也沒有想到新晉女演員的她竟能奪得最佳女主角的獎項！

意　思 ❷

關鍵字　強調極限 ▸▸▸

前接名詞時，舉一個極端的例子，表示「就連前項也（不）…」的意思。中文意思是：「連…也（不）…」。如例：

・有罪判決が言い渡された際も、男は微動だにしなかった。……▶
　就連宣布有罪判決的時候，那個男人依舊毫無反應。

・この人の論文など一顧だに値しない。
　這個人的論文不值一看。

比　較　▸▸▸▸　すら〔就連…都〕

「だに」表示強調極限，舉一個極端的例子，表示「就連…都不能…」的意思。後項多和否定詞一起使用。「すら」表示強調，舉出一個極端的例子，表示連前項都這樣了，別的就更不用提了。後接否定。有導致消極結果的傾向。含有輕視的語氣，只能用在負面評價上。

にもまして

意　思 ❶

關鍵字　強調程度
▶▶▶

【名詞】＋にもまして。表示兩個事物相比較。比起前項，後項更為嚴重，更勝一籌，前面常接時間、時間副詞或是「それ」等詞，後接比前項程度更高的內容。中文意思是：「更加地…、加倍的…、比…更…、比…勝過…」。如例：

- 来年の就職が不安だが、それにもまして不安なのは母の体調だ。
  明年要找工作的事固然讓人憂慮，但更令我擔心的是媽媽的身體。

- もともと無口な子だが、転校してからは以前にもまして喋らなくなってしまった。
  這孩子原本就不太說話，自從轉學後，比以前愈發沉默寡言了。

比　較 ▶▶▶ にくわえて〔而且…〕

「にもまして」表示強調程度，強調「在此之上，程度更深一層」的概念。表示兩個事物相比較。前接程度很高的前項，後接比前項程度更高的內容，比起程度本來就很高的前項，後項更為嚴重，程度更深一層。「にくわえて」表示附加，強調「在已有的事物上，再追加類似的事物」的概念。表示在現有前項的事物上，再加上後項類似的別的事物。經常和「も」前後呼應使用。

意　思 ❷

關鍵字　最上級
▶▶▶

【疑問詞】＋にもまして。表示「比起其他任何東西，都是程度最高的、最好的、第一的」之意。中文意思是：「最…、第一」。如例：

- 今日の森部長はいつにもまして機嫌がいい。……▶
  森經理今天的心情比往常都要來得愉快。

- 母は私たち兄弟の幸せを何にもまして望んでいる。
  媽媽最大的期盼是我們兄弟的幸福。

たりとも、たりとも〜ない

接續方法 ▶▶▶ 【名詞】＋たりとも、たりとも〜ない；【數量詞】＋たりとも〜ない

意思 ❶

關鍵字 強調輕重

▶▶▶

前接「一＋助數詞」的形式，舉出最低限度的事物，表示最低數量的數量詞，強調最低數量也不能允許，或不允許有絲毫的例外，是一種強調性的全盤否定的説法，所以後面多接否定的表現。書面用語。也用在演講、會議等場合。中文意思是：「哪怕…也不（可）…、即使…也不…」。如例：

・お客が書類にサインするまで、一瞬たり ┈┈┈▶
とも気を抜くな。
在顧客簽署文件之前，哪怕片刻也不許鬆懈！

・親切にして頂いたご恩は、一日たりとも忘れたことはありません。
當年您善心關照的大恩大德，我連一天都不曾忘記。

・子供たちが寄付してくれたお金です。一円たりとも無駄にできません。
這是小朋友們捐贈的善款，即使是一塊錢也不可以浪費。

關鍵字 何人たりとも

▶▶▶

「何人たりとも」為慣用表現，表示「不管是誰都…」。如例：

・何人たりともこの神聖な地に足を踏み入れることはできない。
無論任何人都不得踏入這片神聖之地。

比　較 ▶▶▶ なりと（も）〔不管…、…之類〕

「たりとも」表示強調輕重，強調「不允許有絲毫例外」的概念。前接表示最低數量的數量詞，表示連最低數量也不能允許。是一種強調性的全盤否定的説法。「なりと（も）」表示無關，強調「全面的肯定」的概念。表示無論什麼都可以按照自己喜歡的進行選擇。也就是表示全面的肯定。如果用 [N ＋なりと（も）]，就表示例示，表示從幾個事物中舉出一個做為例子。

grammar
006

といって～ない、といった～ない

🎧 Track 046
📄 類義文法
といえば
說到…

接續方法 ▶▶▶ 【これ；疑問詞】＋といって～ない、といった＋【名詞】～ない

意　思 ❶

┌─────────┐
│關鍵字 強調輕重│
└─────────┘
　　　　　▶▶▶

前接「これ、なに、どこ」等詞，後接否定，表示沒有特別值得一提的東西之意。為了表示強調，後面常和助詞「は」、「も」相呼應；使用「といった」時，後面要接名詞。中文意思是：「沒有特別的…、沒有值得一提的…」。如例：

・今週はこれといって予定がありません。
　這個星期沒有重要的行程。

・私の特技ですか。これといってないですね。
　您問我有沒有特殊專長嗎？似乎沒有什麼與眾不同的長處。

・何といった目的もなく、なんとなく ·······▶
大学に通っている学生も少なくない。
　沒有特定目標，只是隨波逐流地進入大學
　就讀的學生並不在少數。

・夫はこれといった長所もないが、短所もない。
　外子沒有值得一提的優點，但也沒有缺點。

比　較 ▶▶▶ といえば〔說到…〕

「といって～ない」表示強調輕重，前接「これ、なに、どこ」等詞，後面跟否定相呼應，表示沒有特別值得提的話題或事物之意。「といえば」表示話題，強調「提起話題」的概念，表示以自己心裡想到的事情為話題，後項是對有關此事的敘述，或又聯想到另一件事。

grammar
007

あっての

🎧 Track 047
📄 類義文法
からこそ
正因為…才…

接續方法 ▶▶▶ 【名詞】＋あっての＋【名詞】

意　思 ❶

關鍵字 強調

表示因為有前面的事情，後面才能夠存在，強調後面能夠存在，是因為有至關重要的前面的條件，如果沒有前面的條件，就沒有後面的結果了。中文意思是：「有了…之後…才能…、沒有…就不能（沒有）…」。如例：

・生徒あっての学校でしょう。生徒を第一に考えるべきです。
　沒有學生哪有學校？任何考量都必須將學生放在第一順位。

・消費者あっての商品開発だから、いくらいい物でも値段がこう高くちゃね。
　產品研發的一切基礎是消費者。即使是卓越的商品，如此高昂的訂價，恐怕會影響購買意願。

關鍵字 後項もの、こと

「あっての」後面除了可接實體的名詞之外，也可接「もの、こと」來代替實體。如例：

・この発見は私一人の功績ではない。優秀な研究チームあってのものです。
　這項發現並不是我一個人的功勞，應當歸功於這支優秀的研究團隊！

・彼の現在の成功は、20 年にわたる厳しい修業時代あってのことだ。
　他今日獲致的成功，乃是長達二十年嚴格研修歲月所累積而成的心血結晶。

比　較 ▶▶▶ からこそ〔正因為…才…〕

「あっての」表示強調，強調一種「必要條件」的概念。表示因為有前項事情的成立，後項才能夠存在。含有後面能夠存在，是因為有前面的條件，如果沒有前面的條件，就沒有後面的結果了。「からこそ」表示原因，強調「主觀原因」的概念。表示特別強調其原因、理由。「から」是説話人主觀認定的原因，「こそ」有強調作用。

grammar 008 こそすれ

接續方法 ▶▶▶ 【名詞；動詞ます形】＋こそすれ

意思 ❶

關鍵字 **強調** ▶▶▶

後面通常接否定表現，用來強調前項才是正確的，而不是後項。中文意思是：「只會…、只是…」。如例：

・あなたのこれまでの努力には感謝こそすれ、不服に思うことなどひとつもありません。
對於您這段日子的努力只有無盡的感謝，沒有一絲一毫的不服氣。

・昔の君なら、困難に挑戦こそすれ、やる前に諦めたりはしなかった。
換做是從前的你，只會勇於接受艱難的挑戰，從來不曾臨陣打退堂鼓。

・子供のいたずらじゃないか。誰だって笑いこそすれ、本気で怒ったりしないよ。
這不過是小孩子的惡作劇嘛。換成是誰都會一笑置之，沒有人會當真動怒的。

・彼女の行いには呆れこそすれ、同情の余地はない。
她的行為令人難以置信，完全不值得同情。

比 較 ▶▶▶ てこそ〔正因為…才…〕

「こそすれ」表示強調，後面通常接否定表現，用來強調前項（名詞）才是正確的，否定後項。「てこそ」也表強調，表示由於實現了前項，從而得出後項好的結果。也就是沒有前項，後項就無法實現的意思。後項是判斷的表現。後項一般接表示褒意或可能的內容。

grammar 009 すら、ですら

接續方法 ▶▶▶ 【名詞（＋助詞）；動詞て形】＋すら、ですら

意　思 ❶

關鍵字 強調

▶▶▶

舉出一個極端的例子，強調連他（它）都這樣了，別的就更不用提了。有導致消極結果的傾向。
可以省略「すら」前面的助詞「で」，「で」用來提示主語，強調前面的內容。和「さえ」用法相同。
中文意思是：「就連…都、甚至連…都」。如例：

・人に迷惑をかけたら謝ることくらい、子供ですら知ってますよ。
　就連小孩子都曉得，萬一造成了別人的困擾就該向人道歉啊！

關鍵字 すら～ない

▶▶▶

用「すら～ない（連…都不…）」是舉出一個極端的例子，來強調「不能…」的意思。中文意思是：
「連…都不…」。如例：

・フランスに一年いましたが、通訳どころか、日常会話すらできません。
　在法國已經住一年了，但別說是翻譯了，就連日常交談都辦不到。

・あまりにも悲しいと、人は泣くことすらできないものだ。
　當一個人傷心欲絕的時候，是連眼淚都掉不下來的。

・論文を書くというから大切な本を貸したのに、まだ読んですらないのか。
　你說寫論文需要參考文獻，我才把那本珍貴的書借給你的，居然到現在連一個字都還沒讀？

比　　較 ▶▶▶ さえ～ば〔只要（就）…〕

「すら」表示強調，有「強調主題」的作用。舉出一個極端例子，強調就連前項都這樣了，其他
就更不用提了。後面跟否定相呼應。有導致消極結果的傾向。後面只接負面評價。「さえ～ば」
表示條件，強調「只要有前項最基本的條件，就能實現後項」。後面跟假設條件的「ば、たら、
なら」相呼應。後面可以接正、負面評價。

grammar 010 にかたくない

接續方法 ►►►► 【名詞；動詞辭書形】＋に難くない

意　思 ❶

關鍵字 難易
►►►►

表示從某一狀況來看，不難想像，誰都能明白的意思。前面多用「想像する、理解する」等理解、推測的詞，書面用語。中文意思是：「不難…、很容易就能…」。如例：

・店を首になった彼が絶望して犯行に及んだことは、想像に難くない。
　不難想像遭到店家開除的他陷入絕望以致於鋌而走險，踏上犯罪。

・このままでは近い将来、赤字経営になることは、予想するに難くない。
　不難想見若是照這樣下去，公司在不久的未來將會虧損。

・大切なお金を騙し取られた祖母の悔しさは、察するに難くない。
　不難感受到祖母寶貴的錢財遭到詐騙之後的萬分懊惱。

・投票するまでもなく、社長のお気に入りの田中部長が選ばれるであろうことは、想像するに難くない。
　其實不必投票就能想像得到將會由備受總經理寵愛的田中經理出線。

比　較 ►►►► に（は）あたらない〔不需要…〕

「にかたくない」表示難易，強調「從現實因素，不難想像某事」的概念。「不難、很容易」之意。表示從前面接的這一狀況來看，不難想像某事態之意。書面用語。「に（は）あたらない」表示程度，強調「沒有必要做某事」的概念。表示沒有必要做某事，那樣的反應是不恰當的。用在說話人對於某事評價較低的時候。

grammar 011 にかぎる

Track 051

類義文法
いたり
…之至

Basic Japanese Grammar Exercises to improve your JLPT score

第

05

程度、強調、輕重、難易、最上級

接續方法 ▶▶▶▶ 【名詞（の）；形容詞辭書形（の）；形容動詞詞幹（なの）；動詞辭書形；動詞否定形】＋に限る

意　思 ❶

關鍵字　**最上級** ▶▶▶

除了用來表示說話者的個人意見、判斷，意思是「…是最好的」，相當於「が一番だ」，一般是被普遍認可的事情。還可以用來表示限定，相當於「だけだ」。中文意思是：「就是要…、…是最好的」。如例：

・仕事の後は、冷えたビールに限る。
　工作結束後來一杯透心涼的啤酒真是人生一大樂事。

・靴はファッションもいいが、とにかく歩き易いのに限る。
　鞋子固然要講究時髦，最重要的還是要舒適合腳。

・疲れたときは、ゆっくりお風呂に入るに限る。
　疲憊的時候若能泡個舒舒服服的熱水澡簡直快樂似神仙。

・奥さんといい関係を築きたければ、嘘はつかないに限るよ。
　想要和太太維持融洽的夫妻關係，最要緊的就是不能有任何欺瞞。

比　較 ▶▶▶ いたり〔…之至〕

「にかぎる」表示最上級，表示說話人主觀地主張某事物是最好的。前接名詞、形容詞、形容動詞跟動詞。「いたり」也表最上級，表示一種強烈的情感，達到最高的狀態。前接名詞。

083

文法知多少？

☞ 請完成以下題目，從選項中，選出正確答案，並完成句子。

▼ 答案詳見右下角

1 自分で歩くこと（　　）できないのに、マラソンなんてとんでもない。

　　1. さえ　　　　　　　2. すら

2 彼の名前を耳にする（　　）、身震いがする。

　　1. だに　　　　　　　2. すら

3 特にこれ（　　）好きなお酒もありません。

　　1. といって　　　　　2. といえば

4 予想（　　）好調な出だしで、なによりです。

　　1. に加えて　　　　　2. にもまして

5 あまり帰省し（　　）、よく電話はしていますよ。

　　1. までもなく　　　　2. ないまでも

6 一言一句（　　）漏らさず書きとりました。

　　1. たりとも　　　　　2. なりと

7 私がいくら説得した（　　）、彼は聞く耳を持たない。

　　1. ところで　　　　　2. が最後

8 甚大な被害が出ていることは想像に（　　）。

　　1. あたらない　　　　2. 難くない

問題1　（　）に入るのに最もよいものを、1・2・3・4から一つ選びなさい。

1 この私がノーベル賞を受賞するとは。貧乏学生だった頃には想像だに（　　）。

1　できません　　　　　　　　　2　していません
3　しませんでした　　　　　　　4　しないものです

2 移民の中には、学ぶ機会を与えられず、自分の名前（　　）書けない者もいた。

1　だに　　　　　2　こそ　　　　　3　きり　　　　　4　すら

3 この薬の開発を待っている患者が全国にいるのだ。完成するまで1分（　　）無駄にはできない。

1　なり　　　　　　　　　　　　2　かたがた
3　たりとも　　　　　　　　　　4　もさることながら

4 大成功とは言わないまでも、（　　）。

1　成功とは言い難い　　　　　　2　もう二度と失敗できない
3　次に期待している　　　　　　4　なかなかの出来だ

問題2　つぎの文の＿★＿に入る最もよいものを、1・2・3・4から一つ選びなさい。

5 お金を貸すことは＿＿＿＿　＿＿＿＿　＿★＿　＿＿＿＿できますよ 。

1　までも　　　　　　　　　　　2　くらいなら
3　できない　　　　　　　　　　4　アルバイトの紹介

6 逆転に次ぐ逆転で、＿＿＿＿　＿＿＿＿　＿★＿　＿＿＿＿試合が続いている 。

1　気を抜くことの　　　　　　　2　できない
3　たりとも　　　　　　　　　　4　一瞬

7 突然の事故で＿＿＿＿　＿＿＿＿　＿★＿　＿＿＿＿ 。

1　彼女の悲しみは　　　　　　　2　かたくない
3　想像に　　　　　　　　　　　4　母親を失った

Lesson 06 話題、評価、判断、比喩、手段

▶ 話題、評價、判斷、比喩、手段

date. 1 　　／　　　　date. 2 　　／

・ときたら
　1【話題】
・にいたって (は)、にいたっても
　1【話題】
　2【話題】
　3【結果】
・には、におかれましては
　1【話題】

・たる (もの)
　1【評價的觀點】
・ともあろうものが
　1【評價的觀點】
　〖ともあろうＮが〗
　〖ともあろうもの＋に〗
・と (も) なると、と (も) なれば
　1【評價的觀點】
・なりに、なりの
　1【判斷的立場】
　〖私なりに〗

❶ 話題

❷ 評價、判斷

話題、評價、判斷、比喩、手段

❸ 比喩

❹ 手段

・ごとし、ごとく、ごとき
　1【比喩】
　〖格言〗
　〖Ｎごとき (に)〗
　〖位置〗
・んばかり (だ／に／の)
　1【比喩】
　〖句尾－んばかりだ〗
　〖句中－んばかりの〗

・をもって
　1【手段】
　2【界線】
　〖禮貌－をもちまして〗
・をもってすれば、をもってしても
　1【手段】
　2【讓步】

grammar
001

ときたら

🎧 Track 052

📝 類義文法

といえば
說到…

接續方法 ▶▶▶ 【名詞】＋ときたら

意　思❶

關鍵字 話題 ▶▶▶

表示提起話題，説話人帶著譴責和不滿的情緒，對話題中與自己關係很深的人或事物的性質進行批評，後也常接「あきれてしまう、嫌になる」等詞。批評對象一般是説話人身邊，關係較密切的人物或事。用於口語。有時也用在自嘲的時候。中文意思是：「説到…來、提起…來」。如例：

・弟ときたら、また寝坊したようだ。
　說起我那個老弟真是的，又睡過頭了。

・親父ときたら、いつも眼鏡を探している。
　提起我那位老爸，一天到晚都在找眼鏡。

・このパソコンときたら、肝心なときにフリーズするんだ。
　說起這台電腦簡直氣死人，老是在緊要關頭當機！

・小山課長の説教ときたら、同じ話を３回は繰り返すからね。
　要說小山課長的訓話總是那套模式，同一件事必定重複講三次。

比　較 ▶▶▶ **といえば**〔說到…〕

「ときたら」表示話題，強調「帶著負面的心情提起話題」的概念。消極地承接某人提出的話題，而對話題中的人或事，帶著譴責和不滿的情緒進行批評。比「といえば」還要負面、被動。「といえば」也表話題，強調「提起話題」的概念，表示在某一場合下，某人積極地提出某話題，或以自己心裡想到的事情為話題，後項是對有關此事的敘述，或又聯想到另一件事。

にいたって（は）、にいたっても

grammar 002

接續方法 ▶▶▶▶ 【名詞；動詞辭書形】＋に至って（は）、に至っても

意　思 ❶

關鍵字　話題 ▶▶▶

「に至っても」表示即使到了前項極端的階段的意思，屬於「即使…但也…」的逆接用法。後項常伴隨「なお（尚）、まだ（還）、未だに（仍然）」或表示狀態持續的「ている」等詞。中文意思是：「即使到了…程度」。如例：

・死者が出るに至っても、国はまだ法律の改正に動こうとしない。
　　即便已經有人因此罹難，政府仍然沒有啟動修法的程序。

意　思 ❷

關鍵字　話題 ▶▶▶

「に至っては」用在引出話題。表示從幾個消極、不好的事物中，舉出一個極端的事例來說明。中文意思是：「至於、談到」。如例：

・いじめ問題について、教師たちはみな見て見ぬふりをし、校長に至っては「いじめられる子にも問題がある」などと言い出す始末だ。
　　關於校園霸凌問題，教師們都視而不見，校長甚至還說出「受霸凌的學童本身也有問題」諸如此類的荒唐論調。

・数学も化学も苦手だ。物理に至っては、外国語を聞いているようだ。
　　我的數學和化學科目都很差，至於提到物理課那簡直像在聽外語一樣。

比　較 ▸▸▸▸ にしては〔與…不符…〕

「にいたっては」表示話題，強調「引出話題」的概念。表示從幾個消極、不好的事物中，舉出一個極端的事例來進行說明。「にしては」表示反預料，強調「前後情況不符」的概念。表示以前項的比較標準來看，後項的現實情況是不符合的。是評價的觀點。

意　思 ❸

關鍵字 結果

▸▸▸▸

「に至って」表示到達某極端狀態的時候，後面常接「初めて、やっと、ようやく」。中文意思是：「到…階段（才）」。如例：

・印刷の段階に至って、初めて著者名の誤りに気がついた。
　いんさつ　だんかい　いた　　　　はじ　　ちょしゃめい　あやま　　き

　直到了印刷階段，才初次發現作者姓名誤植了。

には、におかれましては

grammar
003

Track 054

類義文法

にて

以…、用…；因…

接續方法 ▸▸▸▸ 【名詞】＋には、におかれましては

意　思 ❶

關鍵字 話題

▸▸▸▸

提出前項的人或事，問候其健康或經營狀況等表現方式。前接地位、身份比自己高的人或事，表示對該人或事的尊敬。語含最高的敬意。「におかれましては」是更鄭重的表現方法。前常接「先生、皆様」等詞。中文意思是：「在…來說」。如例：

・紅葉の季節となりました。皆様におかれ
　こうよう　きせつ　　　　　　　　みなさま
　ましてはいかがお過ごしでしょうか。
　　　　　　　　　　　す

　時序已入楓紅，各位是否別來無恙呢？

・先生にはお変わりなくお過ごしのことと存じます。
　せんせい　　か　　　　　　　す　　　　　　　　　ぞん

　相信老師您依然硬朗如昔。

・寒さ厳しい折、川崎様におかれましてはくれぐれもお体を大切になさってくださ
　さむ　きび　　おり　かわさきさま　　　　　　　　　　　　　　からだ　たいせつ
　いませ。

　時值寒冬，川崎先生務請保重玉體。

・貴社におかれましては、皆様ますますご活躍のこととお喜び申し上げます。
敬祝貴公司鴻圖大展。

比　較 ▸▸▸▸ にて〔以…、用…；因…〕

「には」表示話題，前接地位、身份比自己高的人，或是對方所屬的組織、團體的尊稱，表示對該人的尊敬，後項後接為請求或詢問健康、近況、祝賀或經營狀況等的問候語。語含最高的敬意。「にて」表示時點，表示時間、年齡跟地點，相當於「で」；也表示手段、方法、原因或限度，後接所要做的事情或是突發事件。屬於客觀的說法，宣佈、告知的語氣強。

grammar
004

たる（もの）

Track 055

類義文法
なる
變成…

接續方法 ▸▸▸▸ 【名詞】＋たる（者）

意　思 ❶

關鍵字 評價的觀點
▸▸▸

表示斷定或肯定的判斷。前接高評價的事物、高地位的人、國家或社會組織，表示照社會上的常識、認知來看，應該會有合乎這種身分的影響或做法，所以後常和表示義務的「べきだ、なければならない」等相呼應。「たる」給人有莊嚴、慎重、誇張的印象。演講及書面用語。中文意思是：「作為…的…、位居…、身為…」。如例：

・経営者たる者は、まず危機管理能力がなければ ……▸
ならない。
既然位居經營階層，首先非得具備危機管理能力不可。

・キャプテンたる者、部員のことを第一に考えて
当然だ。
身為隊長，當然必須把隊員擺在第一優先考量。

・教師たる者、どんな理由があろうとも子供に嘘をつくわけにはいかない。
既是身為教師，不論有任何理由都絕不能欺騙學童。

・国の代表たる組織が、こんなミスをするとは情けない。
堂堂一個代表國家的組織竟然犯下如此失誤，實在有損體面。

比　較 ▸▸▸▸ なる〔變成…〕

「たる（もの）」表示評價的觀點，強調「價值跟資格」的概念。前接某身份、地位，後接符合其身份、地位，應有姿態、影響或做法。「なる」表示變化，強調「變化」的概念，表示事物的變化。是一種無意圖，物體本身的自然變化。

grammar
005

ともあろうものが

Track 056

類義文法
たる（もの）
作為…的人…

接續方法 ▶▶▶ 【名詞】＋ともあろう者が

意 思 ❶

關鍵字　評價的觀點 ▶▶▶

表示具有聲望、職責、能力的人或機構，其所作所為，就常識而言是與身份不符的。「ともあろう者が」後項常接「とは／なんて、〜」，帶有驚訝、憤怒、不信及批評的語氣，但因為只用「ともあろう者が」便可傳達說話人的心情，因此也可能省略後項驚訝等的語氣表現。前接表示社會地位、身份、職責、團體等名詞，後接表示人、團體等名詞，如「者、人、機関」。中文意思是：「身為…卻…、堂堂…竟然…、名為…還…」。如例：

・教育者ともあろう者が、一人の先生を仲間外れにするとは、呆れてものが言えない。
　身為杏壇人士，居然刻意排擠某位教師，這種行徑簡直令人瞠目結舌。

・外務大臣ともあろう者が漢字を読み間違えるとは、情けないことだ。
　堂堂一位外交部部長竟然讀錯漢字，實在可悲。

關鍵字　ともあろう N が ▶▶▶

若前項並非人物時，「者」可用其它名詞代替。如例：

・A新聞ともあろう新聞社が、週刊誌のような記事を載せて、がっかりだな。
　鼎鼎大名的 A 報報社居然登出無異於週刊之流的低俗報導，太令人失望了。

關鍵字　ともあろう もの＋に ▶▶▶

「ともあろう者」後面常接「が」，但也可接其他助詞。如例：

・差別発言を繰り返すとは、政治家ともあろうものにあってはならないことだ。
　身為政治家，無論如何都不被容許一再做出歧視性發言。

091

比　　較 ▸▸▸ たる（もの）〔作為…的人…〕

「ともあろうものが」表示評價的觀點，前接表示具有社會地位、具有聲望、身份的人。後接所作所為與身份不符，帶有不信、驚訝及批評的語氣。「たる（もの）」也表評價的觀點，強調「立場」的概念。前接高地位的人或某種責任的名詞，後接符合其地位、身份，應有的姿態的內容。書面或演講等正式場合的用語。

Track 057
類義文法
とあれば
如果…那就…

grammar 006　と（も）なると、と（も）なれば

接續方法 ▸▸▸ 【名詞；動詞普通形】＋と（も）なると、と（も）なれば

意　　思 ❶

關鍵字
評價的觀點 ▸▸▸

前接時間、職業、年齡、作用、事情等名詞或動詞，表示如果發展到某程度，用常理來推斷，就會理所當然導向某種結論、事態、狀況及判斷。後項多是與前項狀況變化相應的內容。中文意思是：「要是…那就…、如果…那就…、一旦處於…就…、每逢…就…、既然…就…」。如例：

・ この砂浜は週末ともなると、カップルや家族連れで ┈┈┈▶ 賑わう。

　　這片沙灘每逢週末總是擠滿了一雙雙情侶和攜家帶眷的遊客。

・ 中学生ともなれば、好きな子の一人や二人いるだろう。

　　一旦上了中學，想必總有一兩個心儀的對象吧？

・ 学会で発表するとなると、もっと詳細なデータが必要だ。

　　既然是要在學會發表的論文，必須補列更詳盡的數據。

・ 現職の知事が破れたとなれば、議会は方向転換を迫られる。

　　既然現任縣長未能連任成功，議會不得不更動議案主軸。

比　　較 ▸▸▸ とあれば〔如果…那就…〕

「と（も）なると」表示評價的觀點，強調「如果發展到某程度，當然就會出現某情況」的概念。含有強調前項，敘述果真到了前項的情況，就當然會出現後項的語意。可以陳述現實性狀況，也能陳述假定的狀況。「とあれば」表示條件，表示假定條件。強調「如果出現前項情況，就採取後項行動」的概念。表示如果是為了前項所提的事物，是可以接受的，並採取後項的行動。後句不能出現表示請求或勸誘的句子。

grammar 007 なりに、なりの

接續方法 ▸▸▸▸【名詞；形容動詞詞幹；[形容詞・動詞] 普通形】+なりに、なりの

意　思 ❶

關鍵字 判斷的立場 ▸▸▸

表示根據話題中人切身的經驗、個人的能力所及的範圍，含有承認前面的人事物有欠缺或不足的地方，在這基礎上，依然盡可能發揮或努力地做後項與之相符的行為。多有「幹得相當好、已經足夠了、能理解」的正面評價意思。用「なりの名詞」時，後面的名詞，是指與前面相符的事物。中文意思是：「與…相適、從某人所處立場出發做…、那般…（的）、那樣…（的）、這套…（的）」。如例：

・ あの子も子供なりに親に気を遣って、欲しいものも欲しいと言わないのだ。
　那孩子知道自己不能增添父母的煩惱，想要的東西也不敢開口索討。

・ 100円ショップは便利でいいが、安いなりの品質のものも多い。
　百圓商店雖然便利，但多數都是些價錢低廉的便宜貨。

・ 外国人に道を聞かれて、英語ができない
　なりに頑張って案内した。
　外國人向我問路，雖然我不會講英語，還是
　努力比手畫腳地為他指了路。

關鍵字 私なりに ▸▸▸

要用種謙遜、禮貌的態度敘述某事時，多用「私なりに」等。如例：

・ 私なりに精一杯やりました。負けても後悔はありません。
　我已經竭盡自己的全力了。就算輸了也不後悔。

比　較 ▸▸▸ ならではの〔正因為…オ〕

「なりに」表示判斷的立場，強調「與立場相符的行為等」的概念。表示根據話題中人，切身的經驗、個人的能力所及的範圍，含有承認話題中人有欠缺或不足的地方，在這基礎上，做後項與之相符的行為。多有正面的評價的意思。「ならではの」表示限定，強調「後項事物能成立的唯一條件」的概念。表示對「ならでは」前面的某人事物的讚嘆，正因為是這人事物才會這麼好。是一種高度評價的表現方式。

grammar 008　ごとし、ごとく、ごとき

意 思 ❶

【關鍵字】
比喩

▸▸▸

【名詞の；動詞辭書形；動詞た形】＋（が）如し、如く、如き。好像、宛如之意，表示事實雖然不是這樣，如果打個比方的話，看上去是這樣的，「ごとし」是「ようだ」的古語。中文意思是：「如…一般（的）、同…一樣（的）」。如例：

- 彼は演劇界に彗星のごとく現れた、100年に一人の天才だ。
  他猶如戲劇界突然升起的一顆新星，可謂百年難得一見的奇才。

- 病室の母の寝顔は、微笑むがごとく穏やかなものだった。
  當時躺在病房裡的母親睡顏，彷彿面帶微笑一般，十分安詳。

【關鍵字】
格言

▸▸▸

出現於中國格言中。如例：

- 光陰矢の如し。
  光陰似箭。

- 過ぎたるは猶及ばざるが如し。
  過猶不及。

【關鍵字】
Ｎごとき（に）

▸▸▸

【名詞】＋如き（に）。「ごとき（に）」前接名詞如果是別人時，表示輕視、否定的意思，相當於「なんか（に）」；如果是自己「私」時，則表示謙虛。如例：

- この俺様が、お前ごときに負けるものか。
  本大爺豈有敗在你手下的道理！

關鍵字 位置

「ごとし」只放在句尾;「ごとく」放在句中;「ごとき」可以用「ごとき＋名詞」的形式,形容「宛如…的…」。

比 較 ▶▶▶ らしい〔好像…〕

「ごとし」表示比喻,強調「説明某狀態」的概念。表示事實雖然不是這樣,如果打個比方的話,看上去是這樣的。「らしい」表示據所見推測,強調「觀察某狀況」的概念。表示從眼前可觀察的事物等狀況,來進行判斷;也表示樣子,表示充分反應出該事物的特徵或性質的意思。「有…風度」之意。

grammar 009 んばかり(だ/に/の)

🎧 Track 060

類義文法

（か）とおもいきや
原以為…

接續方法 ▶▶▶ 【動詞否定形(去ない)】＋んばかり(に/だ/の)

意 思 ①

關鍵字 比喻

表示事物幾乎要達到某狀態,或已經進入某狀態了。前接形容事物幾乎要到達的狀態、程度,含有程度很高、情況很嚴重的語意。「んばかりに」放句中。中文意思是:「簡直是…、幾乎要…(的)、差點就…(的)」。如例:

・この子猫が、「私を助けて」と言わんばかりに僕を見つめたんだ。
　這隻小貓直勾勾地望著我,彷彿訴説著「求求你救救我」。

・彼は、あと1週間だけ待ってくれ、と泣き出さんばかりに訴えた。
　那時他幾乎快哭出來似地央求我再給他一個星期的時間。

一週間待って

關鍵字 句尾ーんばかりだ

「んばかりだ」放句尾。如例:

・空港は、彼女を一目見ようと押し寄せたファンで溢れんばかりだった。
　機場湧入了只為見她一面的大批粉絲。

「んばかりの」放句中，後接名詞。口語少用，屬於書面用語。如例：

・ 王選手がホームランを打つと、球場は割れんばかりの拍手に包まれた。
　王姓運動員揮出一支全壘打，球場立刻響起了熱烈的掌聲。

比　較 ▸▸▸ （か）とおもいきや〔原以為…〕

「んばかり」表示比喻，強調「幾乎要達到的程度」的概念。表示事物幾乎要達到某狀態，或已經進入某狀態了。書面用語。「（か）とおもいきや」表示預料外，強調「結果跟預料不同」的概念。表示按照一般情況推測，應該是前項的結果，但是卻出乎意料地出現了後項相反的結果。含有說話人感到驚訝的語感。用在輕快的口語中。

grammar 010 **をもって**

Track 061

類義文法
とともに
和…一起

接續方法 ▸▸▸ 【名詞】＋をもって

意　思 ❶

關鍵字 **手段** ▸▸▸

表示行為的手段、方法、材料、中介物、根據、仲介、原因等，用這個做某事之意。中文意思是：「以此…、用以…」。如例：

・ 事故の被害者には誠意をもって対応したい。
　我將秉持最大的誠意與事故的受害者溝通協調。

・ 本日の面接の結果は、後日書面をもってお知らせ
　します。
　今日面談的結果將於日後以書面通知。

比　較 ▸▸▸ とともに〔和…一起〕

「をもって」表示手段，表示在前項的心理狀態下進行後項。前接名詞。「とともに」表示並列，表示前項跟後項一起進行某行為。前面也接名詞。

意思 ❷

關鍵字 界線

表示限度或界線，接在「これ、以上、本日、今回」之後，用來宣布一直持續的事物，到那一期限結束了，常見於會議、演講等場合或正式的文件上。中文意思是：「至…為止」。如例：

・ 以上をもって本日の講演を終わります。
以上，今天的演講到此結束。

關鍵字 禮貌－をもちまして

較禮貌的說法用「をもちまして」的形式。如例：

・ これをもちまして、第 40 回卒業式を終了致します。
第四十屆畢業典禮到此結束。禮成。

grammar 011

をもってすれば、をもってしても

Track 062

類義文法
からといって
即使…，也不能…

接續方法 ▶▶▶ 【名詞】＋をもってすれば、をもってしても

意思 ❶

關鍵字 手段

原本「をもって」表示行為的手段、工具或方法，原因和理由，亦或是限度和界限等意思。「をもってすれば」後為順接，從「行為的手段、工具或方法」衍生為「只要用…」的意思。中文意思是：「只要用…」。如例：

・ 君の人気と実力をもってすれば、当選は間違いない。
只要憑藉你的人氣和實力，保證可以當選。

・ 現代の科学技術をもってすれば、生命誕生の神秘に迫ることも夢ではない。
只要透過現代的科學技術，探究出生命誕生的奧秘將不再是夢。

「をもってすれば」表示手段，強調「只要是（有／用）…的話就…」，屬於順接。前接行為的手段、工具或方法，表示只要用前項，後項就有機會成立，常接正面積極的句子。「からといって」表示原因，強調「不能僅因為…就…」的概念。屬於逆接。表示不能僅僅因為前面這一點理由，就做後面的動作，後面常接否定的説法。

意　　思 ❷

「をもってしても」後為逆接，從「限度和界限」成為「即使以…也…」的意思，後接否定，強調使用的手段或人選。含有「這都沒辦法順利進行了，還能有什麼別的方法呢」之意。中文意思是：「即使以…也…」。如例：

・ 最新の医学をもってしても、原因が不明の難病は少なくない。
　　即使擁有最先進的醫學技術，找不出病因的難治之症依然不在少數。

・ 彼女の真心をもってしても、傷ついた少女の心を開くことはできなかった。
　　即使她付出了真心，仍舊無法打開那位心靈受創少女的心扉。

grammar 練習

文法知多少？

☞ 請完成以下題目，從選項中，選出正確答案，並完成句子。

▼ 答案詳見右下角

1 略儀ながら書中（　　）ごあいさつ申し上げます。

　　1．にあって　　　　　　　　2．をもって

2 現代の科学をもって（　　）、証明できないとも限らない。

　　1．しても　　　　　　　　　2．すれば

3 彼はリーダー（　　）者に求められる素質を具えている。

　　1．なる　　　　　　　　　　2．たる

4 近頃の若者（　　）、わがままといったらない。

　　1．といえば　　　　　　　　2．ときたら

5 貴社（　　）、所要の対応を行うようお願い申し上げます。

　　1．におかれましては　　　　2．にて

6 東京都内の一軒家（　　）、とても手が出ません。

　　1．とあれば　　　　　　　　2．となれば

7 現在に（　　）、10年前の交通事故の後遺症に悩まされている。

　　1．至っても　　　　　　　　2．至り

問題1　（　　）に入るのに最もよいものを、1・2・3・4から一つ選びなさい。

1 複雑な過去を持つこの主人公を演じられるのは、彼を（　　）他にいないだろう。

1　よそに	2　おいて
3　もって	4　限りに

2 A社の技術力（　　）、時代の波には勝てなかったというわけだ。

1　に至っては	2　にとどまらず
3　をものともせずに	4　をもってしても

3 この問題について、私（　　）考えを述べさせていただきます。

1　なりの	2　ゆえに
3　といえば	4　といえども

問題2　つぎの文の＿★＿に入る最もよいものを、1・2・3・4から一つ選びなさい。

4 初めてアルバイトをしてみて、世間の ＿＿＿＿　＿＿＿＿　＿★＿　＿＿＿＿ 。

1　もって	2　知った
3　厳しさを	4　身を

5 いつもは静かな＿＿＿＿　＿＿＿＿　＿★＿　＿＿＿＿国内外からの多くの観光客で賑わう。

1　ともなると	2　紅葉の季節
3　も	4　この寺

▼ 翻譯與詳解請見 P.228

07 限定、無限度、極限

▶ 限定、無限度、極限

date. 1　　　　／　　　　date. 2　　　　／

❶ 限定

・をおいて、
をおいて～ない
1【限定】
2【優先】
・をかぎりに、
かぎりで
1【限定】
2【限度】
・ただ～のみ
1【限定】
・ならでは（の）
1【限定】
〖ならでは～ない〗
・にとどまらず（～も）
1【非限定】

・にかぎったことで
はない
1【非限定】
・ただ～のみならず
1【非限定】

限定、無限度、極限

❷ 無限度、極限

・たらきりがない、ときりがない、
ばきりがない、てもきりがない
1【無限度】
・かぎりだ
1【極限】
2【限定】
・きわまる
1【極限】
〖N（が）きわまって〗
〖前接負面意義〗
・きわまりない
1【極限】
〖前接負面意義〗
・にいたるまで
1【極限】
・のきわみ（だ）
1【極限】

grammar 001 をおいて、をおいて～ない

接續方法 ▶▶▶ 【名詞】＋をおいて、をおいて～ない

意　思 ❶

關鍵字 **限定**

▶▶▶

限定除了前項之外，沒有能替代的，這是唯一的，也就是在某範圍內，這是最積極的選項。多用於給予很高評價的場合。中文意思是：「除了…之外（沒有）」。如例：

・これほど精巧な仕掛けが作れるのは、あの男を ┄┄┄┄▶
　おいてない。
　能夠做出如此精巧的機關，除了那個男人別無他人。

・スポーツ医科学について学ぶなら、この大学をおいて
　他にないだろう。
　想要學習運動醫療科學相關知識，除了這所大學不作他想。

・佐々木さんをおいて、この仕事を安心して任せられる
　人はいない。
　除了佐佐木小姐以外，這項工作沒有可以安心交託的人了。

比　較 ▶▶▶ をもって〔至…為止〕

「をおいて」表示限定，強調「除了某事物，沒有合適的」之概念。表示從某範圍中，挑選出第一優先的選項，説明這是唯一的，沒有其他能替代的。多用於高度評價的場合。「をもって」表示界線，強調「以某時間點為期限」的概念。接在「以上、本日、今回」之後，用來宣布一直持續的事物，到那一期限結束了。

意　思 ❷

關鍵字 **優先**

▶▶▶

用「何をおいても」表示比任何事情都要優先。中文意思是：「以…為優先」。如例：

・あなたにもしものことがあったら、私は何をおいても駆けつけますよ。
　要是你有個萬一，我會放下一切立刻趕過去的！

grammar
002

をかぎりに、かぎりで

Track 064

類義文法

をかわきりに
以…為開端

接續方法 ▶▶▶▶ 【名詞】＋を限りに、限りで

意　思 ❶

關鍵字 限定 ▶▶▶

前接某時間點，表示在此之前一直持續的事，從此以後不再繼續下去。多含有從説話的時候開始算起，結束某行為之意。表示結束的詞常有「やめる、別れる、引退する」等。正、負面的評價皆可使用。中文意思是：「從…起…、從…之後就不（沒）…、以…為分界」。如例：

・今日を限りに禁煙します。
我從今天起戒菸。

・角のスーパーは今月限りで閉店するそうだ。
轉角那家超市聽說到這個月就要結束營業了。

・大田選手は今季を限りに引退することとなった。
大田運動員於本賽季結束後就要退休了。

比　　較 ▶▶▶▶ **をかわきりに〔以…為開端〕**

「をかぎりに」表示限定，強調「結尾」的概念。前接以某時間點、某契機，做為結束後項的分界點，後接從今以後不再持續的事物。正負面評價皆可使用。「をかわきりに」表示起點，強調「起點」的概念，以前接的時間點為開端，發展後面一連串興盛發展的事物。後面常接「地點＋を回る」。

意　思 ❷

關鍵字 限度 ▶▶▶

表示達到極限，也就是在達到某個限度之前做事。中文意思是：「盡量」。如例：

・彼らは、波間に見えた船に向かって、声を限りに叫んだ。
他們朝著那艘在海浪間忽隱忽現的船隻聲嘶力竭地大叫。

103

ただ〜のみ

grammar 003

接續方法 ▶▶▶ ただ＋【名詞（である）；形容詞辭書形；形容動詞詞幹である；動詞辭書形】＋のみ

意　　思 ①

| 關鍵字 | 限定 | ▶▶▶ |

表示限定除此之外，沒有其他。「ただ」跟後面的「のみ」相呼應，有加強語氣的作用，強調「沒有其他」集中一點的狀態。「のみ」是嚴格地限定範圍、程度，是規定性的、具體的。「のみ」是書面用語，意思跟「だけ」相同。中文意思是：「只有…才…、只…、唯…、僅僅、是」。如例：

・ 彼女を動かしているのは、ただ医者としての責任感のみだ。
　　是醫師的使命感驅使她，才一直堅守在這個崗位上。

・ ただ価格が安いのみでは、消費者にとって魅力的な商品とはいえない。
　　倘若價格低廉是其唯一的優勢，還稱不上是件足以吸引消費者購買的商品。

・ 細かいことを言うな。人間はただ寛容であるのみだ。
　　別雞蛋裡挑骨頭了。做人得心胸寬大才好。

・ 親は子の幸せをただ祈るのみだ。
　　身為父母，唯一的心願就是兒女的幸福。

・ ただ頂点を極めた者のみが、この孤独を知っている。
　　唯有站在高峰絕頂之人，方能了解這一種孤寂。

比　　較 ▶▶▶ ならではだ〔正因為…才〕

「ただ〜のみ」表示限定，強調「限定具體範圍」的概念。表示除此範圍之外，都不列入考量。正、負面的內容都可以接。「ならではだ」也表限定，但強調「只有某獨特才能等才能做得到」的概念。表示對「ならでは」前面的某人事物的讚嘆，正因為是這人事物才會這麼好。多表示積極的含意。

ならでは（の）

接續方法 ▸▸▸▸ 【名詞】＋ならでは（の）

意　　思 ❶

關鍵字 限定 ▸▸▸

表示對「ならでは（の）」前面的某人事物的讚嘆，含有如果不是前項，就沒有後項，正因為是這人事物才會這麼好。是一種高度評價的表現方式，所以在商店的廣告詞上，有時可以看到。置於句尾的「ならではだ」，表示肯定之意。中文意思是：「正因為…才有（的）、只有…才有（的）」。如例：

・台南には古都ならではの趣がある。
台南有一種古都獨特的風情。

・この作品には、子供ならではの自由な発想が溢れている。
這部作品洋溢著孩童特有的奔放想像。

・この店のケーキのおいしさは手作りならではだ。
這家店的蛋糕如此美妙的滋味只有手工烘焙才做得出來。

關鍵字 ならでは〜
ない ▸▸▸

「ならでは〜ない」的形式，強調「如果不是…則是不可能的」的意思。中文意思是：「若不是…是不…（的）」。如例：

・街中を大勢のマスクをした人が行き交うのは、東京ならでは見られない光景だ。
街上有非常多戴著口罩的人來來往往，這是在東京才能看見的景象。

比　　較 ▸▸▸▸ ながらの〔一様〕

「ならでは（の）」表示限定，強調「只有…才有的」的概念。表示感慨正因為前項這一唯一條件，才會有後項這高評價的內容。是一種高度的評價。「の」是代替「できない、見られない」等動詞的。「ながらの」表示樣態，強調「保持原有的狀態」的概念。表示原來的樣子，原封不動，沒有發生變化的持續狀態。是一種固定的表達方式。「の」後面要接名詞。

grammar 005 にとどまらず（〜も）

接續方法 ▸▸▸ 【名詞（である）；動詞辭書形】＋にとどまらず（〜も）

意思 ❶

關鍵字 **非限定** ▸▸▸

表示不僅限於前面的範圍，更有後面廣大的範圍。前接一窄狹的範圍，後接一廣大的範圍。有時候「にとどまらず」前面會接格助詞「だけ、のみ」來表示強調，後面也常和「も、まで、さえ」等相呼應。中文意思是：「不僅…還也…、不限於…、不僅僅…」。如例：

- この漫画は小、中学生にとどまらず、大人にも熱心な読者がたくさんいる。
  這部漫畫不僅廣受中、小學生的喜愛，也擁有許多成年人的忠實書迷。

- 大気汚染による健康被害は国内にとどまらず、近隣諸国にも広がっているそうだ。
  據說空氣汙染導致的健康危害不僅僅是國內受害，還殃及臨近各國。

- 私にとって妻は妻であるにとどまらず、人生を共にする戦友でもある。
  對我而言，妻子不僅僅是配偶，亦是同甘共苦的人生戰友。

- 男は大声を出すにとどまらず、とうとうテーブルを叩いて暴れ始めた。
  那個男人不但大聲咆哮，最後甚至拍桌發起飆來。

比較 ▸▸▸ はおろか〔別說…了，就連…也〕

「にとどまらず」表示非限定，強調「後項範圍進一步擴大」的概念。表示不僅限於某個範圍。表示某事已超過了前接的某一窄狹範圍，事情已經涉及到後接的這一廣大範圍了。後面和「も、まで、さえ」相呼應。「はおろか」表示附加，強調「後項程度更高」的概念。表示前項的一般情況沒有說明的必要，以此來強調後項較極端的事態也不例外。含有說話人吃驚、不滿的情緒，是一種負面評價。後面多接否定詞。

grammar 006 にかぎったことではない

接續方法 ▸▸▸ 【名詞】＋に限ったことではない

意思 ❶

關鍵字 非限定

▶▶▶

表示事物、問題、狀態並不是只有前項這樣，其他場合也有同樣的問題等。經常用於表示負面的情況。中文意思是：「不僅僅…、不光是…、不只有…」。如例：

・あの家から怒鳴り声が聞こえてくるのは今日に限った────▶
　ことじゃないんです。
　今天並非第一次聽見那戶人家傳出的怒斥聲。

・彼が本番で緊張のあまり失敗するのは、今回に限ったことではない。
　他這不是第一次在正式上場時由於緊張過度而失敗了。

・上司が威張っているのは何も君の部署に限ったことじゃないよ。
　主管擺臭架子並不是只發生在你那個部門的情形呀！

・少子化問題は日本に限ったことではない。
　少子化並非僅僅發生於日本的問題。

比較 ▶▶▶ にかぎらず〔不只…〕

「にかぎったことではない」表示非限定，表示不僅限於前項，還有範圍不受限定的後項。「にかぎらず」也表非限定，表示不僅止是前項，還有範圍更廣的後項。

grammar 007

ただ～のみならず

🎧 Track 069

📝 類義法法

はいうまでもなく
不用說…（連）也

接續方法 ▶▶▶ ただ＋【名詞（である）；形容詞辭書形；形容動詞詞幹である；動詞辭書形】＋
　のみならず

意思 ❶

關鍵字 非限定

▶▶▶

表示不僅只前項這樣，後接的涉及範圍還要更大、還要更廣，前項和後項的內容大多是互相對照、類似或並立的。後常和「も」相呼應，比「のみならず」語氣更強。是書面用語。中文意思是：「不僅…而且、不只是…也」。如例：

・彼はただ芸術家であるのみならず、良き教育者でもあった。
　他不僅是一名藝術家，亦是一位出色的教育家。

・ この図鑑はただ項目が多いのみならず、それぞれの説明が簡潔で分かり易い。
  這本圖鑑不僅收錄條目豐富，每一則解說更是淺顯易懂。

・ この病気はただ治療が困難であるのみならず、一度回復しても再発に苦しむ人が多いそうだ。
  這種病不但不易治療，即使一度治癒，仍有許多患者會受復發所苦。

・ 男はただ酔って騒いだのみならず、店員を ⋯⋯⋯⋯▶ 殴って逃走した。
  那個男人非但酒後鬧事，還在毆打店員之後逃離現場了。

比　　較 ▶▶▶ はいうまでもなく〔不用說…（連）也〕

「ただ〜のみならず」表示非限定，強調「非限定具體範圍」的概念。表示不僅只是前項，還涉及範圍還更大，前項和後項一般是類似或互為對照、並立的內容。後面常和「も」相呼應。是書面用語。「はいうまでもなく」表示不必要，強調「沒有說明前項的必要」的概念。表示前項很明顯沒有說明的必要，後項較極端的事例也不例外。是一種遞進、累加的表現。常和「も、さえも、まで」等相呼應。

grammar
008

たらきりがない、ときりがない、ばきりがない、てもきりがない

🎧 Track 070

類義文法

にあって
處於…狀況之下

接續方法 ▶▶▶ 【動詞た形】＋たらきりがない；【動詞て形】＋てもきりがない；【動詞辭書形】＋ときりがない；【動詞假定形】＋ばきりがない

意　　思 ❶

關鍵字 **無限度**
▶▶▶

前接動詞，表示是如果做前項的動作，會永無止盡，沒有限度、沒有結束的時候。中文意思是：「沒完沒了」。如例：

・ 花嫁姿を見せたいのは分かるけど、友達みんなを招待してたらきりがないよ。
  我可以體會妳想讓大家見證自己當新娘的幸福模樣，但若想邀請所有的朋友來參加婚宴，這份賓客名單恐怕連寫都寫不完了。

・ 細かいことを言うときりがないから、全員1万円 ⋯⋯⋯⋯▶ ずつにしよう。
  逐一分項計價實在太麻煩了，乾脆每個人都算一萬圓吧！

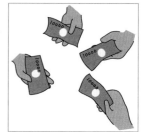

- この資料は酷いな。間違いを挙げればきりがない。
  這份資料簡直糟糕透頂。錯誤百出，就算挑上三天三夜都挑不完。

- そうやってくよくよしていてもきりがないよ。済んだことは忘れて、前を向こう。
  再繼續沮喪下去可要沒完沒了。過去的事就拋到腦後，繼續前進吧！

比　較 ▶▶▶ にあって〔處於…狀況之下〕

「たらきりがない」表示無限度，前接動詞，表示如果觸及了前項的動作，會永無止境、沒有限度、沒有終結。「にあって」表示時點，前接時間、地點及狀況等詞，表示處於前面這一特別的事態、狀況之中，所以有後面的事情。順接、逆接都可以。屬於主觀的說法。

grammar 009 かぎりだ

Track 071

類義文法

のいたりだ
…之極

接續方法 ▶▶▶ 【名詞；形容詞辭書形；形容動詞詞幹な】＋限りだ

意　思 ❶

關鍵字 極限 ▶▶▶

表示喜怒哀樂等感情的極限。這是說話人自己在當時，有一種非常強烈的感覺，這個感覺別人是不能從外表客觀地看到的。由於是表達說話人的心理狀態，一般不用在第三人稱的句子裡。中文意思是：「真是太…、…得不能再…了、極其…」。如例：

- 君から結婚式の招待状が届くとは、嬉しい限りです。
  真的非常高興收到你的喜帖！

- この公園を潰して、マンションを建てるそうだ。………
  残念な限りだ。
  據說這座公園將被夷為平地，於原址建起一棟大廈。
  實在太令人遺憾了。

- こんなに広いお庭があるとは、羨ましい限りです。
  能擁有如此寬廣的庭院，真讓人羨慕無比。

- 君も就職して結婚か、めでたい限りじゃないか。
  就業與結婚雙喜臨門，真的要好好恭喜你呀！

比　較 ▶▶▶ のいたりだ〔…之極〕

「かぎりだ」表示極限，表示說話人喜怒哀樂等心理感情的極限。用在表達說話人心情的，不用在第三人稱上。前面可以接名詞、形容詞及形容動詞，常接「うれしい、羨ましい、残念な」等詞。「のいたりだ」也表極限，表示說話人要表達一種程度到了極限的強烈感情。前面接名詞，常接「光栄、感激、赤面」等詞。

109

關鍵字 限定

如果前接名詞時，則表示限定，這時大多接日期、數量相關詞。中文意思是：「只限…、以…為限」。如例：

・ 父は今年限りで定年退職です。
　　家父將於今年屆齡退休。

きわまる

Track 072

類義文法

ならでは (の)
正因為…オ

意　思 ❶

關鍵字 極限

【形容動詞詞幹】＋きわまる。形容某事物達到了極限，再也沒有比這個更為極致了。這是說話人帶有個人感情色彩的說法。是書面用語。中文意思是：「極其…、非常…、…極了」。如例：

・ 部長の女性社員に対する態度は失礼極まる。　　　　▶
　　經理對待女性職員的態度極度無禮。

・ 教科書を読むだけの林先生の授業は、退屈極まるよ。
　　林老師上課時只把教科書從頭讀到尾，簡直無聊透頂！

關鍵字 N（が）きわまって

【名詞（が）】＋きわまって。前接名詞。如例：

・ 多忙が極まって、体を壊した。
　　由於忙得不可開交，結果弄壞了身體。

・ 表彰台の上の金選手は感極まって泣き出した。
　　站在領獎台上的金姓運動員由於非常感動而哭了出來。

關鍵字　前接負面意義　▶▶▶

常接「勝手、大胆、失礼、危険、残念、贅沢、卑劣、不愉快」等，表示負面意義的形容動詞詞幹之後。

比　　較　▶▶▶　ならでは(の)〔正因為…オ〕

「きわまる」表示極限，形容某事物達到了極限，再也沒有比這個程度還要高了。帶有説話人個人主觀的感情色彩。是古老的表達方式。「ならでは(の)」表示限定，表示對「ならでは」前面的某人事物的讚嘆，正因為是這人事物才會這麼好。是一種高度評價的表現方式，所以在公司或商店的廣告詞上，常可以看到。

🎧 Track 073

📄 類義文法

のきわみ
真是…極了

grammar
011

きわまりない

接續方法　▶▶▶　【形容詞辭書形こと；形容動詞詞幹 (なこと)】＋きわまりない

意　　思 ❶

關鍵字　極限　▶▶▶

「きわまりない」是「きわまる」的否定形，雖然是否定形，但沒有否定意味，意思跟「きわまる」一樣。「きわまりない」是形容某事物達到了極限，再也沒有比這個更為極致了，這是説話人帶有個人感情色彩的説法，跟「きわまる」一樣。中文意思是：「極其…、非常…」。如例：

・事業に失敗して借金を抱え、生活が苦しいこと極まりない。
　事業失敗後欠下大筆債務，生活陷入了極度困頓。

・いきなり電話を切られ、不愉快極まりなかった。⋯⋯▶
　冷不防被掛了電話，令人不悦到了極點。

・裁判所の出した判決は残念極まりないものだった。
　法院做出的判決令人倍感遺憾。

・行列に割り込むとは、非常識なこと極まりない。
　插隊是一種極度缺乏常識的行徑。

關鍵字 前接負面意義

前面常接「残念、残酷、失礼、不愉快、不親切、不可解、非常識」等負面意義的漢語。另外,「き
わまりない」還可以接在「形容詞、形容動詞＋こと」的後面。

比　　較 ▶▶▶ **のきわみ**〔真是…極了〕

「きわまりない」表示極限,強調「前項程度達到極限」的概念。形容某事物達到了極限,再也
沒有比這個更為極致了。「Ａきわまりない」表示非常的Ａ,強調Ａ的表現。這是說話人帶有個
人感情色彩的說法。「のきわみ」也表極限,強調「前項程度高到極點」的概念。「Ａのきわみ」
表示Ａ的程度高到極點,再沒有比Ａ更高的了。

grammar 012 **にいたるまで**

Track 074

類義文法

から〜にかけて
從…到…

接續方法 ▶▶▶ 【名詞】＋に至るまで

意　　思 ❶

關鍵字 極限

表示事物的範圍已經達到了極端程度,對象範圍涉及很廣。由於強調的是上限,所以接在表示
極端之意的詞後面。前面常和「から」相呼應使用,表示從這裡到那裡,此範圍都是如此的意思。
中文意思是:「…至…、直到…」。如例:

・ 帰国（きこく）するので、冷蔵庫（れいぞうこ）からコップに至（いた）るまで、みんなネットで売（う）り払（はら）った。
   由於要回國了,因此大至冰箱小至杯子統統上網賣掉了。

・ うちの会社（かいしゃ）では毎朝（まいあさ）、若手社員（わかてしゃいん）から社長（しゃちょう）に
   至（いた）るまで全員（ぜんいん）でラジオ体操（たいそう）をします。
   我們公司每天早上從新進職員到總經理的全體
   員工都要做國民健身操(廣播體操)。

・ 旅行（りょこう）の予定（よてい）は集合時間（しゅうごうじかん）から、お土産（みやげ）を買（か）う時間（じかん）に
   至（いた）るまで、細（こま）かく決（き）められている。
   旅遊的行程表從集合時刻到買土特產的時間全部詳細規定載明。

・ 警察（けいさつ）は事件現場（じけんげんば）に残（のこ）された血（ち）の付（つ）いた衣服（いふく）から、髪（かみ）の毛（け）の１本（ぽん）に至（いた）るまで、全（すべ）て
   を調（しら）べ上（あ）げた。
   警方從遺留在案發現場的物件,包括沾有血跡的衣服乃至於一根毛髮,全都鉅細靡遺地調查過了。

比較 ►►► から～にかけて〔從…到…〕

「にいたるまで」表示極限，強調「事物已到某極端程度」的概念。前接從理所當然，到每個細節的事物，後接全部概括毫不例外。除了地點之外，還可以接人事物。常與「から」相呼應。「から～にかけて」表示範圍，強調「籠統地跨越兩個領域」的概念。籠統地表示，跨越兩個領域的時間或空間。不接時間或是空間以外的詞。

grammar 013 のきわみ（だ）

Track 075

類義文法
ことだ
就得…

接續方法 ►►► 【名詞】＋の極み（だ）

意思 ❶

關鍵字 極限 ►►►

形容事物達到了極高的程度。強調這程度已經超越一般，到達頂點了。大多用來表達説話人激動時的那種心情。前面可接正面或負面、或是感情以外的詞。前接情緒的詞表示感情激動，接名詞則表示程度極致。「感激の極み（感激萬分）、痛恨の極み（極為遺憾）」是常用的形式。中文意思是：「真是…極了、十分地…、極其…」。如例：

・ このような激励会を開いていただき、感激のきわみです。
　承蒙舉行如此盛大的勵進會，小弟銘感五內。

・ 今月に入ってから一日も休んでいない。疲労の
　きわみだ。
　這個月以來我連一天都沒有休息，已經累到極點了。

・ このレストランのコース料理は贅沢のきわみと ·····►
　言えよう。
　這家餐廳的套餐可說是極盡豪華之能事。

・ 最後の最後に私のミスで逆転負けしてしまい、痛恨のきわみです。
　在最後一刻由於我的失誤使對手得以逆轉勝，堪稱痛心疾首。

比較 ►►► ことだ〔就得…〕

「のきわみ（だ）」表示極限，強調「事物達到極高程度」的概念。形容事物達到了極高的程度。強調這程度已到達頂點了。大多用來表達説話人激動時的那種心情。前面可接正面或負面的詞。「ことだ」表示忠告，強調「某行為是正確的」之概念。表示一種間接的忠告或命令。説話人忠告對方，某行為是正確的或應當的，或某情況下將更加理想。口語中多用在上司、長輩對部屬、晚輩。

文法知多少？

☞ 請完成以下題目，從選項中，選出正確答案，並完成句子。

▼ 答案詳見右下角

1 彼はテレビからパソコンに（　　）、すべて最新のものをそろえている。

1. かけて　　　　　　　　　2. いたるまで

2 今年12月を（　　）、退職することにしました。

1. 限りに　　　　　　　　　2. 皮切りに

3 私の役割は、ただみなの意見を一つにまとめること（　　）です。

1. のみ　　　　　　　　　　2. ならでは

4 街はクリスマス（　　）のロマンティックな雰囲気にあふれている。

1. ならでは　　　　　　　　2. ながら

5 同僚で英語ができる人といえば、鈴木さんを（　　）いない。

1. もって　　　　　　　　　2. おいて

6 キンモクセイはただその香り（　　）、花も美しい。

1. は言うまでもなく　　　　2. のみならず

7 彼女は雑誌の編集（　　）、表紙のデザインも手掛けています。

1. はおろか　　　　　　　　2. にとどまらず

答案：(1) 2 (2) 1 (3) 1 (4) 1
(5) 2 (6) 2 (7) 2

問題1　次の文章を読んで、文章全体の内容を考えて、 1 から 5 の中に入る最もよいものを、1・2・3・4の中から一つ選びなさい。

日本の敬語

　人に物を差し上げるとき、日本人は、「ほんの 1-a 物ですが、おひとつ。」などと言う。これに対して外国人は「とても 1-b 物ですので、どうぞ。」と言うそうだ。そんな外国人にとって、日本人のこの言葉はとても不思議で 2 という。なぜ、「つまらない物」を人にあげるのかと、不思議に思うらしいのだ。

　なぜこのような違いがあるのだろうか。

　日本人は、相手の心を考えて話すからであると思われる。どんなに立派な物でも、「とても立派なものです。」「高価なものです。」と言われれば、 3 いる気がして、いい気持ちはしない。そんな嫌な気持ちにさせないために、自分の物を低めて「つまらない物」「ほんの少し」などと言うのだ。いわば、謙譲語^(注1)の一つである。

　謙譲語の精神は、自分の側を謙遜して言うことによって、相手をいい気持ちにさせるということである。例えば、自分の息子のことを「愚息」というのも 4 である。人の心というのは不思議なもので、「私の優秀な息子です。」と紹介されれば自慢されているようで反発を感じるし、逆に「愚息です。」と言われると、なんとなく安心する気持ちになるのだ。

　尊敬語^(注2)は、 5-a だけでなく 5-b にもあると聞く。何かしてほしいと頼んだりするとき、命令するような言い方ではなく、へりくだった態度で丁寧に頼む言い方であるが、それは日本語の謙譲語とは異なる。「立派な物」「高価な物」と言って贈り物をする彼らのことだから、多分謙譲語というものはないのではなかろうか。

（注1）謙譲語：敬語の一種で、自分をへりくだって控えめに言う言葉。

（注2）尊敬語：敬語の一種で、相手を高めて尊敬の気持ちを表す言い方。

1

1　aおいしい／bつまらない

2　aつまらない／bおいしい

3　aおいしくない／bおいしい

4　a差し上げる／bいただく

2

1　理解しがたい　　　　　　2　理解できる

3　理解したい　　　　　　　4　よくわかる

3

1　馬鹿にされて　　　　　　2　追いかけられて

3　困って　　　　　　　　　4　威張られて

4

1　いる　　　　　　　　　　2　あれ

3　それ　　　　　　　　　　4　一種で

5

1　a外国語／b日本語　　　　2　a日本語／b外国語

3　a敬語／b謙譲語　　　　　4　aそれ／bこれ

▼ 翻譯與詳解請見 P.230

08　列挙、反復、数量

▶ 列舉、反覆、數量

date. 1　　　/　　　　date. 2　　　/

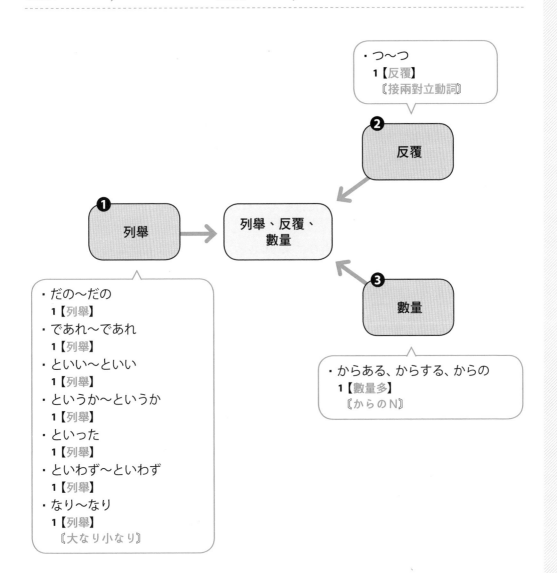

・つ～つ
1【反覆】
〖接兩對立動詞〗

❷ 反覆

❶ 列舉

列舉、反覆、
數量

❸ 數量

・からある、からする、からの
1【數量多】
〖からのN〗

・だの～だの
1【列舉】
・であれ～であれ
1【列舉】
・といい～といい
1【列舉】
・というか～というか
1【列舉】
・といった
1【列舉】
・といわず～といわず
1【列舉】
・なり～なり
1【列舉】
〖大なり小なり〗

grammar 001 だの～だの

接續方法 ▶▶▶ 【[名詞・形容動詞詞幹]（だった）；[形容詞・動詞]普通形】＋だの～【[名詞・形容動詞詞幹]（だった）；[形容詞・動詞]普通形】＋だの

意　思 ❶

關鍵字　列舉

列舉用法，在眾多事物中選出幾個具有代表性的。多半帶有負面的語氣，常用在抱怨事物總是那麼囉唆嘮叨的叫人討厭。是口語用法。中文意思是：「又是…又是…、一下…一下…、…啦…啦」。如例：

· シャネルだのエルメスだの、僕にはそんなものは買えないよ。
　什麼香奈兒啦、愛馬仕啦，那些名牌貨我買不起啊！

· 狭いだの暗いだの、人の家に遊びに来ておいて、ずいぶん失礼だな。
　來到別人家裡作客，居然一下子嫌小、一下子嫌暗的，真沒禮貌啊！

· 郊外に家を買いたいが、交通が不便だの、買い物に不自由だの、妻は文句ばかり言う。
　雖然想在郊區買了房子，可是太太抱怨連連，說是交通不便啦、買東西也不方便什麼的。

· ノルマが厳しいだの、先輩が怖いだの言っていたけど、一年間頑張って、すっかり逞しくなったじゃないか。
　你早前抱怨業績標準太高啦、前輩太嚴格啦等等，結果堅持這一年下來，不是就徹底茁壯成長起來了嗎？

比　較 ▶▶▶ なり～なり〔或是…或是…〕

「だの～だの」表示列舉，表示在眾多事物中選出幾個具有代表性的，一般帶有抱怨、負面的語氣。「なり～なり」也表列舉，表示從列舉的同類或相反的事物中，選其中一個。暗示列舉之外，還有其他更好的選擇。後項大多是命令、建議等句子。一般不用在過去的事物。

であれ～であれ

grammar
002

Track 077

類義文法

にしても～にしても
無論是…還是…

接續方法 ▶▶▶ 【名詞】＋であれ＋【名詞】＋であれ

意　思 ❶

關鍵字　列舉

表示不管哪一種人事物，後項都可以成立。先舉出幾個例子，再指出這些全部都適用之意。列舉的內容大多是互相對照、並立或類似的。中文意思是：「即使是…也…、無論…都、也…也…、無論是…或是…、不管是…還是…、也好…也好…、也是…也是…」。如例：

・都会であれ田舎であれ、人と人の繋がりが大切だ。
　無論是在城市或者鄉村，人與人之間的羈絆都同樣重要。

・男であれ女であれ、働く以上、責任が伴うのは
　同じだ。
　不管是男人也好、女人也好，既然接下工作，就必須
　同樣肩負起責任。

責任

・禁煙であれ禁酒であれ、軽い気持ちではできない。
　不管是戒菸或是戒酒，如果沒有下定決心就將注定失敗。

・この法案に賛成であれ反対であれ、国の将来を思う気持ちに変わりはない。
　無論贊成抑或反對這項法案，大家對國家未來前途的殷切期盼都是相同的。

比　較 ▶▶▶ にしても～にしても〔無論是…還是…〕

「であれ～であれ」表示列舉，舉出對照、並立或類似的例子，表示所有都適用的意思。後項是說話人主觀的判斷。「にしても～にしても」也表列舉，「AであれBであれ」句型中，A跟B都要用名詞。但如果是動詞，就要用「にしても～にしても」，這一句型舉出相對立或相反的兩項事物，表示無論哪種場合都適用，或兩項事物無一例外之意。

grammar 003　といい～といい

接續方法 ▸▸▸▸ 【名詞】＋といい＋【名詞】＋といい

意　思 ❶

關鍵字　**列舉**
▸▸▸

表示列舉。為了做為例子而並列舉出具有代表性，且有強調作用的兩項，後項是對此做出的評價。含有不只是所舉的這兩個例子，還有其他也如此之意。用在批評和評價的場合，帶有吃驚、灰心、欽佩等語氣。與全體為焦點的「といわず～といわず（不論是…還是）」相比，「といい～といい」的焦點聚集在所舉的兩個事物上。中文意思是：「不論…還是、…也好…也好」。如例：

- 娘といい息子といい、いい年をして就職する気がてんでない。
  我家的女兒也好、兒子也罷，都長到這個年紀了卻壓根沒打算去找工作。

- 風呂といいトイレといい、狭くてこれじゃ刑務所だ。
  不管是浴室還是廁所都太小了，簡直像在監獄裡似的。

- この映画は、鮮やかな映像といい、美しい音楽といい、見る人の心に残る作品だ。
  這部電影無論是華麗的影像還是優美的音樂，都是一個令人印象深刻的作品。

- このワインは滑らかな舌触りといい、フルーツ ⋯⋯⋯⋯▸
  のような香りといい、女性に人気です。
  這支紅酒從口感順喉乃至於散發果香，都是受到女性喜愛的特色。

女性に人気

比　較 ▸▸▸▸ だの～だの〔…啦…啦〕

「といい～といい」表示列舉，舉出同一事物的兩個不同側面，表示都很出色，後項是對此做出總體積極評價。帶有欽佩等語氣。「だの～だの」也表列舉，表示單純的列舉，是對具體事項一個個的列舉。內容多為負面的。

grammar 004　というか～というか

接續方法 ▸▸▸▸ 【名詞；形容詞辭書形；形容動詞詞幹】＋というか＋【名詞；形容詞辭書形；形容動詞詞幹】＋というか

意　思❶

關鍵字 列舉

用在敘述人事物時，說話者想到什麼就說什麼，並非用一個詞彙去形容或表達，而是列舉一些印象、感想、判斷，變換各種說法來說明。後項大多是總結性的評價。更隨便一點的說法是「っていうか～っていうか」。中文意思是：「該說是…還是…」。如例：

・娘というか孫というか、彼女は私にとって、そんな存在だ。
　該說是女兒還是孫女呢，總之在我眼中的她就是如此親近的晚輩。

・プロポーズされたときは恥ずかしいというかびっくりしたというか、喜ぶどころではなかった。
　被求婚的那一刻不曉得該說是難為情還是驚訝才好，總之來不及反應過來享受那份喜悅。

・あいつは素直というか馬鹿正直というか、人を疑うことを知らない。
　真不知道該說那傢伙是老實還是憨直，總之他從來不懂得對人懷有戒心。

・船の旅は豪華というか贅沢というか、夢のような
　時間でした。
　那趟輪船之旅該形容是豪華還是奢侈呢，總之是如作夢一般的美好時光。

比　較 ▸▸▸ といい～といい〔…也好…也好〕

「というか～というか」表示列舉，表示舉出來的兩個方面都有，或難以分辨是哪一方面，後項多是總結性的判斷。帶有說話人的感受或印象語氣。可以接名詞、形容詞跟動詞。「といい～といい」也表列舉，表示舉出同一對象的兩個不同的側面，後項是對此做出評價。帶有欽佩等語氣。只能接名詞。

grammar
005

といった

Track 080

類義文法

といって～ない
沒有特別的…

接續方法 ▸▸▸ 【名詞】＋といった＋【名詞】

意　思❶

關鍵字 列舉

表示列舉。舉出兩項以上具體且相似的事物，表示所列舉的這些不是全部，還有其他。前接列舉的兩個以上的例子，後接總括前面的名詞。中文意思是：「…等的…、…這樣的…」。如例：

・日本で寿司や天ぷらといった日本料理を食べました。
　在日本吃了壽司、炸物等等日本料理。

- ここでは象やライオンといったアフリカの
動物たちを見ることができる。
在這裡可以看到包括大象和獅子之類的非洲動物。

- 奈良県には、東大寺や法隆寺といった歴史的
建造物がたくさんあります。
奈良縣目前仍保存著東大寺、法隆寺等諸多歷史建築。

- この学校はシンガポールやインドネシアといった東南アジア出身の留学生が多い。
這所學校有許多來自新加坡和印尼等來自東南亞的留學生。

比　　較 ▶▶▶ といって～ない〔沒有特別的…〕

「といった」表示列舉，前接兩個相同類型的事例，表示所列舉的兩個事例都屬於這範圍，暗示還有其他一樣的例子。「といって～ない」表示強調輕重，前接「これ」或疑問詞「なに、どこ」等，後面接否定，表示沒有特別值得一提的東西之意。

---

grammar
006 といわず～といわず

Track 081

類義文法

といい～といい
…也好…也好

接續方法 ▶▶▶ 【名詞】＋といわず＋【名詞】＋といわず

意　　思 ❶

關鍵字 列舉 ▶▶▶

表示所舉的兩個相關或相對的事例都不例外，都沒有差別。也就是「といわず」前所舉的兩個事例，都不例外會是後項的情況，強調不僅是例舉的事例，而是「全部都…」的概念。後項大多是客觀存在的事實。中文意思是：「無論是…還是…、…也好…也好…」。如例：

- この交差点は昼といわず夜といわず、人通りが絶えない。
這處十字路口不分晝夜總是車水馬龍。

- 彼は壁といわず天井といわず、部屋中に好きなバンドのポスターを貼っている。
他把喜愛的樂團海報從牆壁到天花板，貼滿了一整個房間。

- カメラマンの夫は国内といわず海外といわず、一年中あちこち飛び回っている。
從事攝影工作的外子一年到頭搭飛機穿梭於國內外奔波。

- 久しぶりに運動したせいか、腕といわず
脚といわず体中痛い。
大概是太久沒有運動了，不管是手臂也好還是
腿腳也好，全身上下沒有一處不痠痛的。

比　較 ▶▶▶ といい～といい〔…也好…也好〕

「といわず～といわず」表示列舉，列舉具代表性的兩個事物，表示「全部都…」的狀態。隱含不僅只所舉的，其他幾乎全部都是。「といい～といい」也表列舉，表示前項跟後項是從全體來看的一個側面「都很出色」。表示列舉的兩個事例都不例外，後項是對此做出的積極評價。

grammar 007 なり～なり

Track 082

類義文法
うと～まいと
不管…還是不…

接續方法 ▶▶▶ 【名詞；動詞辭書形】＋なり＋【名詞；動詞辭書形】＋なり

意　思 ❶

關鍵字 列舉
▶▶▶

表示從列舉的同類、並列或相反的事物中，選擇其中一個。暗示在列舉之外，還可以其他更好的選擇，含有「你喜歡怎樣就怎樣」的語氣。後項大多是表示命令、建議等句子。一般不用在過去的事物。由於語氣較為隨便，不用在對長輩跟上司。中文意思是：「或是…或是…、…也好…也好」。如例：

・ロンドンなりニューヨークなり、英語圏の
　専門学校を探しています。
　我正在慣用英語的城市裡，尋找適合就讀的專科學校，
　譬如倫敦或是紐約。

・結果が分かったら、電話なりメールなりで教えてください。
　一得知結果，請用電話或是簡訊告訴我。

・何か飲むなり、庭を散歩するなり、ゆっくりしてくださいね。
　請盡情享受悠閒的時光，看是要喝點飲料，或是到庭院散步都好。

・ここで心配してないで、弁護士に相談するなり警察に行くなりしたほうがいい。
　看是要找律師諮詢或是去警局報案，都比待在這裡乾著急來得好。

關鍵字 大なり小なり
▶▶▶

「大なり小なり（或大或小）」不可以說成「小なり大なり」。如例：

・人は人生の中で、大なり小なりピンチに立たされることがある。
　人在一生中，或多或小都可能身陷於危急局面中。

比　　較 ▶▶▶ うと～まいと〔不管…還是不…〕

「なり～なり」表示列舉，強調「舉出中的任何一個都可以」的概念。表示從列舉的互為對照、並列或同類等，可以想得出的事物中，選擇其中一個。後項常接命令、建議或希望的句子。不用在過去的事物上。說法隨便。「うと～まいと」表示無關，強調「不管前項如何，後項都會成立」的概念。表示逆接假定條件。表示無論前面的情況是不是這樣，後面都是會成立的，是不會受前面約束的。

つ～つ

接續方法 ▶▶▶ 【動詞ます形】+つ+【動詞ます形】+つ

意　　思 ①

反覆
▶▶▶

表示同一主體，在進行前項動作時，交替進行後項對等的動作。用同一動詞的主動態跟被動態，如「抜く、抜かれる」這種重複的形式，表示兩方相互之間的動作。中文意思是：「(表動作交替進行)一邊…一邊…、時而…時而…」。如例：

・ ゴール直前、レースは抜きつ抜かれつの激しい展開となった。
　在抵達終點之前展開了一段彼此互有領先的激烈競逐。

・ バーゲン会場は押しつ押されつ、まるで満員電車のようだった。
　特賣會場上你推我擠的，簡直像在載滿了乘客的電車車廂裡。

・ お互い小さな会社ですから、持ちつ持たれつで
　協力し合っていきましょう。
　我們彼此都是小公司，往後就互相幫襯、同心協力吧。

持ちつ
持たれつ

接兩對立動詞
▶▶▶

可以用「行く (去)、戻る (回來)」兩個意思對立的動詞，表示兩種動作的交替進行。書面用語。多作為慣用句來使用。如例：

・ 買おうかどうしようか決めかねて、店の前を行きつ戻りつしている。
　在店門前走過來又走過去的，遲遲無法決定到底該不該買下來。

124

比　較 ▶▶▶ なり～なり〔或是…或是〕

「つ～つ」表示反覆，強調「動作交替」的概念。用同一動詞的主動態跟被動態，表示兩個動作在交替進行。書面用語。多作為慣用句來使用。「なり～なり」表示列舉，強調「列舉事物」的概念。表示從列舉的同類或相反的事物中，選其中一個。暗示列舉之外，還有其他更好的選擇。後項大多是命令、建議等句子。一般不用在過去的事物。

からある、からする、からの

類義文法

だけある

不愧是…

接續方法 ▶▶▶ 【名詞（數量詞）】＋からある、からする、からの

意　思 ❶

關鍵字　**數量多**

前面接表示數量的詞，強調數量之多。含有「目測大概這麼多，說不定還更多」的意思。前接的數量，多半是超乎常理的。前面接的數字必須為尾數是零的整數，一般數量、重量、長度跟大小用「からある」，價錢用「からする」。中文意思是：「足有…之多…、值…、…以上、超過…」。如例：

・駅からホテルまで５キロからあるよ。タクシーで行こう。
　從車站到旅館足足有五公里遠耶！我們搭計程車過去吧。

・私は 20 キロからある荷物を毎日背負って歩いています。
　我天天揹著重達二十公斤的物品走路。

・彼のしている腕時計は 200 万円からするよ。
　他戴的手錶價值高達兩百萬圓喔！

關鍵字　**からの N**

後接名詞時，「からの」一般用在表示人數及費用時。如例：

・野外コンサートには１万人からの人々が押し寄せた。……▶
　戶外音樂會湧入了多達一萬名聽眾。

比　較 ▶▶▶ だけある〔不愧是…〕

「からある」表示數量多，前面接表示數量的詞，而且是超於常理的數量，強調數量之多。「だけある」表示符合期待，表示名實相符，前接與其相稱的身份、地位、經歷等，後項接正面評價的句子。強調名不虛傳。

125

grammar
練習

文法知多少？

☞ 請完成以下題目，從選項中，選出正確答案，並完成句子。

▼ 答案詳見右下角

1 上野動物園ではパンダやラマと（　　）珍しい動物も見られますよ。

　　1. いって　　　　　　　　2. いった

2 父が２メートル（　　）クリスマスツリーを買ってきた。

　　1. からある　　　　　　　2. だけある

3 映画を（　　）、ショッピングに（　　）、ちょっとはリラックスしたらどうですか。

　　1. 見るなり／行くなり　　　2. 見ようと／行くまいと

4 コップ（　　）、グラス（　　）、飲めればそれでいいよ。

　　1. として／として　　　　　2. であれ／であれ

5 話し方（　　）雰囲気（　　）、タダ者じゃないね。

　　1. だの／だの　　　　　　　2. といい／といい

6 休日（　　）平日（　　）、お客さんがいっぱいだ。

　　1. といわず／といわず　　　2. によらず／によらず

7 灯籠は浮き（　　）沈み（　　）流されていった。

　　1. なり／なり　　　　　　　2. つ／つ

問題1 次の文章を読んで、文章全体の内容を考えて、 1 から 5 の中に入る最もよいものを、1・2・3・4の中から一つ選びなさい。

暦

　　昔の暦は、自然と人々の暮らしとを結びつけるものであった。新月^(注1)が満ちて欠けるまでをひと月としたのが太陰暦、地球が太陽を一周する期間を1年とするのが太陽暦。その両方を組み合わせたものを太陰太陽暦（旧暦）といった。

　　旧暦に基づけば、1年に11日ほどのずれが生じる。それを 1 数年に一度、13か月ある年を作っていた。 2-a 、そうすると、暦と実際の季節がずれてしまい、生活上大変不便なことが生じる。 2-b 考え出されたのが「二十四節気」「七十二候」という区分である。二十四節気は、一年を二十四等分に区切ったもの、つまり、約15日。「七十二候」は、それをさらに三等分にしたもので、 3-a 古代中国で 3-b ものである。七十二候の方は、江戸時代^(注2)に日本の暦学者によって、日本の気候風土に合うように改訂されたものである。ちなみに「気候」という言葉は、「二十四節気」の「気」と、「七十二候」の「候」が組み合わさって出来た言葉だそうである。

　　「二十四節気」「七十二候」によれば、例えば、春の第一節気は「立春」、暦の上では春の始まりだ。その第1候は「東風氷を解く」、第2候は「うぐいすなく」、第3候は「魚氷を上る」という。どれも、短い言葉でその季節の特徴をよく言い表している。

　　現在使われているのはグレゴリオ暦で、単に太陽暦（新暦）といっている。

　　この 4 では、例えば「3月5日」のように、月と日にちを数字で表す単純なものだが、たまに旧暦の「二十四節気」「七十二候」に目を向けてみて、自然に密着^(注3)した日本人の生活や美意識^(注4)を再認識してみたいものだ。それに、昔の人の知恵が、現代の生活に 5 とも限らない。

1

1	解決するのは	2	解決するために
3	解決しても	4	解決しなければ

2

1	a それで／b しかし	2	a ところで／b つまり
3	a しかし／b そこで	4	a だが／b ところが

3

1	a もとは／b 組み合わせた	2	a 最近／b 考え出された
3	a 昔から／b 考えられる	4	a もともと／b 考え出された

4

1	旧暦	2	新月
3	新暦	4	太陰太陽暦

5

1	役に立たない	2	役に立つ
3	役に立たされる	4	役に立つかもしれない

▼ 翻譯與詳解請見 P.231

09 付加、付帯

▶ 附加、附帯

date. 1 　　／　　　　date. 2 　　／

・と〜（と）があいまって、
　が／は〜とあいまって
　1【附加】
・はおろか
　1【附加】
　〖はおろか〜も 等〗
・ひとり〜だけで（は）なく
　1【附加】
・ひとり〜のみならず〜（も）
　1【附加】
・もさることながら〜も
　1【附加】

附加、附帯

附帯

・かたがた
　1【附帯】
・かたわら
　1【附帯】
　2【身旁】
・がてら
　1【附帯】
・ことなしに、なしに
　1【非附帯】
　2【必要條件】

129

と〜（と）があいまって、
が／は〜とあいまって

接續方法 ▸▸▸▸ 【名詞】＋と＋【名詞】＋（と）が相まって

意　　思 ❶

關鍵字｜**附加**

▸▸▸

表示某一事物，再加上前項這一特別的事物，產生了更加有力的效果或增強了某種傾向、特徵之意。書面用語，也用「が／は〜と相まって」的形式。此句型後項通常是好的結果。中文意思是：「…加上…、與…相結合、與…相融合」。如例：

・彼女は生まれながらの美しさと外国育ちの雰囲気とがあいまって、映画界になくてはならない存在となっている。
　天生麗質加上在國外成長的洋氣，塑造她成為影壇不可或缺的耀眼巨星。

・彼の才能が人一倍の努力とあいまって、この結果を生み出したといえよう。
　可以說是與生俱來的才華加上比別人加倍的努力，這才造就出他今日的成果。

・この白いホテルは周囲の緑とあいまって、絵本の中のお城のように見える。
　這棟白色的旅館在周圍的綠意掩映之下，宛如圖畫書中的一座城堡。

・攻撃的な性格が貧しい環境とあいまって、男はますます社会から孤立していった。
　具攻擊性的性格，再加上生長環境的貧困，使得那個男人在社會生活中愈發孤僻了。

比　　較 ▸▸▸▸ **とともに**〔隨著…〕

「と〜（と）があいまって」表示附加，強調「兩個方面同時起作用」的概念。表示某事物，再加上前項這一特別的事物，產生了後項效果更加顯著的內容。前項是原因，後項是結果。「とともに」表示相關關係，強調「後項隨前項並行變化」的概念。前項發生變化，後項也隨著並行發生變化。

はおろか

類義文法

をとわず

無論…

接續方法 ▶▶▶ 【名詞】+はおろか

意　　思 ❶

關鍵字 **附加**
▶▶▶

後面多接否定詞。意思是別說程度較高的前項了，就連程度低的後項都沒有達到。表示前項的一般情況沒有說明的必要，以此來強調後項較極端的事例也不例外。中文意思是：「不用說…、就連…」。如例：

・私は車はおろか、自転車も持っていません。
　別說汽車了，我連腳踏車都沒有。

・遊ぶお金はおろか、毎日の食費にも苦労している。
　別說娛樂的花費了，我連一天三餐圖個溫飽的錢都賺得
　很辛苦。

・意識が戻ったとき、事故のことはおろか、
　自分の名前すら憶えていなかった。
　等到恢復了意識以後，別說事故當下的經過，他連自己的
　名字都想不起來了。

・この仕事は週末はおろか、盆も正月も休めない。
　這份工作別說週休二日了，就連中元節和過年都沒得休息。

關鍵字 **はおろか～
も等**
▶▶▶

後項常用「も、さえ、すら、まで」等強調助詞。含有說話人吃驚、不滿的情緒，是一種負面評價。不能用來指使對方做某事，所以不接命令、禁止、要求、勸誘等句子。

比　　較 ▶▶▶ をとわず〔無論…〕

「はおろか」表示附加，強調「後項程度更高」的概念。後面多接否定詞。表示不用說程度較輕的前項了，連程度較重的後項都這樣，沒有例外。常跟「も、さえ、すら」等相呼應。「をとわず」表示無關，強調「沒有把它當作問題」的概念。表示沒有把前接的詞當作問題、跟前接的詞沒有關係。多接在「男女、昼夜」這種對義的單字後面。

ひとり～だけで (は) なく

接續方法 ▶▶▶ ひとり＋【名詞】＋だけで (は) なく

意　思 ❶

關鍵字 附加 ▶▶▶

表示不只是前項，涉及的範圍更擴大到後項。後項內容是説話人所偏重、重視的。一般用在比較嚴肅的話題上。書面用語。口語用「ただ～だけでなく～」。中文意思是:「不只是…、不單是…、不僅僅…」。如例:

・ ひとり田中さんだけでなく、クラス全員が私を避けているように感じた。
我當時覺得不光是田中同學一個人，似乎全班同學都在躲著我。

・ 朝の清掃活動は、ひとり我が校だけでなく、この地区の全ての小学校に広めていきたい。
晨間清掃不僅僅是本校的活動，期盼能夠推廣至本地區的所有小學共同參與。

・ 作業の効率化はひとり現場の作業員だけではなく、全社で取り組むべき課題だ。
提升作業效率不單是第一線作業員的職責，而應當是全公司上下共同努力面對的課題。

・ パーティーにはひとり政治家だけではなく、様々な業界の人間が出席していた。
那場酒會不僅有政治家出席，還有各種業界人士一同與會。

比　較 ▶▶▶ にかぎらず〔不只…〕

「ひとり～だけで (は) なく」表示附加，表示不只是前項的某事物、某範圍之內，涉及的範圍更擴大到後項。前後項的內容，可以是並立、類似或對照的。「にかぎらず」也表附加，表示不限於前項這某一範圍，後項也都適用。

grammar 004 ひとり～のみならず～（も）

Track 088
類義文法
だけでなく～も
不僅…而且…

Basic Japanese Grammar Exercises to improve your JLPT score

第 09 附加、附帶

接續方法 ▸▸▸ ひとり＋【名詞】＋のみならず（も）

意　思 ❶

關鍵字 附加 ▸▸▸

比「ひとり～だけでなく」更文言的説法。表示不只是前項，涉及的範圍更擴大到後項。後項內容是説話人所偏重、重視的。一般用在比較嚴肅的話題上。書面用語。口語用「ただ～だけでなく～」。中文意思是：「不單是…、不僅是…、不僅僅…」。如例：

・少子高齢化はひとり日本のみならず、多くの先進国が抱える問題だ。
少子化與高齡化的情況不僅出現在日本，亦是許多已開發國家當今面臨的難題。

・被災地の復興作業はひとり地元住民のみならず、多くのボランティアによって進められた。
不單是當地的居民，還有許多志工同心協力推展災區的重建工程。

・この事件はひとり加害者のみならず、貧困を生んだ社会にも責任がある。
這起案件不僅應歸責於加害人，製造出貧窮階層的社會也同樣罪不可逭。

・不正入試についてはひとりＡ大学のみならず、他の多くの大学も追及されるべきだ。
不僅要嚴懲發生招生弊案的Ａ大學，還應當同步追究其他各校此種弊案的相關責任。

比　較 ▸▸▸ だけでなく～も〔不僅…而且…〕

「ひとり～のみならず～（も）」表示附加，表示不只是前項的某事物、某範圍之內，涉及的範圍更擴大到後項。後項內容是説話人所重視的。後句常跟「も、さえ、まで」相呼應。「だけでなく～も」也表附加，表示前項和後項兩者都是，或是兩者都要。後句常跟「も、だって」相呼應。

grammar 005 もさることながら～も

接續方法 ▶▶▶▶ 【名詞】＋もさることながら

意　　思 ❶

關鍵字 附加
▶▶▶

前接基本的內容，後接強調的內容。含有雖然不能忽視前項，但是後項比之更進一步、更重要。一般用在積極的、正面的評價。跟直接、斷定的「よりも」相比，「もさることながら」比較間接、婉轉。中文意思是：「不用說…、…（不）更是…」。如例：

・この競技には筋肉の強さもさることながら、体のバランス感覚も求められる。
　這項競技不僅講究肌耐力，同時也要具備身體的平衡感。

・仕事における優秀さもさることながら、誰にでも優しい性格も彼女の魅力だ。
　出色的工作成果就不用多說了，對待任何人都同樣親切的性格也是她的魅力之一。

・学んだ知識もさることながら、ここで築いた人間関係も後々役に立つだろう。
　在這裡學習到的知識自不待言，於此處建立的人脈於往後的日子想必能發揮更大的效用。

・このお寺は歴史的な建物もさることながら、庭園の計算された美しさも見る人の感動を誘う。
　這座寺院不僅是具有歷史價值的建築，巧奪天工的庭園之美更令觀者為之動容。

比　　較 ▶▶▶▶ はさておき〔暫且不說…〕

「もさることながら～も」表示附加，強調「前項雖不能忽視，但後項更為重要」的概念。含有雖然承認前項是好的，不容忽視的，但是後項比前項更為超出一般地凸出。一般用在評價這件事是正面的事物。「はさておき」表示除外，強調「現在先不考慮前項，而先談論後項」的概念。

Track 090

類義文法

いっぽう

另一方面…

Basic Japanese Grammar Exercises
to improve your JLPT score

第

09

附
加
、
附
帶

grammar 006 かたがた

接續方法 ▶▶▶▶【名詞】＋かたがた

意　　思 ❶

關鍵字 附帶 ▶▶▶

表示在進行前面主要動作時，兼做（順便做、附帶做）後面的動作。也就是做一個行為，有兩個目的。前接動作性名詞，後接移動性動詞。前後的主語要一樣。大多用於書面文章。中文意思是：「順便…、兼…、一面…一面…、邊…邊…」。如例：

・ 就職の報告かたがた、先生のお宅へおじゃました。
　拜訪老師，跟老師報告自己已經找到工作了，順便跟老師問安。

・ 先日のお礼かたがた、明日御社へご挨拶に伺います。
　明天將拜訪貴公司，同時也順便感謝日前的關照。

・ 出張かたがた、雪まつりを見て来よう。
　來出差的時候順便參觀冬雪慶典吧！

・ 寝込んでいる友人の家へ、お見舞いかたがた、ご飯を作りに行った。
　我去了朋友家探望臥病在床的他，順道給他做了飯。

比　　較 ▶▶▶▶ いっぽう〔另一方面…〕

「かたがた」表示附帶，強調「趁著做前項主要動作時，也順便做了後項次要動作」的概念。也就是做一個行為，有兩個目的。前接動作性名詞，後接移動性動詞。前後句的主詞要一樣。「いっぽう」表示同時，強調「做前項的同時，後項也並行發生」的概念。後句多敘述可以互相補充做另一件事。前後句的主詞可不同。

かたわら

接續方法 ▸▸▸▸ 【名詞の；動詞辭書形】＋かたわら

意　思 ❶

關鍵字 **附帶** ▸▸▸

表示集中精力做前項主要活動、本職工作以外，在空餘時間之中還兼做（附帶做）別的活動、工作。前項為主，後項為輔，且前後項事情大多互不影響。跟「ながら」相比，「かたわら」通常用在持續時間較長的，以工作為例的話，就是在「副業」的概念事物上。中文意思是：「一方面…一方面、…一邊…一邊…、同時還…」。如例：

・彼女は演奏活動のかたわら、被災地への支援にも力を注いでいる。
　她一方面巡迴演奏，一方面協助災區不遺餘力。

・彼は工場に勤めるかたわら、休日は奥さんの喫茶店を手伝っている。
　他平日在工廠上班，假日還到太太開設的咖啡廳幫忙。

・劉教授は大学で講義をするかたわら、ニュース番組で解説者を務めている。
　劉教授在大學講授課程之餘，與此同時也在新聞節目裡擔任解說員。

比　較 ▸▸▸▸ かたがた〔順便…〕

「かたわら」表示附帶，強調「本職跟副業關係」的概念。表示從事本職的同時，還做其他副業。前項為主，後項為輔，且前後項事情大多互不影響。用在持續時間「較長」的事物上。「かたがた」也表附帶，強調「趁著做前項主要動作時，也順便做了後項次要動作」的概念。前項為主，後項為次。用在持續時間「較短」的事物上。

關鍵字　身旁

▸▸▸

在身邊、身旁的意思。用於書面。中文意思是：「在⋯旁邊」。如例：

・眠っている妹のかたわらで、彼は本を読み続けた。
　他一直陪伴在睡著的妹妹身邊讀書。

Track 092

類義文法

ながら

一邊⋯一邊⋯

grammar
008

がてら

接續方法　▸▸▸　【名詞；動詞ます形】＋がてら

意　思 ❶

關鍵字　附帶

▸▸▸

表示在做前面的動作的同時，借機順便（附帶）也做了後面的動作。大都用在做後項，結果也可以完成前項的場合，也就是做一個行為，有兩個目的，後面多接「行く、歩く」等移動性相關動詞。中文意思是：「順便、順道、在⋯同時、借⋯之便」。如例：

・買い物がてら、上野の美術館で絵を見て来た。
　出門買東西時順道來了位於上野的美術館欣賞畫作。

・駅まではバスで5分だが、運動がてら歩くことにしている。
　搭巴士到電車站的車程只要五分鐘，不過我還是步行前往順便運動一下。

- 友達を駅まで送りがてら、夕飯の材料を買ってきた。
  我送朋友到車站，順便去買了晚餐的食材。
- 散歩がてら、駅の向こうのパン屋まで行ってきた。
  散步的時候，順道去了車站對面麵包店。

比　較 ▶▶▶ ながら〔一邊…一邊…〕

「がてら」表示附帶，強調同一主體「做前項的同時，順便也做了後項」的概念。一般多用在做前面的動作，其結果也可以完成後面動作的場合。前接動作性名詞，後面多接移動性相關動詞。「ながら」表示同時，強調同一主體「同時進行兩個動作」的概念，或者是「後項在前項的狀態下進行」。後項一般是主要的事情。

ことなしに、なしに

接續方法 ▶▶▶ 【動詞辭書形】＋ことなしに；【名詞】＋なしに

意　思 ❶

關鍵字　非附帶 ▶▶▶

「なしに」接在表示動作的詞語後面，表示沒有做前項應該先做的事，就做後項，含有指責的語氣。意思跟「ないで、ず（に）」相近。書面用語，口語用「ないで」。中文意思是：「不…就…、沒有…」。如例：

- あの子はいつも挨拶なしに、いきなり話しかけてくる。
  那個女生總是連聲招呼都沒打，就唐突發問。
- 何の相談もなしに、ただ辞めたいと言われても困るなあ。
  事前連個商量都沒有，只說想要辭職，這讓公司如何因應才好呢？

138

比　較 ▶▶▶▶ ないで〔不…就…〕

「ことなしに」表示非附帶，強調「後項動作無前項動作伴隨」的概念。接在表示動作的詞語後面，表示沒有做前項應該先做的事，就做後項。「ないで」表示附帶，強調「行為主體的伴隨狀態」的概念。表示在沒有做前項的情況下，就做了後項的意思。書面語用「ずに」，不能用「なくて」。這個句型要接動詞否定形。

意　思 ❷

關
鍵
字　　必要條件

▶▶▶

「ことなしに」表示沒有做前項的話，後面就沒辦法做到的意思，這時候，後多接有可能意味的否定表現，口語用「しないで〜ない」。中文意思是：「不…而…」。如例：

- 誰も人の心を傷つけることなしに生きていくことはできない。
  人生在世，誰都不敢說自己從來不曾讓任何人傷過心。

- 失敗することなしに、真の成功の喜びは知り得ない。
  沒有嘗過失敗的滋味，就無法得知成功的真正喜悅。

grammar
練習

文法知多少？

☞ 請完成以下題目，從選項中，選出正確答案，並完成句子。

▼ 答案詳見右下角

1 悔しさと情けなさ（　　）、自然に涙がこぼれてきました。

　　1．が相まって　　　　　　2．とともに

2 ハリケーンのせいで、財産（　　）家族をも失った。

　　1．はおろか　　　　　　　2．を問わず

3 技術の高さ（　　）、その柔軟な発想力には頭が下がります。

　　1．もさることながら　　　　2．はさておき

4 近日中に、お祝い（　　）、お伺いに参ります。

　　1．かたがた　　　　　　　2．一方

5 祖母は農業の（　　）、書道や華道をたしなんでいる。

　　1．かたがた　　　　　　　2．かたわら

6 通勤（　　）、この手紙を出してくれませんか。

　　1．ついでに　　　　　　　2．がてら

7 この椅子は座り心地（　　）、デザインも最高です。

　　1．ならいざ知らず　　　　2．もさることながら

8 これは仕事とは関係（　　）、趣味でやっていることです。

　　1．なしに　　　　　　　　2．ないで

答案：(1) 1 (2) 1 (3) 1 (4) 1
(5) 2 (6) 2 (7) 2 (8) 1

問題1 次の文章を読んで、文章全体の内容を考えて、 ☐1☐ から ☐5☐ の中に入る最もよいものを、1・2・3・4の中から一つ選びなさい。

名は体をあらわす

　日本には「名は体をあらわす」ということわざがある。人や物の名前は、その性質や内容を的確にあらわすものであるという意味である。

　物の名前については確かにそうであろう。物の名前は、その性質や働きに応じて付けられたものだからだ。

　しかし、人の名前については ☐1☐ 。

　日本では、人の名前は基本的には一つだけで、生まれたときに両親によって ☐2-a☐ 。両親は、生まれた子どもに対する願いを込めて名前を ☐2-b☐ 。名前は両親の子どもへの初めての大切な贈り物なのだ。女の子には優しさや美しさを願う名前が付けられることが ☐3-a☐ 、男の子には強さや大きさを願う名前が ☐3-b☐ 。それが両親の願いだからだろう。

　したがって、その名前は必ずしも体をあらわしては ☐4☐ 。特に若い頃はそうだ。

　私の名前は「明子」という。この名前には、明るく前向きな人、自分の立場や考えを明らかにできる人になって欲しいという両親の願いが込められているにちがいない。しかし、この名前は決して私の本質をあらわしてはいないと私は日頃思っている。私は、時に落ち込んで暗い気持ちになったり、自分の考えをはっきり言うのを躊躇^(注)したり ☐5☐ 。

　しかし、そんな時、私はふと、自分の名前に込められた両親の願いを考えるのだ。そして、「明るく、明らかな人」にならなければと反省する。そうしているうちに、いつかそれが身につき私の性格になるとすれば、その時こそ「名は体をあらわす」と言えるのかもしれない。

（注）躊躇：ためらうこと。

1

   1   そうであろう   2   どうだろうか

   3   そうかもしれない   4   どうでもよい

2

   1   a 付けられる／b 付ける

   2   a 付けるはずだ／b 付けてもよい

   3   a 付ける／b 付けられる

   4   a 付く／b 付けられる

3

   1   a 多いので／b 多いかもしれない

   2   a 多いが／b 少ない

   3   a 少ないが／b 多くない

   4   a 多いし／b 多い

4

   1   いる   2   いるかもしれない

   3   いない   4   いるはずだ

5

   1   しないからだ   2   しがちだからだ

   2   しないのだ   4   するに違いない

▼ 翻譯與詳解請見 P.233

Lesson

10 無関係、関連、前後関係

▶ 無關、關連、前後關係

date. 1　／　date. 2　／

・いかんにかかわらず
　1【無關】
　　《いかん＋にかかわらず》
・いかんによらず、によらず
　1【無關】
　　《いかん＋によらず》
・うが、うと（も）
　1【無關】
　　《評價》
・うが〜うが、うと〜うと
　1【無關】
・うが〜まいが
　1【無關】
　　《冷言冷語》
・うと〜まいと
　1【無關】
　　《冷言冷語》
・かれ〜かれ
　1【無關】
　　《よかれ、あしかれ》
・であれ、であろうと
　1【無關】
　　《極端例子》
・によらず
　1【無關】
・をものともせず（に）
　1【無關】

・をよそに
　1【無關】

❶ 無關

無關、關連、
前後關係

❷ 關連、
前後關係

・いかんだ
　1【關連】
　2【疑問】
・てからというもの（は）
　1【前後關係】

grammar 001 いかんにかかわらず

接續方法 ▸▸▸ 【名詞（の）】＋いかんにかかわらず

意　思 ❶

關鍵字｜無關 ▸▸▸

表示不管前面的理由、狀況如何，都跟後面的規定、決心或觀點沒有關係。也就是後面的行為，不受前面條件的限制，強調前項的內容，對後項的成立沒有影響。中文意思是：「無論…都…」。如例：

・経験のいかんにかかわらず、新規採用者には研修を受けて頂きます。
無論是否擁有相關資歷，新進職員均須參加研習課程。

・人を騙してお金を盗れば、その金額いかんにかかわらず、それは犯罪だ。
一旦做了詐騙取財的勾當，無論不法所得金額多寡，該行為仍屬犯法。

・試験の結果いかんにかかわらず、君の卒業はかなり厳しい。
不論你的考試成績是高或低，恐怕還無法達到畢業門檻。

・当日の天候のいかんにかかわらず、見学会は実施致します。
無論當天天氣狀況如何，觀摩學會仍按既定行程進行。

關鍵字｜いかん＋に かかわらず ▸▸▸

這是「いかん」跟不受前面的某方面限制的「にかかわらず（不管…）」，兩個句型的結合。

比　較 ▸▸▸ **にかかわらず**〔不管…都〕

「いかんにかかわらず」表示無關，表示後項成立與否，都跟前項無關。「にかかわらず」也表無關，前接兩個表示對立的事物，或種類、程度差異的名詞，表示後項的成立，都跟前項這些無關，都不是問題，不受影響。

grammar 002　いかんによらず、によらず

🎧 Track 095
📄 類義文法
をよそに
不顧…

接續方法 ▶▶▶▶ 【名詞（の）】＋いかんによらず、【名詞】＋によらず

意　思 ❶

關鍵字 無關
▶▶▶

表示不管前面的理由、狀況如何，都跟後面的規定、決心或觀點沒有關係。也就是後面的行為，不受前面條件的限制，強調前項的內容，對後項的成立沒有影響。中文意思是：「不管…如何、無論…為何、不按…」。如例：

・理由のいかんによらず、暴力は許されない。
　無論基於任何理由，暴力行為永遠是零容忍。

・本人の意向のいかんによらず、配属は適性検査の結果によって決められる。
　工作崗位分派完全是根據適性測驗的結果，而並非依據本人的意願。

・我が社では、年齢や性別によらず、その人の能力で評価します。
　本公司對員工的評估只依照其工作能力，絕無將年齡或性別納入參考值。

・あなたは見かけによらず、強い人ですね。
　從你溫和的外表看不出來其實內心十分剛毅。

關鍵字 いかん＋によらず
▶▶▶

「如何によらず」是「いかん」跟不受某方面限制的「によらず（不管…）」，兩個句型的結合。

比　較 ▶▶▶▶ をよそに〔不顧…〕

「いかんによらず」表示無關，表示不管前項如何，後項都可以成立。「をよそに」也表無關，表示無視前項的擔心、期待、反對等狀況，進行後項的行為。多含說話人責備的語氣。

145

うが、うと（も）

接續方法 ▶▶▶ 【[名詞・形容動詞] だろ／であろ；形容詞詞幹かろ；動詞意向形】＋うが、うと（も）

意　思 ❶

關鍵字 | 無關
▶▶▶

表示逆接假定。前常接疑問詞相呼應，表示不管前面的情況如何，後面的事情都不會改變，都沒有關係。後面是不受前約束的，要接想完成的某事，或表示決心、要求、主張、推量、勸誘等的表達方式。中文意思是：「不管是…都…、即使…也…」。如例：

・たとえ犯罪者であろうと、人権は守られなければならない。
　即使是一名罪犯，亦必須維護他的人權。

・いかに優秀だろうが、思いやりのない医者はごめんだ。
　無論醫術多麼優秀，我都不願意讓一名不懂得視病猶親的醫師診治。

・今どんなに辛かろうと、若いときの苦労 ╌╌╌╌▶
　はいつか必ず役に立つよ。
　不管現在有多麼艱辛，年輕時吃過的苦頭必將對未來的
　人生有所裨益。

關鍵字 | 評價
▶▶▶

後項大多接「勝手だ、影響されない、自由だ、平気だ」等表示「隨你便、不干我事」的評價形式。如例：

・あの人がどうなろうと、私には関係ありません。
　不論那個人是好是壞，都和我沒有絲毫瓜葛。

比　較 ▶▶▶ ものなら〔如果…，就…〕

「うが、うと（も）」表示無關，強調「後項不受前項約束而成立」的概念。表示逆接假定。用言前接疑問詞「なんと」，表示不管前面的情況如何，後面的事情都不會改變。後面是不受前面約束的，接表示決心的表達方式。「ものなら」表示假定條件，強調「可能情況的假定」的概念。表示萬一發生那樣的事情的話，事態將會十分嚴重。後項一般是嚴重、不好的事態。是一種誇張的表現。

grammar 004　うが～うが、うと～うと

接續方法 ▶▶▶ 【[名詞・形容動詞]だろ／であろ；形容詞詞幹かろ；動詞意向形】＋うが、うと＋
【[名詞・形容動詞]だろ／であろ；形容詞詞幹かろ；動詞意向形】＋うが、うと

意　思 ❶

関鍵字　無關

▶▶▶

舉出兩個或兩個以上相反的狀態、近似的事物，表示不管前項如何，後項都會成立，都沒有關係，
或是後項都是勢在必行的。中文意思是：「不管…、…也好…也好、無論是…還是…」。如例：

・ビールだろうがワインだろうが、お酒は一切ダメですよ。
　啤酒也好、紅酒也好，所有酒類一律禁止飲用喔！

・好きだろうと嫌いだろうと、これがあなたの仕事ですから。
　喜歡也好、討厭也罷，這終歸是你的分內工作。

・暑かろうが寒かろうが、ベッドさえあればどこでも眠れます。
　不管是冷還是熱，只要有床可躺任何地方我都能呼呼大睡。

・家族に反対されようが、友人を失おうが、自分の信じた道を行く。
　無論會遭到家人的反對，抑或會因此而失去朋友，我都要堅持踏上自己的道路。

比　較 ▶▶▶ につけ～につけ〔無論…還是〕

「うが～うが」表示無關，舉出兩個相對或相反的狀態、近似的事物，表示不管前項是什麼狀況，
後項都會不受約束而成立。「につけ～につけ」也表無關，接在兩個具有對立或並列意義的詞語
後面，表示無論在其中任何一種情況下。使用範圍較小。

grammar 005 うが～まいが

接續方法 ▶▶▶ 【動詞意向形】＋うが＋【動詞辭書形；動詞否定形（去ない）】＋まいが

意　思 ❶

關鍵字 無關

▶▶▶

表示逆接假定條件。這句型利用了同一動詞的肯定跟否定的意向形，表示無論前面的情況是不是這樣，後面都是會成立的，是不會受前面約束的。中文意思是：「不管是…不是…、不管…不…」。如例：

・ 出席しようがしまいが、あなたの自由です。
　　要不要出席都由你自己決定。

・ 実際に買おうが買うまいが、まずは自分の目で見てみることだ。
　　不管是否要掏錢買下，都該先親眼看過以後再決定。

・ 君が納得しようがしまいが、これはこの学校の規則だからね。
　　無論你是否能夠認同，因為這就是這所學校的校規。

關鍵字 冷言冷語

▶▶▶

表示對他人冷言冷語的説法。如例：

・ 商品が売れようが売れまいが、アルバイトの私にはどうでもいいことだ。
　　不管商品是暢銷還是滯銷，我這個領鐘點費的一點都不關心。

比　較 ▶▶▶ かどうか〔是否…〕

「うが～まいが」表示無關，強調「不管前項如何，後項都會成立」的概念。表示逆接假定條件。前面接不會影響後面發展的事項，後接不受前句約束的內容。「かどうか」表示不確定，強調「從相反的兩種事物之中，選擇其一」的概念。「かどうか」前面接的是不知是否屬實的內容。

うと〜まいと

接續方法 ▶▶▶ 【動詞意向形】＋うと＋【動詞辭書形；動詞否定形（去ない）】＋まいと

意 思 ❶

關鍵字 無關 ▶▶▶

跟「うが〜まいが」一樣，表示逆接假定條件。這句型利用了同一動詞的肯定跟否定的意向形，表示無論前面的情況是不是這樣，後面都是會成立的，是不會受前面約束的。中文意思是：「做…不做…都…、不管…不」。如例：

・パーティーに参加しようとしまいと、年会費の支払いは必要です。
　無論是否參加慶祝酒會，都必須繳交年費。

・この資格を取ろうと取るまいと、就職が厳しいことに変わりはない。
　無論取得這項資格與否，求職之路都一樣艱苦不易。

・あなたの病気が治ろうと治るまいと、私は ┈┈┈┈▶
　一生あなたのそばにいますよ。
　不論你的病能不能痊癒，我都會一輩子陪在你身旁。

關鍵字 冷言冷語 ▶▶▶

表示對他人冷言冷語的説法。如例：

・休日に出かけようと出かけまいと、私の勝手でしょう。
　休息日要出門或者不出門，那是我的自由吧？

比 較 ▶▶▶ にしても〜にしても〔不管是…還是〕

「うと〜まいと」表示無關，表示無論前面的情況是否如此，後面都會成立的。是逆接假定條件的表現方式。「にしても〜にしても」也表無關，舉出兩個對立的事物，表示是無論哪種場合都一樣，無一例外之意。

grammar 007 かれ～かれ

Track 100

類義文法

だろうが～だろうが
不管是…還是……

接續方法 ▶▶▶▶ 【形容詞詞幹】＋かれ＋【形容詞詞幹】＋かれ

意　思 ❶

關鍵字 | 無關

▶▶▶

接在意思相反的形容詞詞幹後面，舉出這兩個相反的狀態，表示不管是哪個狀態、哪個場合都如此、都無關的意思。原為古語用法，但「遅かれ早かれ（遲早）、多かれ少なかれ（或多或少）、善かれ悪しかれ（不論好壞）」已成現代日語中的慣用句用法。中文意思是：「或…或…、是…是…」。如例：

・ このホテルは遅かれ早かれ潰れるね。サービスが最悪だもん。
　我看這家旅館遲早要倒閉的。服務實在太差了！

・ 遅かれ早かれバレるよ。正直に言ったほうがいい。
　這件事的真相早晚會被揭穿的！我勸你還是坦白招認了吧。

・ 誰にでも多かれ少なかれ、人に言えない秘密が ━━━▶
　あるものだ。
　任誰都多多少少有一些不想讓別人知道的秘密嘛。

關鍵字 | よかれ、あしかれ

▶▶▶

要注意「善（い）かれ」古語形容詞不是「いかれ」而是「よかれ」，「悪（わる）い」不是「悪（わる）かれ」，而是「悪（あ）しかれ」。如例：

・ 現代人は善かれ悪しかれ、情報化社会を生きている。
　無論好壞，現代人生活在一個充斥著各種資訊的社會當中。

比　較 ▶▶▶ だろうが～だろうが〔不管是…還是…〕

「かれ～かれ」表示無關，接在意思相反的形容詞詞幹後面，表示不管是哪個狀態、場合都如此、都一樣無關之意。「だろうが～だろうが」也表無關，接在名詞後面，表示不管是前項還是後項，任何人事物都一樣的意思。

grammar
008

であれ、であろうと

Track 101

類義文法

にして
直到…才…

接續方法 ▶▶▶ 【名詞】+であれ、であろうと

意　思 ❶

關鍵字 無關 ▶▶▶

逆接條件表現。表示不管前項是什麼情況，後項的事態都還是一樣。後項多為說話人主觀的判斷或推測的內容。前面有時接「たとえ、どんな、何（なに／なん）」。中文意思是：「即使是…也…、無論…都…、不管…都…」。如例：

・たとえ相手が総理大臣であれ、私は言うべきことは言うよ。
　即便對方貴為首相，我照樣有話直說喔！

・どんな理由であれ、君のしたことは許されない。
　不管基於任何理由，你做的那件事都是不可原諒的！

・たとえ非常事態であろうと、人の命より優先されるものはない。
　即便處於緊急狀態，也沒有任何事物比人命更重要！

・世間の評判がどうであろうと、私にとっては ········▶
　大切な夫です。
　即使社會對他加以抨擊撻伐，對我而言，他畢竟是我
　最珍愛的丈夫。

關鍵字 極端例子 ▶▶▶

也可以在前項舉出一個極端例子，表達即使再極端的例子，後項的原則也不會因此而改變。

比　較 ▶▶▶ にして〔直到…才…〕

「であれ」表示無關，強調「即使是極端的前項，後項的評價還是成立」的概念。表示不管前項是什麼情況，後項的事態都還是一樣。後項多為說話人主觀的判斷或推測的內容。前面有時接「たとえ」。「にして」表示時點，強調「階段」的概念。表示到了前項那一個階段，才產生後項。後面常接難得可貴的事項。又表示兼具兩種性質和屬性。可以是並列，也可以是逆接。

によらず

接續方法 ▸▸▸▸ 【名詞】＋によらず

意　思 ①

關鍵字　無關

表示該人事物和前項沒有關聯、不對應，不受前項限制，或是「在任何情況下」之意。中文意思是：「不論…、不分…、不按照…」。如例：

・あの子は見かけによらず、よく食べる。
　從外表看不出來，那孩子其實很能吃。

・年齢や性別によらず、各人の適性をみて採用します。
　年齡、性別不拘，而看每個人的適應性，可勝任工作者即獲錄取。

適性をみて

・武力によらず、平和的に解決したい。
　希望不要訴諸武力，而是以和平的方式解決這件事。

・私は何事によらず全力で取り組んできました。
　不論任何事，我向來全力以赴。

比　　較 ▸▸▸▸ にかかわらず〔不管…都〕

「によらず」表示無關，強調「不受前接事物的限制，與其無關」的概念。表示不管前項一般認為的常理或條件如何，都跟後面的規定沒有關係。也就是後面的行為，不受前面條件的限制。後項一般接不受前項規範，且常是較寬裕、較積極的內容。「にかかわらず」也表無關，強調「不受前接事物的影響，與其無關」的概念。表示不拘泥於某事物。接兩個表示對立的事物，表示跟這些無關，都不是問題。前接的詞多為意義相反的二字熟語，或同一用言的肯定與否定形式。

grammar 010 をものともせず（に）

🎧 Track 103
📄 類義文法
いかんによらず
不管…如何

接續方法 ▶▶▶▶ 【名詞】＋をものともせず（に）

意思❶

> 關鍵字 **無關**
> ▶▶▶

表示面對嚴峻的條件，仍然毫不畏懼，含有不畏懼前項的困難或傷痛，仍勇敢地做後項。後項大多接正面評價的句子。不用在説話者自己。跟含有譴責意味的「をよそに」比較，「をものともせず（に）」含有讚歎的意味。中文意思是：「不當…一回事、把…不放在眼裡、不顧…」。如例：

・隊員たちは険しい山道をものともせず、行方不明者の捜索を続けた。
　那時隊員們不顧山徑險惡，持續搜索失蹤人士。

・彼は会社の倒産をものともせず、友人から資金を借りると新しい事業を始めた。
　他沒有因為公司倒閉而一蹶不振，又向朋友借來一筆資金展開了新事業。
・佐藤選手は、日本代表というプレッシャーをものともせずに、見事な勝利を収めた。
　佐藤運動員非但沒有被日本國手的沉重頭銜給壓垮，甚至打了一場精彩的勝仗。
・彼らは次々と降りかかる困難をものともせず、独立のために戦い続けた。
　他們當時並未被重重困難擊倒，仍為獨立建國而持續作戰。

比較 ▶▶▶▶ いかんによらず〔不管…如何〕

「をものともせず」表示無關，強調「不管前項如何困難，後項都勇敢面對」的概念。後項大多接不畏懼前項的困難，改變現況、解決問題的正面積極評價的句子。「いかんによらず」也表無關，強調「不管前項如何，後項都可以成立」的概念。表示不管前面的理由、狀況如何，都跟後面的規定、決心或觀點沒有關係。也就是後面的行為，不受前面條件的限制。

をよそに

接續方法 ▶▶▶▶ 【名詞】＋をよそに

意　思 ❶

關鍵字 **無關**
▶▶▶

表示無視前面的狀況，進行後項的行為。意含把原本跟自己有關的事情，當作跟自己無關，多含責備的語氣。前多接負面的內容，後接無視前面的狀況的結果或行為。相當於「を無視にして」、「をひとごとのように」。中文意思是：「不管…、無視…」。如例：

・妹は家族の心配をよそに、毎晩遅くまで遊び歩いている。
　妹妹不顧家人的擔憂，每天晚上都在外面遊蕩到深夜。

・金メダルを期待する周囲をよそに、彼女はあっさり引退してしまった。
　她辜負了大家認定她必能摘下金牌的期望，毫無留戀地退出了體壇。

・世間の健康志向をよそに、この店では大盛りラーメンが大人気だ。
　這家店的特大號拉麵狂銷熱賣，恰恰與社會這股健康養生的風潮背道而馳。

・県民の反対をよそに、港の建設工事は着々と進められた。
　政府不顧縣民的反對，積極推動了建設港埠的工程。

比　　較 ▶▶▶▶ **によらず**〔不管…如何〕

「をよそに」表示無關，強調「無視前項，而進行後項」的概念。表示無視前面的狀況或不顧別人的想法，進行後項的行為。多用在責備的意思上。「によらず」也表無關，強調「不受前項限制，而進行後項」的概念。表示不管前面的理由、狀況如何，都跟後面的規定、決心或觀點沒有關係。也就是後面的行為，不受前面條件的限制。後項一般是較積極的內容。

154

grammar 012 いかんだ

🎧 Track 105
類義文法
いかんで（は）
要看…如何

接續方法 ▶▶▶ 【名詞（の）】＋いかんだ

意　思 ❶

關鍵字 **關連** ▶▶▶

表示前面能不能實現，那就要根據後面的狀況而定了。前項的事物是關連性的決定因素，決定後項的實現、判斷、意志、評價、看法、感覺。「いかん」是「如何」之意。中文意思是：「…如何，要看…、能否…要看…、取決於…、（關鍵）在於…如何」。如例：

・ 手術するかどうかは、検査の結果いかんです。
　　需不需要動手術，要看檢驗報告才能判斷。

・ 合格できるかどうかは、テストより論文の出来いかんだ。
　　至於能不能合格，比起考試成績高低，論文的完成度如何更是至關重要。

・ どれだけ売れるかは、宣伝のいかんだ。
　　銷售量多寡的關鍵在於行銷是否成功。

比　較 ▶▶▶ いかんで（は）〔要看…如何〕

「いかんだ」表示關連，表示能不能實現，那就要根據「いかんだ」前面的名詞的狀況、努力等程度而定了。「いかんで（は）」表示後項是否會有變化，要取決於前項。後項大多是某個決定。

意　思 ❷

關鍵字 **疑問** ▶▶▶

句尾用「いかん／いかに」表示疑問，「…將會如何」之意。接續用法多以「名詞＋や＋いかん／いかに」的形式。中文意思是：「…將會如何」。如例：

・ さて、智の運命やいかん。続きはまた来週。
　　至於小智的命運將會如何？請待下週分曉。

155

grammar 013　てからというもの（は）

接續方法 ▶▶▶ 【動詞て形】＋てからというもの（は）

意　思 ❶

關鍵字　前後關係

▶▶▶

表示以前項行為或事件為契機，從此以後某事物的狀態、某種行動、思維方式有了很大的變化。說話人敘述時含有感嘆及吃驚之意。用法、意義跟「てから」大致相同。書面用語。中文意思是：「自從…以後一直、自從…以來」。如例：

・木村さん、結婚してからというもの、どんどん太るね。
　木村小姐自從結婚以後就像吹氣球似地愈來愈胖呢。

・日本に来てからというもの、母の料理を思い出さない日はない。
　打從來到日本以後，我沒有一天不想念媽媽煮的飯菜。

・自分が病気をしてからというもの、弱者に対する見方が変わった。
　自從自己生病以後，就改變了對於弱勢族群的看法。

・今年になってからというもの、いいニュースはほとんど聞かない。
　今年以來，幾乎沒有聽過哪則新聞是好消息。

比　較 ▶▶▶ てからでないと〔如果不先…就不能〕

「てからというもの（は）」表示前後關係，強調「以某事物為契機，使後項變化很大」的概念。表示以某行為或事件為轉折點，從此以後某行動、想法、狀態發生了很大的變化。含有說話人自己對變化感到驚訝或感慨的語感。「てからでないと」表示條件關係，強調「如果不先做前項，就不能做後項」的概念。後項多是不可能、不容易相關句子。

156

STEP 3_ 小試身手

文法知多少？

☞ 請完成以下題目，從選項中，選出正確答案，並完成句子。

▼ 答案詳見右下角

1 景気が（　　）、私の仕事にはあまり関係がない。

　　1. 回復しようとしまいと　　　2. 回復するかどうか

2 彼女は見かけに（　　）、かなりしっかりしていますよ。

　　1. かかわらず　　　　　　　2. よらず

3 医者の忠告（　　）、お酒を飲んでしまいました。

　　1. をよそに　　　　　　　　2. によらず

4 けがを（　　）、最後まで走りぬいた。

　　1. ものともせず　　　　　　2. いかんによらず

5 息子は働き始め（　　）、ずいぶんしっかりしてきました。

　　1. てからでないと　　　　　2. てからというもの

6 オーブンレンジであれば、どのメーカーのもの（　　）構いません。

　　1. にして　　　　　　　　　2. であろうと

問題1　（　　）に入るのに最もよいものを、1・2・3・4から一つ選びなさい。

1　彼は、親の期待（　　　）、大学を中退して、田舎で喫茶店を始めた。
1　を問わず　　　　2　をよそに　　　3　はおろか　　　4　であれ

2　事情（　　　）、遅刻は遅刻だ。
1　のいかんによらず　　　　　　2　ならいざ知らず
3　ともなると　　　　　　　　　4　のことだから

3　隊員たちは、危険を（　　　）、行方不明者の捜索にあたった。
1　抜きにして　　2　ものともせず　3　問わず　　　　4　よそに

4　この契約書にサイン（　　　）君の自由だが、決して悪い話ではないと思うよ。
1　しようがしないが　　　　　　2　すまいがするが
3　しようがしまいが　　　　　　4　するがするまいが

問題2　つぎの文の＿★＿に入る最もよいものを、1・2・3・4から一つ選びなさい。

5　仕事を始めてから＿＿＿＿　＿＿＿＿　＿★＿　＿＿＿＿日はない。
1　もっと勉強しておく　　　　　2　思わない
3　というもの　　　　　　　　　4　べきだったと

▼ 翻譯與詳解請見 P.234

11 条件、基準、依拠、逆説、比較、対比

▶ 條件、基準、依據、逆接、比較、對比

date. 1 　　／　　　　date. 2 　　／

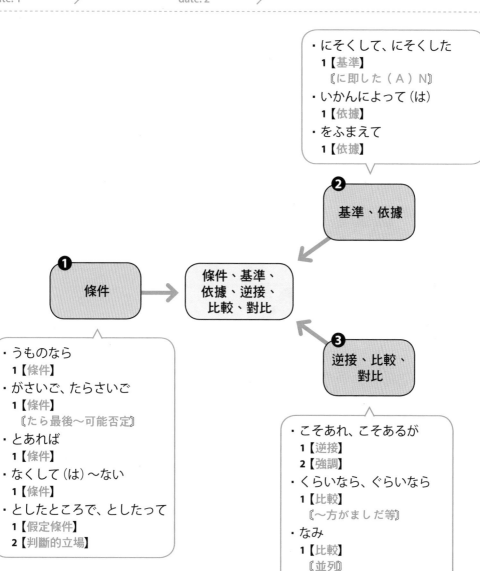

・にそくして、にそくした
　1【基準】
　〖に即した（Ａ）N〗
・いかんによって（は）
　1【依據】
・をふまえて
　1【依據】

❷ 基準、依據

❶ 條件　→　條件、基準、
依據、逆接、
比較、對比

❸ 逆接、比較、對比

・うものなら
　1【條件】
・がさいご、たらさいご
　1【條件】
　〖たら最後〜可能否定〗
・とあれば
　1【條件】
・なくして（は）〜ない
　1【條件】
・としたところで、としたって
　1【假定條件】
　2【判斷的立場】

・こそあれ、こそあるが
　1【逆接】
　2【強調】
・くらいなら、ぐらいなら
　1【比較】
　〖〜方がましだ等〗
・なみ
　1【比較】
　〖並列〗
・にひきかえ〜は
　1【對比】

grammar 001　うものなら

Track 107
類義文法
ものだから
就是因為…，所以…

接續方法 ▶▶▶ 【動詞意向形】＋うものなら

意　思 ❶

關鍵字　條件
▶▶▶

假定條件表現。表示假設萬一發生那樣的事情的話，事態將會十分嚴重。後項一般是嚴重、不好的事態。是一種比較誇張的表現。中文意思是：「如果要…的話，就…、只（要）…就…」。如例：

・この企画が失敗しようものなら、我が社は倒産だ。
　萬一這項企劃案功敗垂成，本公司就得關門大吉了。

・佐野先生の授業は、1分でも遅れようものなら教室に入ることが許されない。
　佐野教授的課只要遲到一分鐘，就會被禁止進入教室。

・母は私が咳でもしようものなら、薬を飲め、早く寝ろとうるさい。
　哪怕我只輕咳一聲，媽媽就會嘮嘮叨叨地叮嚀我快去吃藥、早點睡覺。

・一度でも嘘をつこうものなら、彼女の信頼を回復することは不可能だろう。
　只要撒過一次謊，想再次取得她的信任，恐怕比登天還難了。

比　較 ▶▶▶ ものだから〔就是因為…，所以…〕

「うものなら」表示條件，強調「可能情況的提示性假定」的概念。表示萬一發生前項那樣的事情的話，後項的事態將會十分嚴重。後項一般是嚴重、不好的事態。注意前接動詞意向形。「ものだから」表示理由，強調「個人對理由的辯解、說明」的概念。常用在因為前項的事態的程度很厲害，因此做了後項的某事。含有對事出意料之外、不是自己願意…等的理由，進行辯白。結果是消極的。

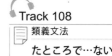

がさいご、たらさいご

接續方法 ▶▶▶ 【動詞た形】＋が最後、たら最後

意　思 ❶

關鍵字 | 條件 ▶▶▶

假定條件表現。表示一旦做了某事，就一定會產生後面的情況，或是無論如何都必須採取後面的行動。後面接説話人的意志或必然發生的狀況，且後面多是消極的結果或行為。中文意思是：「（一旦）…就完了、（一旦…）就必須…、（一…）就非得…」。如例：

- 社長に逆らったが最後、この会社での出世は望めない。
  一旦沒有聽從總經理的命令，在這家公司就升遷無望了。

- うちの奥さんは、一度怒ったら最後、3日は機嫌が治らない。
  我老婆一旦發飆，就會氣上整整三天三夜。

- 課長はマイクを握ったら最後、10曲は歌うよ。
  科長只要一拿到麥克風，就非得一連唱上十首才肯罷休！

關鍵字 | たら最後〜
可能否定 ▶▶▶

「たら最後」的接續是「動詞た形＋ら＋最後」而來的，是更口語的説法，句尾常用可能形的否定。如例：

- この薬は効果はあるが、一度使ったら最後、なかなか止められない。
  這種藥雖然有效，但只要服用過一次，恐怕就得長期服用了。

比　較 ▶▶▶ たところで…ない〔即使…也不…〕

「がさいご」表示條件，表示一旦做了前項，就完了，就再也無法回到原狀了。後接説話人的意志或必然發生的狀況。接在動詞過去形之後，後面多是消極的結果或行為。「たところで…ない」表示逆接條件，表示即使前項成立，後項的結果也是與預期相反，沒有作用的，或只能達到程度較低的結果。後項多為説話人主觀的判斷。也接在動詞過去形之後，句尾接否定的「ない」。

grammar
003

とあれば

接續方法 ▶▶▶ 【名詞；[名詞・形容詞・形容動詞・動詞] 普通形；形容動詞詞幹】+ とあれば

意　思 ❶

關鍵字　條件
▶▶▶

是假定條件的説法。表示如果是為了前項所提的事物，是可以接受的，並將取後項的行動。前面常跟表示目的的「ため」一起使用，表示為了假設情形的前項，會採取後項。後句不能出現表示請求或勸誘的句子。中文意思是：「如果…那就…、假如…那就…、如果是…就一定」。如例：

· 君の出世祝いとあれば、みんな喜んで集まるよ。
  如果是為你慶祝升遷，相信大家都會很樂意前來參加的！

· 法務大臣の発言が怪しいとあれば、野党の追及は激しさを増すだろう。
  倘若法務部部長的發言出現瑕疵，想必在野黨攻訐將愈發激烈。

· 必要とあれば、こちらから御社へご説明に伺います。⋯⋯⋯⋯
  如有需要，我方可前往貴公司說明。

必要とあれば

· 子供への虐待があったとあれば、警察に通報せざるを得ません。
  假如真有虐待孩童的情事發生，那就非得通報警方處理不可。

比　較 ▶▶▶ とあって〔由於…〕

「とあれば」表示條件，表示假定條件。強調「如果出現前項情況，就採取後項行動」的概念。表示如果是為了前項所提的事物，那就採取後項的行動。後句不能出現表示請求或勸誘的句子。
「とあって」表示原因，強調「有前項才有後項」的概念，表示原因和理由承接的因果關係。由於前項特殊的原因，當然就會出現後項特殊的情況，或應該採取的行動。

grammar
004

なくして (は) 〜ない

接續方法 ▶▶▶ 【名詞；動詞辭書形】+ (こと) なくして (は) 〜ない

意思❶

關鍵字 條件

表示假定的條件。表示如果沒有不可或缺的前項，後項的事情會很難實現或不會實現。「なくして」前接一個備受盼望的名詞，後項使用否定意義的句子（消極的結果）。「は」表示強調。書面用語，口語用「なかったら」。中文意思是：「如果沒有…就不…、沒有…就沒有…」。如例：

· 本人の努力なくしては、今日の勝利はなかっただろう。
  如果缺少當事人自己的努力，想必無法取得今日的勝利吧。

· 先生のご指導なくして私の卒業はありませんでした。
  假如沒有老師您的指導，我絕對無法畢業的。

· 互いに譲歩することなくして、和解は成立しない。
  雙方都不肯各退一步，就無法達成和解。

· 日頃しっかり訓練することなくしては、緊急時の
  避難行動はできません。
  倘若平時沒有紮實的訓練，遇到緊急時刻就無法順利避難。

比較 ▶▶▶ ないまでも〔沒有…至少也…〕

「なくして（は）〜ない」表示條件，表示假定的條件。強調「如果沒有前項，後項將難以實現」的概念。「なくして」前接一個備受盼望的名詞，後項使用否定意義的句子（消極的結果）。「ないまでも」表示程度，強調「不求做到前項，只要求做到後項程度」的概念。前接程度高的，後接程度低的事物。表示雖然達不到前項，但可以達到程度較低的後項。

grammar 005 としたところで、としたって

Track 111
類義文法
としても
即使…也…

意思❶

關鍵字 假定條件

【[名詞・形容詞・形容動詞・動詞]普通形】＋としたころで、としたって。為假定的逆接表現。表示即使假定事態為前項，但結果為後項，後面通常會接否定表現。中文意思是：「即使…是事實，也…」。如例：

· 君が彼の邪魔をしようとしたところで、彼が今以上に
  強くなるだけだと思うよ。
  即使你試圖阻撓，我認為只會激發他發揮比現在更強大的潛力。

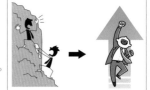

・彼女が優秀だとしたって、それは彼女が人より努力したからに他ならない。
　她如此優秀的表現，唯一的理由是比別人更加努力。

比　　較 ▶▶▶ としても〔即使…也…〕

「としたところで」表示假定條件，表示即使以前項為前提來進行，但結果還是後項的情況。後項一般為否定的表現方式。「としても」也表假定條件，表示前項是假定或既定的讓步條件，後項是跟前項相反的內容。

意　　思 ❷

關鍵字 判斷的立場

【名詞】＋としたところで、としたって、にしたところで、にしたって。從前項的立場、想法及情況來看後項也會成立。中文意思是：「就算…也…」。如例：

・無理に覚えようとしたって、効率が悪いだけだ。
　就算勉強死背硬記，也只會讓效率變得愈差而已。
・会社側にしたって、裁判にはしたくないだろう。
　就算以就公司的立場而言，想必也不希望走向訴訟一途。

grammar 006

にそくして、にそくした

Track 112

類義文法
をふまえて
根據、在…基礎上

接續方法 ▶▶▶ 【名詞】＋に即して、に即した

意　　思 ❶

關鍵字 基準

「即す」是「完全符合，不脫離」之意，所以「に即して」接在事實、規範等意思的名詞後面，表示「以那件事為基準」，來進行後項。中文意思是：「依…（的）、根據…（的）、依照…（的）、基於…（的）」。如例：

・式はプログラムに即して進行します。
　儀式將按照預定的時程進行。

164

に即した
（Ａ）Ｎ

常接「時代、実験、実態、事実、現実、自然、流れ」等名詞後面，表示按照前項，來進行後項。
如果後面出現名詞，一般用「に即した＋（形容詞・形容動詞）名詞」的形式。如例：

・会社の現状に即した経営計画が必要だ。
必須提出一個符合公司現況的營運計畫。

・実戦に即した訓練でなければ意味がない。
若非契合實戰的訓練，根本毫無意義。

・入学試験における不正行為は当校の規則に
即して処理します。
參加入學考試時的舞弊行為將依照本校校規處理。

比　較 ▶▶▶ をふまえて〔根據、在…基礎上〕

「にそくして」表示基準，強調「以某規定等為基準」的概念。表示以某規定、事實或經驗為基準，
來進行後項。也就是根據現狀，把現狀也考量進去，來進行後項的擬訂計畫。助詞用「に」。「を
ふまえて」表示依據，強調「以某事為判斷的根據」的概念。表示將某事作為判斷的根據、加入考
量，或作為前提，來進行後項。後面常跟「～（考え直す）必要がある」相呼應。注意助詞用「を」。

grammar
007
いかんによって（は）

Track 113

類義文法

しだいだ
要看…如何

接續方法 ▶▶▶ 【名詞（の）】＋いかんによって（は）

意　思 ❶

關鍵字 依據

▶▶▶

表示依據。根據前面的狀況，來判斷後面發生的可能性。前面是在各種狀況中，選其中的一種，
而在這一狀況下，讓後面的內容得以成立。中文意思是：「根據…、要看…如何、取決於…」。
如例：

・治療方法のいかんによって、再発率も異なります。
採用不同的治療方法，使得該病的復發率也有所不同。

・あなたの言い方いかんによって、息子さんの受け
止め方も違ってくるでしょう。
令郎是否願意聽進父母的教誨，取決於您表達時的言語態度。

- そちらの条件のいかんによっては、契約の更新は致しかねることもあります。
  根據對方提出的條件的情況如何，我方也有可能無法同意續約。

- 反省の態度のいかんによっては、刑期の短縮もあり得る。
  根據受刑人是否表現出真心悔悟，亦得予以縮短刑期。

比　　較 ▶▶▶ **しだいだ〔要看…如何〕**

「いかんによって」表示依據，強調「結果根據的條件」的概念。表示根據前項的條件，決定後項的結果。前接名詞時，要加「の」。「しだいだ」表示關聯，強調「行為實現的根據」的概念。表示事情能否實現，是根據「次第」前面的情況如何而定的，是被它所左右的。前面接名詞時，不需加「の」，後面也不接「によって」。

grammar 008 をふまえて

🎧 Track 114

📝 類義文法

をもとに
以…為根據、以…為參考

接續方法 ▶▶▶ 【名詞】＋を踏まえて

意　　思 ①

關鍵字 **依據** ▶▶▶

表示以前項為前提、依據或參考，進行後面的動作。後面的動作通常是「討論する（辯論）、話す（說）、檢討する（討論）、抗議する（抗議）、論じる（論述）、議論する（爭辯）」等和表達有關的動詞。多用於正式場合，語氣生硬。中文意思是：「根據…、以…為基礎」。如例：

- では以上の発表を踏まえて、各々グループで話し合いを始めてください。
  那麼請各組以上述報告內容為基礎，開始進行討論。

グループで話し合い

- 本日の検査結果を踏まえて、治療方針を決定します。
  我將根據今天的檢查結果決定治療方針。

- この法案は我々の置かれた現状を踏まえているとは思えない。
  我不認為這項法案如實反映出我們所面臨的現狀。

- 窓口に寄せられた意見を踏まえて、今後の対応を検討する。
  我們會將投擲至承辦窗口的各方意見彙整之後，檢討今後的應對策略。

比　　較 ▶▶▶▶ をもとに〔以…為根據、以…為參考〕

「をふまえて」表示依據，表示以前項為依據或參考等，在此基礎上發展後項的想法或行為等。
「をもとに」也表依據，表示以前項為根據或素材等，來進行後項的改編、改寫或變形等。

grammar
009

こそあれ、こそあるが

Track 115

類義文法

とはいえ
雖說…但是…

接續方法 ▶▶▶▶ 【名詞；形容動詞て形】＋こそあれ、こそあるが

意　　思 ❶

關鍵字 逆接 ▶▶▶

為逆接用法。表示即使認定前項為事實，但說話人認為後項才是重點。「こそあれ」是古語的表
現方式，現在較常使用在正式場合或書面用語上。中文意思是：「雖然、但是」。如例：

・彼は本から得た知識こそあれ、現場の経験が不足している。
　他儘管擁有書本上的知識，但是缺乏現場的經驗。

・今は無名でこそあるが、彼女は才能溢れる芸術家だ。
　雖然目前仍是默默無聞，但她確實是個才華洋溢的藝術家！

比　　較 ▶▶▶▶ とはいえ〔雖說…但是…〕

「こそあれ」表示逆接，表示雖然認定前項為事實，但說話人認為後項的不同或相反，才是重點。
是古老的表達方式。「とはいえ」表示逆接轉折。表示雖然先肯定前項，但是實際上卻是後項仍
然有不足之處的結果。書面用語。

意　　思 ❷

關鍵字 強調 ▶▶▶

有強調「是前項，不是後項」的作用，比起「こそあるが」，更常使用「こそあれ」。此句型後
面常與動詞否定形相呼應使用。中文意思是：「只是（能）、只有」。如例：

・厳しい方でしたが、先生には感謝こそあれ、恨みなど一切ありません。
　老師的教導方式雖然嚴厲，但我對他只有衷心的感謝，沒有一丁點的恨意。

・彼女の性格は真っ直ぐでこそあれ、わがままなどでは決してない。
　她只是性格率真，絕非不嬌縱任性。

くらいなら、ぐらいなら

接續方法 ▶▶▶ 【動詞辭書形】＋くらいなら、ぐらいなら

意 思 ❶

關鍵字 比較 ▶▶▶

表示與其選擇情況最壞的前者，不如選擇後者。說話人對前者感到非常厭惡，認為與其選叫人厭惡的前者，不如後項的狀態好。中文意思是：「與其…不如…（比較好）、與其忍受…還不如…」。如例：

・父にお金を借りるくらいなら、飢え死にしたほうがましだ。
　與其向爸爸借錢，我寧願餓死！

・満員電車に乗るくらいなら、１時間歩いて行くよ。‥‥‥‥▶
　與其擠進像沙丁魚罐頭似的電車車廂，倒不如走一個鐘頭的路過去。

・自分で払うぐらいなら、こんな高い店に来なかったよ。
　早知道要自己付錢，打死我都不願意來這種貴得嚇死人的店咧！

・嘘をつくぐらいなら、何も言わずに黙っていたほうがいい。
　與其說謊話，還不如閉上嘴巴什麼都不講來得好。

關鍵字 〜方がまし
だ等 ▶▶▶

常用「くらいなら〜ほうがましだ、くらいなら〜ほうがいい」的形式，為了表示強調，後也常和「むしろ」（寧可）相呼應。「ましだ」表示雖然兩者都不理想，但比較起來還是這一方好一些。

比 較 ▶▶▶ というより〔與其說…，還不如說…〕

「くらいなら」表示比較，強調「與其忍受前項，還不如後項的狀態好」的概念。指出最壞情況，表示雖然兩者都不理想，但與其選擇前者，不如選擇後者。表示說話人不喜歡前者的行為。後項多接「ほうがいい、ほうがましだ、なさい」等句型。「というより」也表比較，強調「與其說前項，還不如說後項更適合」的概念。表示在判斷或表現某事物，在比較過後，後項的說法比前項更恰當。後項是對前項的修正、補充或否定。常和「むしろ」相呼應。

なみ

Track 117

類義文法

わりには
雖然…但是…

接續方法 ▶▶▶ 【名詞】＋並み

意　　思 ❶

關鍵字 **比較**
▶▶▶

表示該人事物的程度幾乎和前項一樣。「並み」含有「普通的、平均的、一般的、並列的、相同程度的」之意。像是「男並み（和男人一樣的）、人並み（一般）、月並み（每個月、平庸）」等都是常見的表現。中文意思是：「相當於…、和…同等程度、與…差不多」。如例：

・ もう3月なのに今日は真冬並みの寒さだ。
都已經三月了，今天卻還冷得跟寒冬一樣。

・ 贅沢は望まない。人並みの生活ができればいい。
我沒有什麼奢望，只期盼能過上平凡的生活就好。

・ どれも月並みだな。もっとみんなが驚くような新しい企画はないのか。
每一件提案都平淡無奇。沒有什麼更令人眼睛一亮的嶄新企劃嗎？

關鍵字 **並列**
▶▶▶

有時也有「把和前項許多相同的事物排列出來」的意思，像是「街並み（街上房屋成排成列的樣子）、軒並み（家家戶戶）」。如例：

・ 来月から食料品は軒並み値上がりするそうだ。
聽說從下個月起，食品價格將會全面上漲。

比　　較 ▶▶▶ **わりには**〔雖然…但是…〕

「なみ」表示比較，表示該人事物的程度幾乎和前項一樣。「わりには」也表比較，表示結果跟前項條件不成比例、有出入或不相稱。表示比較的基準。

にひきかえ～は

接續方法 ▶▶▶ 【名詞（な）；形容動詞詞幹な；[形容詞・動詞]普通形】+（の）にひきかえ

意　思 ❶

關鍵字 **對比** ▶▶▶

比較兩個相反或差異性很大的事物。含有說話人個人主觀的看法。書面用語。跟站在客觀的立場，冷靜地將前後兩個對比的事物進行比較「に対して」比起來，「にひきかえ」是站在主觀的立場。中文意思是：「與…相反、和…比起來、相較起…、反而…、然而…」。如例：

- 昨日の爽やかな秋晴れにひきかえ、今日は嵐のような酷い天気だ。
  相較於昨天的秋高氣爽，今天的天氣簡直像是狂風暴雨。
- 姉は本が好きなのにひきかえ、妹はいつも外を走り回っている。
  姊姊喜歡待在家裡看書，然而妹妹卻成天在外趴趴走。

- 母が優しいのにひきかえ、父は厳しくて少しの甘えも許さない。
  媽媽是慈母，而爸爸則是沒有絲毫妥協空間的嚴父。
- 大川選手がいつも早く来て一人で練習しているのにひきかえ、安田選手は寝坊したと言ってはよく遅れて来る。
  大川運動員總是提早來獨自練習，相較之下安田運動員總是說自己睡過頭了，遲遲才出現。

比　　較 ▶▶▶ にもまして〔更加地…〕

「にひきかえ」表示對比，強調「前後事實，正好相反或差別很大」的概念。把兩個對照性的事物做對比，表示反差很大。含有說話人個人主觀的看法。積極或消極的內容都可以接。「にもまして」表示強調程度，強調「在此之上，程度更深一層」的概念。表示兩個事物相比較。比起前項，後項的數量或程度更深一層，更勝一籌。

文法知多少？

☞ 請完成以下題目，從選項中，選出正確答案，並完成句子。

▼ 答案詳見右下角

1 睡眠の（　　）によって、体調の善し悪しも違います。

　　1．しだい　　　　　　　　　2．いかん

2 子供のレベルに（　　）授業をしなければ、意味がありません。

　　1．即した　　　　　　　　　2．踏まえた

3 謝る（　　）、最初からそんなことしなければいいのに。

　　1．ぐらいなら　　　　　　　2．というより

4 姉（　　）、妹は無口で恥ずかしがり屋です。

　　1．にもまして　　　　　　　2．にひきかえ

5 あの犬はちょっとでも近づこう（　　）、すぐ吠えます。

　　1．ものなら　　　　　　　　2．ものだから

6 あのスナックは（　　）、もう止まりません。

　　1．食べたところで　　　　　2．食べたら最後

7 大型の台風が来る（　　）、雨戸も閉めた方がいい。

　　1．とあって　　　　　　　　2．とあれば

8 あなた（　　）、生きていけません。

　　1．なくしては　　　　　　　2．ないまでも

答案：(1) 2　(2) 1　(3) 1　(4) 2
(5) 1　(6) 2　(7) 2　(8) 1

171

問題1 次の文章を読んで、文章全体の内容を考えて、 1 から 5 の中に入る最もよいものを、1・2・3・4の中から一つ選びなさい。

ドバイ旅行

　会社の休みを利用してドバイに行った。羽田空港を夜中に発って11時間あまりでドバイ到着。2泊して、3日目の夜中に帰国の途につくという日程だ。

　ドバイは、ペルシャ湾に面したアラブ首長国連邦の一つであり、代々世襲^(注1)の首長が国を治めている。面積は埼玉県とほぼ同じ。 1-a 小さな漁村だったが、20世紀に入って貿易港として発展。1966年に石油が発見され急速に豊かになったが、その後も、石油のみに依存しない経済作りを目指して開発を進めた。その結果、 1-b 高層ビルが建ち並ぶゴージャス^(注2)な商業都市として発展を誇っている。現在、ドバイの石油産出量はわずかで 2 、貿易や建設、金融、観光など幅広い産業がドバイを支えているという。

　観光による収入が30％というだけあって、とにかく見る所が多い。それも「世界一」を誇るものがいくつもあるのだ。世界一高い塔バージュ・ハリファ、巨大人工島パームアイランド、1,200店が集まるショッピングモール^(注3)、世界最高級七つ星ホテルブルジュ・アル・アラブ、世界一傾いたビル……などなどである。

　とにかく、見るもの全てが〝すごい〟ので、 3 しまう。ショッピングモールの中のカフェに腰を下ろして人々を眺めていると、さまざまな肌色や服装をした人々が通る。民族衣装を身に着けたアラブ人らしい人は 4 。アラブ人は人口の20％弱だというだけに、ドバイではアラブ人こそ逆に外国人に見える。

　急速な発展を誇る未来都市のようなドバイにも、経済的に大きな困難を抱えた時期があったそうだ。2009年「ドバイ・ショック」と言われる債務超過^(注4)による金融危機である。アラブ首長国の首都アブダビの援助などもあって、現在では社会状況もかなり安定し、さらなる開発が進められているが、今も債務の返済中であるという。

　　そんなことを思いながらバージュ・ハリファ 124 階からはるかに街を見下ろすと、砂漠の中のドバイの街はまさに〝砂上の楼閣〟^(注5)、砂漠に咲いた徒花^(注6)のようにも見えて、一瞬うそ寒い^(注7)気分に襲われた。しかし、21 世紀の文明を象徴するような魅力的なドバイである。これからも繁栄を続けることを　　5　　いられない。

(注 1) 世襲：子孫が受け継ぐこと。

(注 2) ゴージャス：豪華でぜいたくな様子。

(注 3) ショッピングモール：多くの商店が集まった建物。

(注 4) 債務超過：借金の方が多くなること。

(注 5) 砂上の楼閣：砂の上に建てた高層ビル。基礎が不安定で崩れやすい物のたとえ。

(注 6) 徒花：咲いても実を結ばずに散る花。実を結ばない物事のたとえ。

(注 7) うそ寒い：なんとなく寒いようなぞっとする気持ち。

1

1　a 今は／b もとは　　　　　2　a もとは／b 今も

3　a もとは／b 今や　　　　　4　a 今は／b 今や

2

1　あるし　　　　　　　　　　2　あるにもかかわらず

3　あったが　　　　　　　　　4　あることもあるが

3

1　圧倒して　　　2　圧倒されて　　　3　がっかりして　　4　集まって

4

1　とても多い　　2　素晴らしい　　　3　アラブ人だ　　　4　わずかだ

5

1　願って　　　　2　願うが　　　　　3　願わずには　　　4　願いつつ

▼ 翻譯與詳解請見 P.236

Lesson 12 感情、心情、期待、允許

▶ 感情、心情、期待、允許

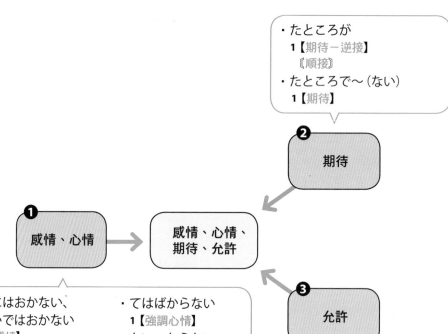

・たところが
　1【期待－逆接】
　〖順接〗
・たところで～（ない）
　1【期待】

2 期待

1 感情、心情　→　**感情、心情、期待、允許**

3 允許

・ずにはおかない、
　ないではおかない
　1【感情】
　2【強制】
・（さ）せられる
　1【強調感情】
・てやまない
　1【強調感情】
　〖現象或事態持續〗
・のいたり（だ）
　1【強調感情】
　2【原因】
・をきんじえない
　1【強調感情】
・てはかなわない、
　てはたまらない
　1【強調心情】

・てはばからない
　1【強調心情】
・といったらない、
　といったら
　1【強調心情】
　2【強調主題】
・といったらありはし
　ない
　1【強調心情】
　〖口語－ったらない〗

・てもさしつかえない、
　でもさしつかえない
　1【允許】

grammar 001

ずにはおかない、ないではおかない

類義文法

ずにはいられない
不得不…

接續方法 ►►► 【動詞否定形 (去ない)】＋ずにはおかない、ないではおかない

意　思 ❶

關鍵字 **感情**

前接心理、感情等動詞，表示由於外部的強力，使得某種行為，沒辦法靠自己的意志控制，自然而然地就發生了，所以前面常接使役形的表現。請注意前接サ行變格動詞時，要用「せずにはおかない」。中文意思是：「不能不…、不由得…」。如例：

- この映画は、見る人の心に衝撃を与えずにはおかない問題作だ。
  這部充滿爭議性的電影，不由得讓每一位觀眾的心靈受到衝擊。
- 今回の誘拐事件は、私たちに 20 年前に起こった悲劇を思い出させずにはおかない。
  這件綁架案不由得勾起我們大家對發生於二十年前那起悲劇的記憶。

比　　較 ►►► ずにはいられない〔不得不…〕

「ずにはおかない」表示感情，強調「一種強烈的情緒、慾望」的概念。主語可以是「人或物」，由於外部的強力，使得某種行為，沒辦法靠自己的意志控制，自然而然地就發生了。有主動、積極的語感。「ずにはいられない」表示強制，強調「自己情不自禁做某事」的概念。主詞是「人」，表示自己的意志無法克制，情不自禁地做某事。

意　思 ❷

關鍵字 **強制**

當前面接的是表示動作的動詞時，則有主動、積極的「不做到某事絕不罷休、後項必定成立」語感，語含個人的決心、意志，具有強制性地，使對方陷入某狀態的語感。中文意思是：「必須…、一定要…、勢必…」。如例：

- 部長に告げ口したのは誰だ。白状させずにはおかないぞ。
  到底是誰向經理告密的？我非讓你招認不可！
- 彼は、少しでも不確かなことは納得するまで調べ ┄┄┄┄►
  ないではおかない性格だ。
  他的個性是哪怕有一丁點想不通的地方都非要查個一清二楚不可。

175

（さ）せられる

接續方法 ▶▶▶ 【動詞使役被動形】＋（さ）せられる

意　思 ❶

關鍵字 強調感情

▶▶▶

表示説話者受到了外在的刺激，自然地有了某種感觸。中文意思是：「不禁…、不由得…」。
如例：

・ あなたの忍耐強さにはいつも感心させられています。
  你堅忍的毅力不禁令我佩服得五體投地。

・ 少年犯罪のニュースには考えさせられることが多い。
  關於青少年犯罪案件的報導，其背後的隱憂有許多值得深思之處。

・ あの男の下手な嘘には本当にがっかりさせられた。
  那個男人蹩腳的謊言令人太失望了。

・ 彼女の細かい心くばりに感心させられた。
  她無微不至的照應不由得讓人感到佩服。

比　　較 ▶▶▶ てやまない〔…不已〕

「（さ）せられる」表示強調感情，強調「受刺激而發出某感觸」的概念。表示説話者受到了外在
的刺激，自然地有了某種感觸。「てやまない」也表強調感情，強調「某強烈感情一直在」的概
念。接在感情動詞後面，表示發自內心的某種強烈的感情，且那種感情一直持續著。

grammar 003 てやまない

🎧 Track 121
📄 類義文法
てたまらない
…得不得了

接續方法 ▶▶▶▶ 【動詞て形】＋てやまない

意　思 ❶

關鍵字 **強調感情** ▶▶▶

接在感情動詞後面，表示發自內心關懷對方的心情、想法極為強烈，且那種感情一直持續著。由於是表示説話人的心情，因此一般不用在第三人稱上。這個句型由古漢語「…不已」的訓讀發展而來。常見於小説或文章當中，會話中較少用。中文意思是：「…不已、一直…」。如例：

- お二人の幸せを願ってやみません。
  由衷祝福二位永遠幸福。

- ここが、彼女が愛してやまなかった音楽の都ウィーンです。
  這裡是她鍾愛的音樂之都維也納。

- 彼はお金のために友人を裏切ったことを、一生後悔してやまなかった。
  他對於自己曾為金錢背叛了朋友而終生懊悔不已。

關鍵字 **現象或事態持續** ▶▶▶

表示現象或事態的持續。如例：

- どの時代においても人民は平和を求めてやまないものだ。
  無論在任何時代，人民永遠追求和平。

比　較 ▶▶▶ てたまらない〔…得不得了〕

「てやまない」表示強調感情，強調「發自內心的感情」的概念。接在感情動詞的連用形後面，表示發自內心的感情，且那種感情一直持續著。常見於小説或文章當中，會話中較少用。「てたまらない」表示感情，強調「程度嚴重，無法忍受」的概念。表示程度嚴重到使説話人無法忍受。是説話人強烈的感覺、感情及希求。一般前接感情、感覺、希求之類的詞。

のいたり（だ）

接續方法 ▶▶▶ 【名詞】＋の至り（だ）

意　思 ❶

關鍵字 **強調感情**

▶▶▶

前接「光栄、感激」等特定的名詞，表示一種強烈的情感，達到最高的狀態，多用在講客套話的時候，通常用在好的一面。中文意思是：「真是…到了極點、真是…、極其…、無比…」。如例：

・ 有難いお言葉をいただき、光栄の至りです。
　承您貴言，無比光榮。

・ 本日は大勢の方にご来場いただきまして、
　感謝の至りです。
　今日承蒙各方賢達蒞臨指導，十二萬分感激。

・ この度はとんだ失敗をしてしまい、赤面の至りです。
　此次遭逢意外挫敗，慚愧之至。

比　較 ▶▶▶ **のきわみ（だ）**〔真是…極了〕

「のいたり（だ）」表示強調感情，強調「情感達到極高狀態」的概念。前接某一特定的名詞，表示一種強烈的情感，達到最高的狀態。多用在講客套話的時候。通常用在好的一面。「のきわみ（だ）」表示極限，強調「事物達到極高程度」的概念。形容事物達到了極高的程度。強調這程度已經超越一般，到達頂點了。大多用來表達說話人激動時的那種心情。前面可接正面或負面、或是感情以外的詞。

意　思 ❷

關鍵字 **原因**

▶▶▶

表示由於前項的某種原因，而造成後項的結果。中文意思是：「都怪…、因為…」。如例：

・ あの頃は若気の至りで、いろいろな悪さをしたものだ。
　都怪當時年輕氣盛，做了不少錯事。

grammar
005

をきんじえない

🎧 Track 123

📝 類義文法

をよぎなくされる

不得不…

接續方法 ▸▸▸ 【名詞】＋を禁じえない

意　思 ❶

關鍵字 | 強調感情
▸▸▸

前接帶有情感意義的名詞，表示面對某種情景，心中自然而然產生的，難以抑制的心情。這感情是越抑制感情越不可收拾的。屬於書面用語，正、反面的情感都適用。口語中不用。中文意思是：「不禁…、禁不住就…、忍不住…」。如例：

・突然の事故で両親を失ったこの姉妹には、同情を禁じ得ない。
　一場突如其來事故使得這對姊妹失去了父母，不禁令人同情。

・子供の頃は目立たなかった彼が舞台で活躍するのを見て、驚きを禁じ得なかった。
　看到小時候並不起眼的他如今在舞台上耀眼的身影，不由得大為吃驚。

・戦争に人生を狂わされた少女の話に、私は涙を禁じ得なかった。
　聽到那名少女描述自己在戰火中顛沛流離的人生經歷，我忍不住落淚了。

・金儲けのために犬や猫の命を粗末にする業者には、怒りを禁じ得ない。
　那些只顧賺錢而視貓狗性命如敝屣的業者，不禁激起人們的憤慨。

比　較 ▸▸▸ **をよぎなくされる**〔不得不…〕

「をきんじえない」表示強調感情，強調「產生某感情，無法抑制」的概念。前接帶有情感意義的名詞，表示面對某情景，心中自然而然產生、難以抑制的心情。這感情是越抑制感情越不可收拾的。「をよぎなくされる」表示強制，強調「不得已做出的行為」的概念。因為大自然或環境等，個人能力所不能及的強大力量，迫使其不得不採取某動作。而且此行動，往往不是自己願意的。表示情況已經到了沒有選擇的餘地，必須那麼做的地步。

grammar 006　てはかなわない、てはたまらない

接續方法 ▶▶▶ 【形容詞て形；動詞て形】＋てはかなわない、てはたまらない

意思❶

關鍵字　強調心情
▶▶▶

表示負擔過重，無法應付。如果按照這樣的狀況下去不堪忍耐、不能忍受。是一種動作主體主觀上無法忍受的表現方法。用「かなわない」有讓人很苦惱的意思。常跟「こう、こんなに」一起使用。口語用「ちゃかなわない、ちゃたまらない」。中文意思是：「…得受不了、…得要命、…得吃不消」。如例：

· 工事の音がこううるさくてはかなわない。
　施工的噪音簡直快吵死人了。

· 東京の夏もこう蒸し暑くてはたまらないな。 ┈┈┈┈▶
　東京夏天這麼悶熱，實在讓人受不了。

· こんな安い給料で働かされちゃたまらないよ。
　這麼低廉的薪水叫人怎麼幹得下去呢！

· うちのような小さな工場は、原料がこんなに値上がりしてはかなわない。
　原料價格飆漲，像我們這種小工廠根本吃不消。

比較 ▶▶▶ てたまらない〔（的話）可受不了…〕

「てはかなわない」表示強調心情，強調「負擔過重，無法應付」的概念。是一種動作主體主觀上無法忍受的表現方法。「てたまらない」也表強調心情，強調「程度嚴重，無法忍受」的概念。表示照此狀態下去不堪忍耐，不能忍受。

grammar 007　てはばからない

接續方法 ▶▶▶ 【動詞て形】＋てはばからない

意 思 ❶

關鍵字 | 強調心情

▶▶▶

前常接跟説話相關的動詞，如「言う、断言する、公言する」的て形。表示毫無顧忌地進行前項的意思。一般用來描述他人的言論。「憚らない」是「憚る」的否定形式，意思是「毫無顧忌、毫不忌憚」。中文意思是：「不怕…、毫無顧忌…」。如例：

- 彼は自分は天才だと言ってはばからない。 ┄┄┄┄┄►
  他毫不隱晦地直言自己是天才。

- 当時の校長は、ときに体罰も必要だ、と公言してはばからなかった。
  當時的校長毫不避諱地公開表示，適時的體罰具有其必要性。

- そのコーチは、チームに金メダルを取らせたのは自分だと言ってはばからない。
  那名教練堂而皇之地宣稱自己是讓這支隊伍奪得金牌的最大功臣。

- 私は断言してはばからないが、うちの工場の技術力は世界レベルだ。
  我敢拍胸脯保證，我家工廠的製造技術具有世界水準。

比　　較　▶▶▶　てもかまわない〔即使…也行〕

「てはばからない」表示強調心情，強調「毫無顧忌進行」的概念。表示毫無顧忌地進行前項的意思。「てもかまわない」表示許可，強調「這樣做也行」的概念。表示即使是這樣的情況也可以的意思。

grammar
008

といったらない、といったら

Track 126

類義文法
という
叫做…的…

意 思 ❶

關鍵字 | 強調心情

▶▶▶

【名詞；形容詞辭書形；形容動詞詞幹】＋（とい）ったらない。「といったらない」是先提出一個討論的對象，強調某事物的程度是極端到無法形容的，後接對此產生的感嘆、吃驚、失望等感情表現，正負評價都可使用。中文意思是：「…極了、…到不行」。如例：

- 一瞬の隙を突かれて逆転負けした。この悔しさといったらない。
  只是一個不留神竟被對手乘虛而入逆轉了賽局，而吃敗仗，令人懊悔到了極點。

181

- 近所で強盗殺人が起きた。恐ろしいったらない。
  附近發生了搶劫殺人案，實在太恐怖了。

意思 ❷

強調主題

【名詞；形容詞辭書形；形容動詞詞幹】＋（とい）ったら。表示把提到的事物做為主題，後項是對這一主題的敘述。是説話人帶有感嘆、感動、驚訝、失望的表現方式。有強調主題的作用。中文意思是：「説起…」。

- その時の私の苦しみといったら、とても
  あんたなんかにわかってはもらえまいよ。
  提起我當時所遭受的苦難，你根本就無法理解。
- 今年の暑さといったら半端ではなかった。 ┈┈┈┈
  提起今年的酷熱勁兒，真夠誇張！

比較 ▶▶▶ という〔叫做…的…〕

「といったらない」表示強調主題，表示把提到的事物做為主題進行敘述。有強調主題的作用。含有説話人驚訝、感動的心情。「という」表示介紹名稱，前後接名詞，介紹某人事物的名字。用在跟不熟悉的一方介紹時。

---

grammar
009

といったらありはしない

Track 127

類義文法
ということだ
據説…

接續方法 ▶▶▶ 【名詞；形容詞辭書形；形容動詞詞幹】＋（とい）ったらありはしない

意思 ❶

強調心情

強調某事物的程度是極端的，極端到無法形容、無法描寫。跟「といったらない」相比，「といったらない」、「ったらない」能用於正面或負面的評價，但「といったらありはしない」、「ったらありはしない」、「といったらありゃしない」、「ったらありゃしない」只能用於負面評價。中文意思是：「…之極、極其…、沒有比…更…的了」。如例：

- まだ目の開かない子猫の可愛らしさといったら ┈┈┈┈
  ありはしない。
  還沒睜開眼睛的小貓咪可愛得不得了。

- 木村君が我がチームに加わってくれて心強いったらありゃしないよ。
  能有木村加入我們這支團隊，簡直可以說是如虎添翼！

- 同姓同名が３人もいて、ややこしいといったらありはしない。
  足足有三個人同名同姓，實在麻煩透頂。

關鍵字	口語－った らない

「ったらない」是比較通俗的口語説法。如例：

- 夜中の間違い電話は迷惑ったらない。
  三更半夜打錯電話根本是擾人清夢！

比　　較 ▶▶▶ <u>ということだ〔據說…〕</u>

「といったらありはしない」表示強調心情，強調「給予極端評價」的概念。正面時表欽佩，負面時表埋怨的語意。書面用語。「ということだ」表示傳聞，強調「從外界獲取傳聞」的概念。從某特定的人或外界獲取的傳聞。比起「そうだ」來，有很強的直接引用某特定人物的話之語感。又有明確地表示自己的意見、想法之意。

Track 128

類義文法

ところを
正…時

grammar 010　たところが

接續方法 ▶▶▶ 【動詞た形】＋たところが

意　　思 ❶

關鍵字	期待－逆接

表示逆接，後項往往是出乎意料、與期待相反的客觀事實。因為是用來敘述已發生的事實，所以後面要接動詞た形的表現，「然而卻…」的意思。中文意思是：「…可是…、結果…」。如例：

- 彼女を誘ったところが、彼女のお姉さんまで付いて来た。
  我邀的是她，可是連她姊姊也一起跟來了。

- 仕事を終えて急いで行ったところが、飲み会はもう ┈┈┈▶
  終わっていた。
  趕完工作後連忙過去會合，結果酒局已經散了。

- 親切のつもりで言ったところが、かえって怒らせて
  しまった。
  好心告知，不料反而激怒了他。

關鍵字 **順接**

▶▶▶

表示順接。如例：

・ 本社に問い合わせたところ（が）、すぐに代わりの品を送って来た。
　洽詢總公司之後，很快就送來了替代品。

比　較 ▶▶▶ ところを〔正…時〕

「たところが」表示期待，強調「一做了某事，就變成這樣的結果」的概念。表示順態或逆態接續。前項先舉出一個事物，後項往往是出乎意料的客觀事實。「ところを」表示時點，強調「正當 A 的時候，發生了 B 的狀況」的概念。後項的 B 所發生的事，是對前項 A 的狀況有直接的影響或作用的行為。後面的動詞，常接跟視覺或是發現有關的「見る、見つける」等，或是跟逮捕、攻擊、救助有關的「捕まる、襲う」等詞。這個句型要接「名詞の；用言普通形」。

grammar **011** たところで～（ない）

🎧 Track 129
📝 類義文法
がさいご
一旦…就必須…

接續方法 ▶▶▶ 【動詞た形】＋たところで～（ない）

意　思 ❶

關鍵字 **期待**

▶▶▶

接在動詞た形之後，表示就算做了前項，後項的結果也是與預期相反，是無益的、沒有作用的，或只能達到程度較低的結果，所以句尾也常跟「無駄、無理」等否定意味的詞相呼應。句首也常與「どんなに、何回、いくら、たとえ」相呼應表示強調。後項多為說話人主觀的判斷，不用表示意志或既成事實的句型。中文意思是：「即使…也（不…）、雖然…但（不）、儘管…也（不…）」。如例：

・ 東京の雪なんて、降ったところでせいぜい 10 センチだ。
　東京即使下雪，但下雪的地方頂多也就是 10 公分而已呢！

・ どんなに後悔したところで、もう遅い。
　任憑你再怎麼懊悔，都為時已晚了。

・ あなたに謝ってもらったところで、亡くなった娘は
　もう帰って来ない。
　就算你再三賠罪，也喚不回我那死去的女兒了。

・ この店じゃ、たとえ全品注文したところで、大した値段にはならないよ。
　在這家店即使闊氣的訂下全部的餐點，也花不了多少錢喔！

比　較 ▸▸▸ がさいご〔一旦…就必須…〕

「たところで～ない」表示期待，強調「即使進行前項，結果也是無用」的概念。表示即使前項成立，後項的結果也是與預期相反，無益的、沒有作用的，或只能達到程度較低的結果。後項多為說話人主觀的判斷。也接在動詞過去形之後，句尾接否定的「ない」。「がさいご」表示條件，強調「一旦發生前項，就完了」的概念。表示一旦做了某事，就一定會產生後面的情況，或是無論如何都必須採取後面的行動。後面接說話人的意志或必然發生的狀況。後面多是消極的結果或行為。

grammar
012

てもさしつかえない、
でもさしつかえない

🎧 Track 130

類義文法

てもかまわない
…也行

接續方法 ▸▸▸ 【形容詞て形；動詞て形】＋ても差し支えない；【名詞；形容動詞詞幹】＋でも差し支えない

意　思 ❶

關鍵字 允許
　　　▸▸▸

為讓步或允許的表現。表示前項也是可行的。含有「不在意、沒有不滿、沒有異議」的強烈語感。「差しえない」的意思是「沒有影響、不妨礙」。中文意思是：「…也無妨、即使…也沒關係、…也可以、可以」。如例：

・ 車で行きますので、会場は多少遠くてもさしつかえないです。
　反正當天會開車前往，即使會場地點稍微遠一點也無妨。

・ では、こちらにサインを頂いてもさしつかえ ┄┄┄┄┄▸
　ないでしょうか。
　那麼，可否麻煩您在這裡簽名呢？

サインを

・ 山道といっても緩やかですから、普段履いている靴でもさしつかえありません。
　雖然是山路但坡度十分平緩，平時穿用的鞋子也能暢行無礙。

・ 先生は贅沢がお嫌いですから、ホテルは清潔なら質素でもさしつかえありません。
　議員不喜歡鋪張奢華，為他安排的旅館只要清潔即可，房間的陳設簡單樸素也沒關係。

比　較 ▸▸▸ てもかまわない〔…也行〕

「てもさしつかえない」表示允許，表示在前項的情況下，也沒有影響。前面接「動詞て形」。「てもかまわない」表示讓步，表示雖然不是最好的，但這樣也已經可以了。前面也接「動詞て形」。

grammar
練習

文法知多少？

☞ 請完成以下題目，從選項中，選出正確答案，並完成句子。

▼ 答案詳見右下角

1 あきらめない（　　）、何が何でもあきらめません。

　　1．という　　　　　　　　2．といったら

2 このような事態になったのは、すべて私どもの不徳の（　　）です。

　　1．極み　　　　　　　　　2．至り

3 うちの父は頑固（　　）。

　　1．といったらありはしない　　2．ということだ

4 事件の早期解決を心から祈って（　　）。

　　1．たまない　　　　　　　2．やまない

5 あまりに残酷な事件に、憤りを（　　）。

　　1．余儀なくされる　　　　2．禁じえない

6 今度こそ、本当のことを言わせ（　　）ぞ。

　　1．ないではおかない　　　2．ないにはいられない

7 謝って（　　）なら警察も裁判所もいらない。

　　1．はいけない　　　　　　2．済む

8 人様に迷惑をかけて（　　）。

　　1．はばからない　　　　　　2．かまわない

問題1　（　　）に入るのに最もよいものを、1・2・3・4から一つ選びなさい。

1 今さら後悔した（　　　）、事態は何も変わらないよ。
1　ことで　　　　　　　　　　2　もので
3　ところで　　　　　　　　　4　わけで

2 少年の育った家庭環境には、同情（　　）ものがある。
1　を禁じ得ない　　　　　　　2　に越したことはない
3　を余儀なくされる　　　　　4　ところではない

3 一日も早く新型コロナウイルスが終息することを、心から願って（　　）。
1　いられない　　　　　　　2たまらない
3　かなわない　　　　　　　4やまない

問題2　つぎの文の＿★＿に入る最もよいものを、1・2・3・4から一つ選びなさい。

4 山頂から＿＿＿＿　＿＿＿＿　＿★＿　＿＿＿＿。一生の思い出だ。
1　素晴らしさ　　　　　　　　2　眺めた
3　といったら　　　　　　　　4　景色の

5 彼女に告白したところで、＿＿＿＿　＿＿＿＿　＿★＿　＿＿＿＿。
1　ものを　　　　　　　　　　2　どうせ
3　ふられるのだから　　　　　4　やめておけばいい

▼ 翻譯與詳解請見 P.237

Lesson

13 主張、建議、不必要、排除、除外

▶ 主張、建議、不必要、排除、除外

date. 1 　　　／　　　date. 2 　　　／

- ・ じゃあるまいし、ではあるまいし
  1【主張】
  〔口語表現〕
- ・ ばそれまでだ、たらそれまでだ
  1【主張】
  〔強調〕
- ・ までだ、までのことだ
  1【主張】
  2【理由】
- ・ でなくてなんだろう
  1【強調主張】
- ・ てしかるべきだ
  1【建議】

❶ 主張、建議

主張、建議、
不必要、
排除、除外

❷ 不必要、排除、
除外

- ・ てすむ、ないですむ、ずにすむ
  1【不必要】
  2【了結】
- ・ にはおよばない
  1【不必要】
  2【不及】
- ・ はいうにおよばず、はいうまでもなく
  1【不必要】
- ・ まで（のこと）もない
  1【不必要】
- ・ ならいざしらず、はいざしらず、
  だったらいざしらず
  1【排除】
- ・ はさておいて（はさておき）
  1【除外】

188

grammar
001

じゃあるまいし、ではあるまいし

🎧 Track 131

📝 類義文法

のではあるまいか
是不是…啊

接續方法 ▸▸▸▸ 【名詞；［動詞辭書形・動詞た形］わけ】＋じゃあるまいし、ではあるまいし

意 思 ❶

關鍵字 **主張** ▸▸▸

表示由於並非前項，所以理所當然為後項。前項常是極端的例子，用以說明後項的主張、判斷、忠告。多用在打消對方的不安，跟對方說你想太多了，你的想法太奇怪了等情況。帶有斥責、諷刺的語感。中文意思是：「又不是…」。如例：

・小さい子供じゃあるまいし、そんなことで泣くなよ。 ┈┈┈┈┈▶
　又不是小孩子了，別為了那點小事就嚎啕大哭嘛！

・小説ではあるまいし、そうそううまくいくもんか。
　這又不是小說裡的情節，怎麼可能凡事稱心如意呢？

・外国へ行くわけじゃあるまいし、財布と携帯さえあれば大丈夫だよ。
　又不是要出國，身上帶著錢包和手機就夠用啦！

・彼だってわざと失敗したわけじゃあるまいし、もう許してあげたら。
　他也不是故意要把事情搞砸的，你就原諒他了吧？

關鍵字 **口語表現** ▸▸▸

說法雖然古老，但卻是口語的表現方式，不用在正式的文章上。

比 較 ▸▸▸▸ のではあるまいか〔是不是…啊〕

「じゃあるまいし」表示主張，表示讓步原因。強調「因為又不是前項的情況，後項當然就…」的概念。後面多接說話人的判斷、意見、命令跟勸告等。「のではあるまいか」也表主張，表示說話人對某事是否會發生的一種的推測、想像。

grammar 002 ばそれまでだ、たらそれまでだ

接續方法 ▶▶▶【動詞假定形】＋ばそれまでだ、たらそれまでだ

意思 ❶

關鍵字 主張 ▶▶▶

表示一旦發生前項情況，那麼一切都只好到此結束，以往的努力或結果都是徒勞無功之意。中文意思是：「…就完了、…就到此結束」。如例：

・プロの詐欺師だって、相手にお金がなければそれまでだ。
　即使是專業的詐欺犯，遇上口袋空空的目標對象也就沒輒了。

・このチャンスを逃したらそれまでだ。何としても賞金を勝ち取るぞ。
　錯過這次千載難逢的機會再也沒有第二次了。無論如何非得贏得獎金不可！

・生きていればこそいいこともある。死んでしまったらそれまでです。
　只有活著才有機會遇到好事，要是死了就什麼都沒了。

關鍵字 強調 ▶▶▶

前面多採用「も、ても」的形式，強調就算是如此，也無法彌補、徒勞無功的語意。如例：

・どんな高い車も事故を起こせばそれまでだ。
　無論是多麼昂貴的名車，一旦發生車禍照樣淪為一堆廢鐵。

比較 ▶▶▶ でしかない〔只能…〕

「ばそれまでだ」表示主張，強調「事情到此就結束了」的概念。表示一旦發生前項情況，那麼一切都只好到此結束，一切都是徒勞無功之意。前面多採用「も、ても」的形式。「でしかない」也表主張，強調「這是唯一的評價」的概念。表示前接的這個詞，是唯一的評價或評論。

grammar
003

まてだ、までのことだ

Track 133

類義文法

ことだ
就得…

接續方法 ▶▶▶ 【動詞辭書形；動詞た形；それ；これ】＋までだ、までのことだ

意　思 ❶

關鍵字　主張
▶▶▶

接動詞辭書形時，表示現在的方法即使不行，也不沮喪，再採取別的方法。有時含有只有這樣做了，這是最後的手段的意思。表示講話人的決心、心理準備等。中文意思是：「大不了…而已、只不過…而已、只是…、只好…、也就是…」。如例：

・ この結婚にどうしても反対だというなら、親子の縁を切るまでだ。
　如果爸爸無論如何都反對我結婚，那就只好脫離父子關係吧！

・ 失敗してもいい。また一からやり直すまでのことだ。
　即使失敗也無妨，大不了從頭再做一遍就行而已。

比　較 ▶▶▶ ことだ〔就得…〕

「までだ」表示主張，強調「大不了就做後項」的概念。表示現在的方法即使不行，也不沮喪，再採取別的方法。有時含有只有這樣做了，這是最後的手段的意思。表示講話人的決心、心理準備等。「ことだ」表示忠告，強調「某行為是正確的」之概念。表示一種間接的忠告或命令。説話人忠告對方，某行為是正確的或應當的，或某情況下將更加理想。口語中多用在上司、長輩對部屬、晚輩。

意　思 ❷

關鍵字　理由
▶▶▶

接動詞た形時，強調理由、原因只有這個。表示理由限定的範圍。表示説話者單純的行為。含有「説話人所做的事，只是前項那點理由，沒有特別用意」。中文意思是：「純粹是…」。如例：

・ 悪口じゃないよ。本当のことを言ったまでだ。
　這不是誹謗喔，而純粹是原原本本照實說出來罷了。

・ お礼には及びません。やるべきことをやった
　までのことですから。
　用不著道謝。我只是做了該做的事而已。

191

でなくてなんだろう

grammar 004

接續方法 ▶▶▶ 【名詞】＋でなくてなんだろう

意思 ❶

關鍵字 強調主張

▶▶▶

用一個抽象名詞，帶著感嘆、發怒、感動的感情色彩述說「這個就可以叫做…」的表達方式。這個句型是用反問「這不是…是什麼」的方式，來強調出「這正是所謂的…」的語感。常見於小說、隨筆之類的文章中。含有說話人主觀的感受。中文意思是：「難道不是…嗎、不是…又是什麼呢，這個就可以叫做…」。如例：

- 溺れる我が子を追って激流に飛び込んだ父。
  あれが親の愛でなくてなんだろう。
  爸爸一發現兒子溺水趕忙跳入急流之中。這除了是父母對子女的愛，還能是什麼呢？

奇跡！

- 70億人の中から彼女と僕は結ばれたのだ。
  これが奇跡でなくてなんだろう。
  在七十億茫茫人海之中，她與我結為連理了。這難道不是奇蹟嗎？

- 女性という理由で給料が安い。これが差別でなくてなんだろう。
  只因為性別是女性的理由而薪資較低。這不叫歧視又是什麼呢？

- 彼は研究室にいるときが一番幸せそうだ。これが天職でなくてなんだろう。
  他說自己待在研究室裡的時光是最幸福的。這份工作難道不該稱為他的天職嗎？

比較 ▶▶▶ にすぎない〔不過是…而已〕

「でなくてなんだろう」表示強調主張，強調「強烈的主張這才是某事」的概念。用一個抽象名詞，帶著感情色彩述強調的表達方式。常見於小說、隨筆之類的文章中。含有主觀的感受。「にすぎない」表示主張，強調「程度有限」的概念。表示有這並不重要的消極評價語氣。

てしかるべきだ

grammar 005

接續方法 ▶▶▶ 【[形容詞・動詞] て形】＋てしかるべきだ；【形容動詞詞幹】＋でしかるべきだ

意　思 ❶

關鍵字 建議

▶▶▶

表示雖然目前的狀態不是這樣，但那樣做是恰當的、應當的。也就是用適當的方法來解決事情。
一般用來表示說話人針對現況而提出的建議、主張。中文意思是：「應當…、理應…」。如例：

- 労働者の安全を守るための規則であれば、厳しくてしかるべきだ。
  既是維護勞工安全的規定，理當嚴格遵循才對。

- 小さな子供といえども、その意見は尊重されてしかるべきだ。
  雖說對方只是個小孩子，也應該尊重他的意見。

- 我が社に功績のある鈴木部長の退職祝いだ。もっと盛大でしかるべきだろう。
  這場慶祝退休活動是為了歡送對本公司建樹頗豐的鈴木經理離職，應該要更加隆重舉辦才好。

- 県民の多くは施設建設に反対の立場だ。政策には
  民意が反映されてしかるべきではないか。
  多數縣民對於建造公有設施持反對立場。
  政策不是應該要忠實反映民意才對嗎？

比　較 ▶▶▶ てやまない〔…不已〕

「てしかるべきだ」表示建議，強調「做某事是理所當然」的概念。表示那樣做是恰當的、應當
的。也就是用適當的方法來解決事情。「てやまない」表示強調感情，強調「發自內心的感情」
的概念。接在感情動詞後面，表示發自內心的感情，且那種感情一直持續著。

grammar
006

てすむ、ないですむ、ずにすむ

🎧 Track 136

類義文法

てはいけない
不准…

意　思 ❶

關鍵字 不必要

▶▶▶

【動詞否定形】＋ないですむ；【動詞否定形（去ない）】＋ずにすむ。表示不這樣做，也可以解
決問題，或避免了原本預測會發生的不好的事情。中文意思是：「…就行了、…就可以解決」。
如例：

- すぐに電車が来たので、駅で待たずにすんだ。
  電車馬上就來了，用不著在車站裡痴痴等候了。

・ ネットで買^かえば、わざわざお店^{みせ}に行^いかないですみますよ。

只要在網路下單，就不必特地跑去實體店面購買囉！

比　　較 ▸▸▸ てはいけない〔不准…〕

「てすむ」表示不必要，強調「以某程度，就能解決」的概念。表示以某種方式這樣做，就能解決問題。「てはいけない」表示禁止，強調「上對下強硬的禁止」之概念。表示根據規則或一般的道德，不能做前項。常用在交通標誌、禁止標誌或衣服上洗滌表示等。是間接的表現。也表示根據某種理由、規則，直接跟聽話人表示不能做前項事情。

意　　思 ②

關鍵字　了結

▸▸▸

【名詞で；形容詞て形；動詞て形】＋てすむ。表示以某種方式，某種程度就可以，不需要很麻煩，就可以解決問題了。中文意思是：「不…也行、用不著…」。如例：

・ もっと高^{たか}いかと思^{おも}ったけど、5000 円^{えん}ですんでよかった。

原以為要花更多錢，沒想到區區五千圓就可以解決，真是太好了！

・ 謝^{あやま}って済^すむ問題^{もんだい}じゃない。弁償^{べんしょう}してください。

這件事不是道歉就能了事！請賠償我的損失！

Track 137

類義文法

まで（のこと）もない
用不著…

grammar 007

にはおよばない

接續方法 ▸▸▸ 【名詞；動詞辭書形】＋には及ばない

意　　思 ①

關鍵字　不必要

▸▸▸

表示沒有必要做某事，那樣做不恰當、不得要領，經常接表示心理活動或感情之類的動詞之後，如「驚^{おどろ}く（驚訝）、責^せめる（責備）」。中文意思是：「不必…、用不著…、不值得…」。如例：

・ 検査結果^{けんさけっか}は正常^{せいじょう}です。ご心配^{しんぱい}には及^{およ}びませんよ。

檢驗報告一切正常，用不著擔心喔！

・電話で済むことですから、わざわざおいでいただくには及びません。
以電話即可處理完畢，無須勞您大駕撥冗前來。

比　　較 ▶▶▶ まで（のこと）もない〔用不著…〕

「にはおよばない」表示不必要，強調「未達採取某行為的程度」的概念。前接表示心理活動的詞，表示沒有必要做某事，那樣做不恰當、不得要領。也表示能力、地位不及水準。「まで（のこと）もない」表示不必要，強調「事情還沒到某種程度」的概念。前接動作，表示事情尚未到某種程度，沒必要做到前項那種程度。含有事情已經很清楚了，再説或做也沒有意義。

意　　思 ❷

關鍵字 不及 ▶▶▶

還有用不著做某動作，或是能力、地位不及水準的意思。常跟「からといって」（雖然…但…）一起使用。中文意思是：「不及…」。如例：

・私は料理が得意だが、やはりプロの味には及ばない。
我雖然擅長下廚，畢竟比不上專家的手藝。

・この辺りも随分住み易くなったが、都会の便利さには及ばない。
這一帶的居住環境雖已大幅提昇，畢竟還是不及都市的便利性。

grammar 008 はいうにおよばず、はいうまでもなく

🎧 Track 138
📄 類義文法
のみならず
不僅…，也…

接續方法 ▶▶▶ 【名詞】＋は言うに及ばず、は言うまでもなく；【[名詞・形容動詞詞幹]な；[形容詞・動詞]普通形】＋は言うに及ばず、のは言うまでもなく

意　　思 ❶

關鍵字 不必要 ▶▶▶

表示前項很明顯沒有説明的必要，後項強調較極端的事例當然就也不例外。是一種遞進、累加的表現，正、反面評價皆可使用。常和「も、さえも、まで」等相呼應。古語是「は言わずもがな」。中文意思是：「不用説…（連）也、不必説…就連…」。如例：

・彼は医学は言うに及ばず、法律にも経済にも明るい。
他不但精通醫學，甚至嫻熟法律和經濟。

- このお寺は桜の季節は言うまでもなく、初夏の新緑の頃も観光客に人気だ。
  這所寺院不僅是賞櫻季節，包括初夏的新綠時節同樣湧入大批觀光客。

- 過労死は、会社の責任が大きいのは言うに及ばず、日本社会全体の問題でもある。
  過勞死的絕大部分責任當然要由社會承擔，同時這也是日本整體社會必須面對的問題。

- 4年生に進級できないのは言うまでもなく、このままでは卒業も危ない。
  別說無法升上四年級了，照這樣下去恐怕連畢業都有問題。

比　　較 ▶▶▶ のみならず〔不僅…，也…〕

「はいうにおよばず」表示不必要，強調「先舉程度輕，再舉較極端」的概念。表示先舉出程度輕的，再強調後項較極端的事例也不例外。後面常和「も」相呼應。「のみならず」表示添加，強調「先舉範圍小，再舉範圍更廣」的概念。用在不僅限於前接詞的範圍，還有後項進一層的情況。後面常和「も、さえ、まで」等相呼應。

Track 139

類義文法
ものではない
不要…

grammar
009
まで（のこと）もない

接續方法 ▶▶▶ 【動詞辭書形】＋まで（のこと）もない

意　　思 ❶

關鍵字 不必要 ▶▶▶

前接動作，表示沒必要做到前項那種程度。含有事情已經很清楚了，再說或做也沒有意義，前面常和表示說話的「言う、話す、説明する、教える」等詞共用。中文意思是：「用不著…、不必…、不必說…」。如例：

- この程度の熱なら医者に行くまでもない。
  區區這點發燒用不著去看醫生。

- 場所は地図を見れば分かることだ。説明するまでのこともないだろう。
  地點只要看地圖就知道了，用不著說明吧？

- 息子はがっかりした様子で帰って来た。面接に失敗したことは聞くまでもなかった。
  兒子一臉沮喪地回來了。不必問也知道他沒能通過口試。

- ご紹介するまでもないでしょう。こちらが世界的に有名な指揮者の大沢先生です。
  用不著我介紹吧。這一位可是世界聞名的指揮家大澤大師。

比　　較 ▸▸▸ ものではない〔不要…〕

「まで（のこと）もない」表示不必要，強調「事情還沒到某種程度」的概念。表示沒必要做到前項那種程度。含有事情已經很清楚了，再説或做也沒有意義。語含個人主觀、或是眾所周知的語氣。「ものではない」表示勸告，強調「勸告別人那樣做是違反道德」的概念。表示説話人出於道德或常識，給對方勸阻、禁止的時候。語含説話人個人的看法。

ならいざしらず、はいざしらず、だったらいざしらず

grammar
010

🎧 Track 140

類義文法
ようが
不管…

接續方法 ▸▸▸ 【名詞】＋ならいざ知らず、はいざ知らず、だったらいざ知らず；【[名詞・形容詞・形容動詞・動詞] 普通形（の）】＋ならいざ知らず

意　　思 ❶

關鍵字 排除
▸▸▸

舉出對比性的事例，表示排除前項的可能性，而著重談後項中的實際問題。後項所提的情況要比前項嚴重或具特殊性。後項的句子多帶有驚訝或情況非常嚴重的內容。「昔はいざしらず」是「今非昔比」的意思。中文意思是：「（關於）我不得而知…、姑且不論…、（關於）…還情有可原」。如例：

・昔はいざ知らず、今どきお見合いなんて。
　姑且不論從前那個時代，現在都什麼年代了誰還相親呢？

・具合が悪いならいざ知らず、元気なら一緒に行きませんか。
　如果身體不舒服就不勉強，但若精神還不錯，要不要一起去呢？

・実験に成功したならいざ知らず、可能性の段階で資金は出せない。
　假如實驗成功了或許另當別論，但目前尚僅僅是具有可能性的階段，我方無法出資研發。

・彼が法律でも犯したのだったらいざ知らず、………▸
　仕事が遅いくらいでクビにはできない。
　要是他觸犯了法律，這麼做或許還情有可原；但他不過是上班遲到罷了，不能以這個理由革職。

比　　較 ▸▸▸ ようが〔不管…〕

「ならいざしらず」表示排除，表示前項的話還情有可原，姑且不論，但卻有後項的實際問題，著重談後項。後項帶有驚訝的內容。前面接名詞。「ようが」表示逆接條件，表示不管前項如何，後項都是成立的。後項多使用意志、決心或跟評價有關的動詞「自由だ（自由的）、勝手だ（任意的）」。

Track 141
類義文法
にもまして
比…更…

grammar 011 はさておいて（はさておき）

接續方法 ▶▶▶ 【名詞】＋はさておいて、はさておき

意 思 ❶

關鍵字 除外

▶▶▶

表示現在先不考慮前項，排除前項，而優先談論後項。中文意思是：「暫且不説…、姑且不提…」。如例：

・仕事の話はさておいて、まずは乾杯しましょう。
工作的事暫且放在一旁，首先舉杯互敬吧！

・細かい予定はさておいて、とりあえず場所と時間を決めよう。
行程的細節還不急，我們先決定地點和時間吧。

・私のことはさておき、今あなたは自分のことを第一に考えるべきだ。
先別擔心我，你現在應該把自己放在第一位考量。

・冗談はさておき、次に私たちの研究テーマについてお話しします。
先別開玩笑，接下來要討論我們的研究主題。

比 較 ▶▶▶ にもまして〔比…更…〕

「はさておいて」表示除外，強調「擱置前項，先討論後項」的概念。表示現在先把前項放在一邊，而第一考慮做後項的動作。含有説話者認為後者比較優先的語意。「にもまして」表示強調程度，強調「比起前項，後項更為嚴重」的概念。表示兩個事物相比較。比起前項，後項程度更深一層、更勝一籌。

文法知多少？

☞ 請完成以下題目，從選項中，選出正確答案，並完成句子。

▼ 答案詳見右下角

1 真偽のほど（　　）、これが報道されている内容です。

　　1. にもまして　　　2. はさておき

2 神じゃ（　　）、完ぺきな人なんていませんよ。

　　1. あるまいか　　　2. あるまいし

3 子供（　　）、大の大人までが夢中になるなんてね。

　　1. ならいざ知らず　　2. ならでは

4 有名なレストラン（　　）、地元の人しか知らない穴場もご紹介します。

　　1. のみならず　　　2. は言うに及ばず

5 研究成果はもっと評価されて（　　）。

　　1. やまない　　　　2. しかるべきだ

6 泥酔して会見に臨むなんて、失態（　　）。

　　1. に過ぎない　　　2. でなくてなんだろう

7 せっかくの提案も、企画書がよくなければ、（　　）です。

　　1. それまで　　　　2. だけ

8 失敗したとしても、もう一度一からやり直す（　　）のことだ。

　　1. まで　　　　　　2. こと

問題1　（　　）に入るのに最もよいものを、1・2・3・4から一つ選びなさい。

1　子供（　　　　）、帰れと言われてそのまま帰ってきたのか。
　　1　じゃあるまいし　　　　　　　　2　ともなると
　　3　いかんによらず　　　　　　　　4　ながらに

2　政府が対応を誤ったために、被害が拡大した。これが人災（　　　　）。
　　1　であろうはずがない　　　　　　2　といったところだ
　　3　には当たらない　　　　　　　　4　でなくてなんであろう

3　宿が見つからなかったら、野宿する（　　　　）。
　　1　ほどだ　　　　　　　　　　　　2　までだ
　　3　ばかりだ　　　　　　　　　　　4　ままだ

4　台風が接近しているそうだ。明日の登山は中止（　　　　）。
　　1　するわけにはいかない　　　　　2　せざるを得ない
　　3　せずにすむ　　　　　　　　　　4　せずにはおけない

問題2　つぎの文の　★　に入る最もよいものを、1・2・3・4から一つ選びなさい。

5　全財産を失ったというのなら＿＿＿　＿＿＿　＿★＿　＿＿＿落ち込むとはね。
　　1　そんなに　　　　　　　　　　　2　くらいで
　　3　いざ知らず　　　　　　　　　　4　宝くじがはずれた

▼ 翻譯與詳解請見 P.239

Lesson 14 禁止、強制、譲歩、叱責、否定

▶ 禁止、強制、譲歩、指責、否定

date. 1 　　／　　　date. 2 　　／

・（ば／ても）〜ものを
 1【譲歩】
 2【指責】
・といえども
 1【譲歩】
・ところ（を）
 1【譲歩】
 2【時點】

・とはいえ
 1【譲歩】
・はどう（で）あれ
 1【譲歩】
・まじ、まじき
 1【指責】
 〖動詞辭書形まじ〗

❷ 譲歩、指責

❶ 禁止、強制 → **禁止、強制、譲歩、指責、否定**

❸ 否定

・べからず、べからざる
 1【禁止】
 〖べからざるN〗
 〖諺語〗
 〖前接古語動詞〗
・をよぎなくされる、
 をよぎなくさせる
 1【強制】
 2【強制】
・ないではすまない、ずにはす
 まない、なしではすまない
 1【強制】
 2【強制】
 〖ではすまされない〗

・なしに（は）〜ない、
 なしでは〜ない
 1【否定】
 2【非附帯】
・べくもない
 1【否定】
 〖サ変動詞すべくもない〗
・もなんでもない、
 もなんともない
 1【否定】

・ないともかぎらな
 い
 1【部分否定】
・ないものでもない、
 なくもない
 1【部分否定】
・なくはない、
 なくもない
 1【部分否定】

grammar 001　べからず、べからざる

接續方法 ▸▸▸▸ 【動詞辭書形】＋べからず、べからざる＋【名詞】

意　思 ❶

關鍵字 | 禁止 ▸▸▸

「べし」否定形。表示禁止、命令。是較強硬的禁止説法，文言文式説法，故常有前接古文動詞的情形，多半出現在告示牌、公佈欄、演講標題上。現在很少見。禁止的內容就社會認知來看不被允許。口語説「てはいけない」。「べからず」只放在句尾，或放在括號（「　」）內，做為標語或轉述內容。中文意思是：「不得…（的）、禁止…（的）、勿…（的）、莫…（的）」。如例：

- 仕事に慣れてきたのはいいけど、この頃遅刻が多いな。「初心忘るべからず」だよ。
  工作已經上手了當然是好事，不過最近遲到有點頻繁。「莫忘初心」這句話要時刻謹記喔！

- 「録音中につき音をたてるべからず。」
  「錄音中，請保持安靜。」

關鍵字 | べからざるＮ ▸▸▸

「べからざる」後面則接名詞，這個名詞是指不允許做前面行為、事態的對象。如例：

- 森鴎外は日本の近代文学史において欠くべからざる作家です。
  森鷗外是日本近代文學史上不可或缺的一位作家。

關鍵字 | 諺語 ▸▸▸

用於諺語。如例：

- わが家は「働かざる者食うべからず」で、
  子供たちにも家事を分担させています。
  我家秉持「不勞動者不得食」的家規，
  孩子們也必須分攤家務。

關鍵字 前接古語動詞

▶▶▶

由於「べからず」與「べく」、「べし」一樣為古語表現，因此前面常接古語的動詞。如「忘る」等，便和現代日語中的有些不同。前面若接サ行變格動詞，可用「すべからず／べからざる」、「するべからず／べからざる」，但較常使用「すべからず／べからざる」（「す」為古日語「する」的辭書形）。

比　　較 ▶▶▶ べきだ〔必須…〕

「べからず」表示禁止，強調「強硬禁止」的概念。是一種強硬的禁止說法，文言文式的說法，多半出現在告示牌、公佈欄、演講標題上。只放在句尾。現在很少見。口語說「てはいけない」。「べきだ」表示勸告，強調「那樣做是應該的」之概念。表示那樣做是應該的、正確的。常用在勸告、禁止及命令的場合。是一種客觀或原則的判斷。書面跟口語雙方都可以用。

grammar
002

をよぎなくされる、をよぎなくさせる

Track 143

類義文法

させる
讓…，叫…，另…

意　　思 ❶

關鍵字 強制

▶▶▶

【名詞】＋を余儀なくされる。「される」因為大自然或環境等，個人能力所不能及的強大力量，不得已被迫做後表示項。帶有沒有選擇的餘地、無可奈何、不滿，含有以「被影響者」為出發點的語感。中文意思是：「只得…、只好…、沒辦法就只能…；迫使…」。如例：

・昨年開店した新宿店は赤字続きで、１年で閉店を余儀なくされた。
　去年開幕的新宿店赤字連連，只開了一年就不得不結束營業了。

・大型台風の接近によって、交通機関は運行中止を余儀なくされた。
　隨著大型颱風的接近，各交通機關不得不停止載運服務了。

203

關鍵字　強制

▶▶▶

【名詞】＋を余儀なくさせる、を余儀なくさせられる。「させる」使役形是強制進行的語意，表示後項發生的事，是叫人不滿的事態。表示情況已經到了沒有選擇的餘地，必須那麼做的地步，含有以「影響者」為出發點的語感。書面用語。如例：

・企業の海外進出が、国内産業の衰退を余儀なくさせたといえる。
　企業之所以進軍海外市場，可以說是肇因於國內產業的衰退而不得不然的結果。

・慢性的な人手不足が、更なる労働環境の悪化を余儀なくさせた。
　長期存在的人力不足問題，迫使勞動環境愈發惡化了。

比　　較 ▶▶▶ させる〔讓…，叫…，另…〕

「をよぎなくさせる」表示強制，主詞是「造成影響的原因」時用。以造成影響力的原因為出發點的語感，所以會有強制對方進行的語意。「させる」也表強制，A 是「意志表示者」。表示 A 給 B 下達命令或指示，結果 B 做了某事。由於具有強迫性，只適用於長輩對晚輩或同輩之間。

grammar
003

ないではすまない、ずにはすまない、
なしではすまない

Track 144
類義文法
ないじゃおかない
不能不…

關鍵字　強制

▶▶▶

【動詞否定形】＋ないでは済まない；【動詞否定形（去ない）】＋ずには済まない（前接サ行變格動詞時，用「せずには済まない」）。表示前項動詞否定的事態、說辭，考慮到當時的情況、社會的規則等，是不被原諒的、無法解決問題的或是難以接受的。中文意思是：「不能不…、非…不可、應該…」。如例：

・小さい子をいじめて、お母さんに叱られないでは済まないよ。
　在外面欺負幼小孩童，回到家肯定會挨媽媽一頓好罵！

・相手の車に傷をつけたのだから、弁償せずには済まないですよ。

　既然造成了對方的車損，當然非得賠償不可呀！

意　思 ❷

關鍵字　強制

【名詞】＋なしでは済まない；【名詞；形容動詞詞幹；[形容詞・動詞] 普通形】＋では済まない。
表示前項事態、説辭，是不被原諒的或無法解決問題的，指對方的發言結論是説話人沒辦法接
納的，前接引用句時，引用括號（「 」）可有可無。如例：

・こちらのミスだ。責任者の謝罪なしでは済まないだろう。

　這是我方的過失，當然必須要由承辦人親自謝罪才行。

關鍵字　

和可能助動詞否定形連用時，有強化責備語氣的意味。如例：

・今さらできないでは済まされないでしょう。

　事到如今才説辦不到，該怎麼向人交代呢？

比　較　▶▶▶　ないじゃおかない〔不能不…〕

「ないではすまない」表示強制，強調「某狀態下必須這樣做」的概念。表示考慮到當時的情況、
社會的規則等等，強調「不這麼做，是解決不了問題」的語感。另外，也用在自己覺得必須那
樣做的時候。跟主動、積極的「ないではおかない」相比，這個句型屬於被動、消極的辦法。
「ないじゃおかない」表示感情，強調「不可抑制的意志」的概念。表示一種強烈的情緒、慾望。
由於外部的強力，使得某種行為，沒辦法靠自己的意志控制，自然而然地就發生了。有主動、
積極「不做到某事絕不罷休」的語感。是書面語。

（ば／ても）〜ものを

grammar 004

接續方法 ▶▶▶ 【名詞である；形容動詞詞幹な；[形容詞・動詞]普通形】＋ものを

意 思 ❶

關鍵字 **讓步** ▶▶▶

逆接表現。表示說話者以悔恨、不滿、責備的心情，來說明前項的事態沒有按照期待的方向發展。跟「のに」的用法相似，但說法比較古老。常用「ば（いい、よかった）ものを、ても（いい、よかった）ものを」的表現。中文意思是：「可是…、卻…、然而卻…」。如例：

・嫌なら来なければいいものを、あの客は店に来て ······▶
は文句ばかり言う。
不喜歡別上門就算了，那個客人偏偏常來又老是抱怨連連。

・感謝してもいいものを、更にお金をよこせとは、厚かましいにもほどがある。
按理說感謝都來不及了，竟然還敢要我付錢，這人的臉皮實在太厚了！

意 思 ❷

關鍵字 **指責** ▶▶▶

「ものを」也可放句尾（終助詞用法），表示因為沒有做前項，所以產生了不好的結果，為此心裡感到不服氣、感嘆的意思。中文意思是：「…的話就好了，可是卻…」。如例：

・あいつは正直なんだか馬鹿なんだか…、黙っていれば分からないものを。
不知道該罵那傢伙是憨厚還是傻瓜……閉上嘴巴就沒人知道的事他偏要說出來！

・締め切りに追われたくないなら、もっと早く作業をしていればよかったものを。
如果不想被截止日期逼著痛苦趕工，那就提早作業就好了呀！

比 較 ▶▶▶ ところに〔正當…之時〕

「ものを」表示指責，強調「因沒做前項，而產生不良結果」的概念。說話人為此心裡感到不服氣、感嘆的意思。作為終助詞使用。「ところに」表示時點，強調「正在做某事時，發生了另一件事」的概念。表示正在做前項時，發生了後項另一件事情，而這一件事改變了當前的情況。

grammar 005 といえども

Track 146

類義文法

としたら
如果…的話

Basic Japanese Grammar Exercises to improve your JLPT score

第

14

禁止、強制、讓步、指責、否定

接續方法 ▸▸▸▸ 【名詞；[名詞・形容詞・形容動詞・動詞] 普通形；形容動詞詞幹】＋といえども

意　思❶

關鍵字 讓步

▸▸▸

表示逆接轉折。先承認前項是事實，再敘述後項事態。也就是一般對於前項這人事物的評價應該是這樣，但後項其實並不然的意思。前面常和「たとえ、いくら、いかに」等相呼應。有時候後項與前項內容相反。一般用在正式的場合。另外，也含有「～ても、例外なく全て～」的強烈語感。中文意思是：「即使…也…、雖說…可是…」。如例：

・観光客といえども、この町のルールは守らなければならない。
　　即使是觀光客，也必須遵循這個小鎮的規定才行。

・社長といえども会社のお金を自由に使うことは許されない。
　　即便貴為總經理也不得擅自動用公款。

・罪を犯したといえども、反省して償ったんだ。君は許されてしかるべきだよ。
　　雖說曾犯過罪，畢竟你已經反省並且付出了代價，按理說應該可以得到寬恕了。

・いくら成功が確実だといえども、万一失敗した際の対策は立てておくべきだ。
　　即使勝券在握，還是應當預備萬一失敗時應對的策略。

比　　較 ▸▸▸▸ としたら〔如果…的話〕

「といえども」表示讓步，表示逆接轉折。強調「即使是前項，也有後項相反的事」的概念。先舉出有資格、有能力的人事物，但後項並不因此而成立。「としたら」表示假定條件，表示順接的假定條件。在認清現況或得來的信息的前提條件下，據此條件進行判斷。後項是說話人判斷的表達方式。

207

grammar 006 ところ（を）

意思 ❶

關鍵字　讓步

【名詞の；形容詞辭書形；動詞ます形＋中の】＋ところ（を）。表示逆接表現。雖然在前項的情況下，卻還是做了後項。這是日本人站在對方立場，表達給對方添麻煩的辦法，為寒暄時的慣用表現，多用在開場白，後項多為感謝、請求、道歉等內容。中文意思是：「雖說是…這種情況，卻還做了…」。如例：

・お休みのところを恐縮ですが、ちょっとご相談したいことがありまして。
　非常抱歉打擾您休息，有點事情希望與您商討。

・お忙しいところをご出席くださり、誠にありがとうございます。
　非常感謝您在百忙之中撥冗出席。

・お話し中のところ、失礼致します。部長、佐々木様からお電話です。
　對不起，打斷諸位的談話。經理，佐佐木先生來電找您。

比較 ▶▶▶ ものを〔可是…〕

「ところ（を）」表示讓步，強調「事態出現了中斷的行為」的概念。表示前項狀態正在進行時，卻出現了後項，使前項中斷的行為。後項多為感謝、請求、道歉等內容。「ものを」也表讓步，表示逆接條件。強調「事態沒向預期方向發展」的概念。說明前項的事態沒有按照期待的方向發展，才會有那樣不如人意的結果。常跟「ば」、「ても」等一起使用。

意思 ❷

關鍵字　時點

【動詞普通形】＋ところを。表示進行前項時，卻意外發生後項，影響前項狀況的進展，後面常接表示視覺、停止、救助等動詞。中文意思是：「正…之時、…之時、…之中」。如例：

・寝ているところを起こされて、弟は機嫌が悪い。
　弟弟睡得正香卻被喚醒，臭著臉生起床氣。

208

grammar 007　とはいえ

接續方法 ▶▶▶ 【名詞（だ）；形容動詞詞幹（だ）；[形容詞・動詞] 普通形】＋とはいえ

意　思 ❶

> 關鍵字　讓步
>
> ▶▶▶

表示逆接轉折。前後句是針對同一主詞所做的敘述，表示先肯定那事雖然是那樣，但是實際上卻是後項的結論。也就是後項的説明，是對前項既定事實的否定或是矛盾。後項一般為説話人的意見、判斷的內容。書面用語。中文意思是：「雖然…但是…」。如例：

- ペットとはいえ、うちのジョンは家族の誰よりも人の気持ちが分かる。
  雖說是寵物，但我家的喬比起家裡任何一個人都要善解人意。

- あの子は賢いとはいえ、まだ子供だ。正しい判断ができるとは思えない。
  那個小朋友雖然聰明，畢竟還是孩子，我不認為他能夠做出正確的判斷。

- いくら安全だとはいえ、薬と名の付くものは飲まないに越したことはない。
  雖說安全無虞，但最好還是不要吃標示為藥品的東西。

- 彼にも同情すべき点があるとはいえ、犯罪を犯した以上、罰は受けねばならない。
  儘管其情可憫，畢竟他觸犯了法律，仍需接受處罰才行。

比　較 ▶▶▶ ともなると〔沒有…至少也…〕

「とはいえ」表示讓步，表示逆接轉折。強調「承認前項，但後項仍有不足」的概念。雖然先肯定前項，但是實際上卻是後項仍然有不足之處的結果。後項常接説話人的意見、判斷的內容。書面用語。「ともなると」表示判斷，強調「一旦到了前項，就會有後項的變化」的概念。前接時間、年齡、職業、作用、事情等，表示如果發展到如此的情況下，理所當然後項就會有相應的變化。

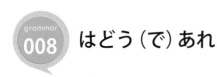
grammar 008 はどう（で）あれ

接續方法 ▶▶▶ 【名詞】＋はどう（で）あれ

意 思 ①

關鍵字 讓步 ▶▶▶

表示前項不會對後項的狀態、行動造成什麼影響。是逆接的表現。中文意思是：「不管…、不論…」。如例：

・結果はどうあれ、今できることは全部やった。
　不管結果如何，我已經盡了當下最大的努力了。

・理由はどうであれ、人を傷つけることは許されない。
　不論基於任何理由都不可傷害他人。

・見た目はどうあれ、味がよければ問題ない。
　外觀如何並不重要，只要好吃就沒問題了。

・世間の評価はどうであれ、私はあなたを評価しますよ。
　無論外界對你是褒是貶，我給予極高的評價喔！

比 較 ▶▶▶ つつも〔儘管…〕

「はどう（で）あれ」表示讓步，表示前項不會對後項的狀態、行動造成什麼影響。是逆接表現。前面接名詞。「つつも」也表讓步，表示儘管知道前項的情況，但還是進行後項。連接前後兩個相反的或矛盾的事物。也是逆接表現。前面接動詞ます形。

grammar 009 まじ、まじき

🎧 Track 150

📝 類義文法

べし

應該…，必須…

第

14

禁止、強制、讓步、指責、否定

Basic Japanese Grammar Exercises
to improve your JLPT score

意　思 ❶

關鍵字 指責 ▶▶▶

【動詞辭書形】＋まじき＋【名詞】。前接指責的對象，多為職業或地位的名詞，指責話題中人物的行為，不符其身份、資格或立場，後面常接「行為、発言、態度、こと」等名詞，而「する」也有「すまじ」的形式。多數時，會用 [名詞に；名詞として] ＋あるまじき。中文意思是：「不該有（的）…、不該出現（的）…」。如例：

・スピード違反（いはん）で事故（じこ）を起（お）こすとは、警察官（けいさつかん）としてあるまじき行為（こうい）だ。

　由於違規超速而肇事是身為警察不該有的行為。

・女（おんな）はもっと子供（こども）を産（う）め、とは政治家（せいじか）にあるまじき発言（はつげん）だ。

　身為政治家，不該做出「女人應該多生孩子」的不當發言。

關鍵字 動詞辭書形 まじ ▶▶▶

【動詞辭書形】＋まじ。為古日語的助動詞，只放在句尾，是一種較為生硬的書面用語，較不常使用。如例：

・この悪魔（あくま）のような犯罪者（はんざいしゃ）を許（ゆる）すまじ。

　這個像魔鬼般的罪犯堪稱天地不容！

・震災（しんさい）のときに助（たす）けてもらった、あの恩（おん）を忘（わす）るまじ。

　地震受災時不吝協助的恩情，沒齒難忘。

比　較 ▶▶▶ べし〔應該…，必須…〕

「まじ」表示指責，強調「不該做跟某身份不符的行為」的概念。前接職業或地位等指責的對象，後面接續「行為、態度、こと」等名詞，表示指責話題中人物的行為，不符其立場竟做出某行為。「べし」表示當然，強調「那樣做是理所當然的」之概念。只放在句尾。表示説話人從道理上考慮，覺得那樣做是應該的，理所當然的。用在説話人對一般的事情發表意見的時候。文言的表達方式。

なしに（は）〜ない、なしでは〜ない

接續方法 ▶▶▶ 【名詞；動詞辭書形】＋なしに（は）〜ない；【名詞】＋なしでは〜ない

意　思 ❶

> 關鍵字　**否定** ▶▶▶

表示前項是不可或缺的，少了前項就不能進行後項的動作。或是表示不做前項動作就先做後項的動作是不行的。有時後面也可以不接「ない」。中文意思是：「沒有…不、沒有…就不能…」。如例：

・ 学生は届け出なしに外泊することはできません。
　學生未經申請不得擅自外宿。
・ 本人の同意なしにはこれ以上教えられません。┈┈┈▶
　未經本人同意，請恕無法透露更多訊息。

・ あなたからの情報提供なしでは、この事件は解決できなかったでしょう。
　如果沒有你提供的資訊，想必就無法偵破這起案件了。
・ この映画は涙なしではとても見ることができない。
　這部電影不可能有任何觀眾能夠忍住淚水的。

意　思 ❷

> 關鍵字　**非附帶** ▶▶▶

用「なしに」表示原本必須先做前項，再進行後項，但卻沒有做前項，就做了後項，也可以用「名詞＋もなしに」，「も」表示強調。中文意思是：「沒有…」。如例：

・ 彼は断りもなしに、3日間仕事を休んだ。
　他沒有事先請假，就擅自曠職三天。

比　較 ▶▶▶ ぬきで〔不算…〕

「なしに（は）〜ない」表示非附帶，表示事態原本進行的順序應該是「前項→後項」，但卻沒有做前項，就做了後項。「ぬきで」也表非附帶，表示除去或省略一般應該有的前項，而進行後項。

212

grammar
011　べくもない

類義文法

べからず

不得…

接續方法 ▸▸▸▸ 【動詞辭書形】＋べくもない

意　思 ❶

關
鍵
字　否定
▸▸▸

表示希望的事情，由於差距太大了，當然是不可能發生的意思。也因此，一般只接在跟説話人希望有關的動詞後面，如「望む、知る」。是比較生硬的表現方法。中文意思是：「無法…、無從…、不可能…」。如例：

・東京の土地は高い。私のようなサラリーマンでは自分の家を手に入れるべくもない。
　東京的土地價格非常高昂。像我這種上班族根本不可能買得起自己的房子。

・訪ねてきた男が詐欺師だとは、その時は知る
　べくもなかった。
　那個時候根本無從得知那個來到這裡的男人竟然是
　個詐欺犯！

・うちのような弱小チームには優勝など望む ·····
　べくもない。
　像我們實力這麼弱的隊伍根本別指望獲勝了。

・昔から何をしても一番の小泉君に、僕などが及ぶべくもない。完敗だ。
　從以前就不管做什麼都是拔得頭籌的小泉同學，哪裡是我能望其項背的呢？果然輸得一敗塗地。

關
鍵
字　サ変動詞す
　　べくもない
▸▸▸

前面若接サ行變格動詞，可用「すべくもない」、「するべくもない」，但較常使用「すべくもない」（「す」為古日語「する」的辭書形）。

比　較 ▸▸▸▸ べからず〔不得…〕

「べくもない」表示否定，強調「沒有可能性」的概念。表示希望的事情，由於跟某一現實的差距太大了，當然是不可能發生的意思。「べからず」表示禁止，強調「強硬禁止」的概念。是「べし」的否定形。表示禁止、命令。是一種強硬的禁止説法，多半出現在告示牌、公佈欄、演講標題上。

もなんでもない、もなんともない

grammar
012

接續方法 ▶▶▶ 【名詞；形容動詞詞幹】＋でもなんでもない；【形容詞く形】＋もなんともない

意　思 ❶

關鍵字 **否定** ▶▶▶

用來強烈否定前項。含有批判、不滿的語氣。中文意思是：「也不是…什麼的、也沒有…什麼的、根本不…」。如例：

・ ここのお菓子、有名だけど、おいしくもなんともないよ。
　　這地方的糕餅雖然名氣大，可是一點都不好吃耶！

・ お前とはもう友達でもなんでもない。二度と来ないでくれ。
　　你我從此再也不是朋友了！今後別再上門了！

・ 志望校合格のためなら一日 10 時間の勉強も、辛くもなんともないです。
　　為了考上第一志願的學校，就算一天用功十個鐘頭也不覺得有什麼辛苦的。

・ それはお子さんが成長したということですよ。心配でもなんでもありません。
　　那代表兒女成長的印記，完全用不著擔心喔！

比　較 ▶▶▶ ならまだしも〔若是…還説得過去〕

「もなんでもない」表示否定，用在強烈否定前項，表示根本不是那樣。含有批評、不滿的語氣。用在評價某人某事上。「ならまだしも」表示埋怨，表示如果是前項的話，倒還說得過去，但竟然是後項。含有不滿的語氣。

grammar 013　ないともかぎらない

🎧 Track 154

📄 類義文法

ないかぎり
只要不…就…

接續方法 ▶▶▶▶ 【名詞で；[形容詞・動詞] 否定形】＋ないとも限らない

意　思 ❶

關鍵字 部分否定 ▶▶▶

表示某事並非百分之百確實會那樣。一般用在説話人擔心好像會發生什麼事，心裡覺得還是採取某些因應的對策比較好。暗示微小的可能性。看「ないとも限らない」知道「とも限らない」前面多為否定的表達方式。中文意思是：「也並非不…、不是不…、也許…」。如例：

・ 単なる遅刻だと思うけど、事故じゃないとも限らないから、一応電話してみよう。
   我想他應該只是遲到而已，但也許是半路出了什麼意外，還是打通電話問一問吧。

・ 思い切って参加してみたら。楽しくないとも限らないと思うよ。
   我看你乾脆參加好了！說不定會玩得很開心嘛。

・ 泥棒が入らないとも限らないので、
   引き出しには必ず鍵を掛けてください。
   抽屜請務必上鎖，以免不幸遭竊。

・ 証言者が嘘をついていないとも限らないから、もう一度話を聞いてみよう。
   證人並非沒有說謊的可能，還是再去求證一次吧。

但也有例外，前面接肯定的表現，如例：

・ 金持ちが幸せだとも限らない。
   有錢人不一定很幸福。

比　較 ▶▶▶▶ ないかぎり〔只要不…就…〕

「ないともかぎらない」表示部分否定，強調「還有一些可能性」的概念。表示某事並非百分之百確實會那樣。一般用在説話人擔心好像會發生什麼事，心裡覺得還有一些可能性，還是採取某些因應的對策為好。含有懷疑的語氣。「ないかぎり」表示無變化，強調「後項的成立，限定在某條件內」的概念。表示只要某狀態不發生變化，結果就不會有變化。

215

ないものでもない、なくもない

接續方法 ▶▶▶ 【動詞否定形】＋ないものでもない

意　思 ❶

關鍵字 部分否定

▶▶▶

表示依後續周圍的情勢發展，有可能會變成那樣、可以那樣做的意思。用較委婉的口氣敘述不明確的可能性。是一種用雙重否定，來表示消極肯定的表現方法。多用在表示個人的判斷、推測、好惡等。語氣較為生硬。中文意思是：「也並非不…、不是不…、也許會…」。如例：

· 今日から本気で取り組むなら、来年の試験に合格しないものでもないよ。
  如果從今天開始下定決心，明年的考試並不是沒有錄取的機會。

· ちょっと面倒な仕事だけど、君が頼めば彼も引き受けないものでもないと思う。
  雖然是有點棘手的工作，只要由你出面拜託，我想他未必會拒絕。

· お酒は飲めなくもないんですが、翌日頭が痛くなるので、あんまり飲みたくないんです。
  我並不是連一滴酒都喝不得，只是喝完酒後隔天會頭痛，所以不太想喝。

· そういえば最近、体調がいい気がしなくもない。枕を変えたからかな。
  想想，最近身體狀況感覺還不太差，大概是從換了枕頭以後才出現的變化吧。

比　較 ▶▶▶ ないともかぎらない〔不見得不…〕

「ないものでもない」表示部分否定，強調「某條件下，也許能達成」的概念。表示在前項的設定之下，也有可能達成後項。用較委婉的口氣敘述不明確的可能性。是一種消極肯定的表現方法。「ないともかぎらない」表示部分否定，強調「還有一些可能性」的概念。表示某事並非百分之百確實會那樣。一般用在說話人擔心好像會發生什麼事，心裡覺得還有一些可能性，還是採取某些因應的對策為好。含有懷疑的語氣。

grammar
015

なくはない、なくもない

🎧 Track 156

📋 類義文法

ことは～が
雖說…但是…

接續方法 ▶▶▶ 【名詞が；形容詞く形；形容動詞て形；動詞否定形；動詞被動形】＋なくはない、なくもない

意　思 ❶

> 關鍵字
>
> 部分否定
>
> ▶▶▶

表示「並非完全不…、某些情況下也會…」等意思。利用雙重否定形式，表示消極的、部分的肯定。多用在陳述個人的判斷、好惡、推測。中文意思是：「也不是沒…、並非完全不…」。如例：

・迷いがなくはなかったが、思い切って出発した。
　雖然仍有一絲猶豫，還是下定決心出發了。

・うちの親は、口うるさくなくはないが、どちらかといえば理解のあるほうだと思う。
　我爸媽雖然不能說是從來不嘮叨，不過和別人家的父母相較之下，應該算是能夠了解我的想法。

・もっと美人だったらなあと思わなくもないけど、でも自分の人生に満足しています。
　我也不是從沒想過希望自己能長得更漂亮一點，不過目前對自己的人生已經感到滿意了。

・どうしてもというなら、譲ってあげなくもないけど。
　如果說什麼都非要不可，我也不是不能轉讓給你。

比　較 ▶▶▶ **ことは～が**〔雖說…但是…〕

「なくはない」表示部分否定，用雙重否定，表示並不是完全不那樣，某些情況下也有可能等，無法積極肯定語氣。後項多為個人的判斷、好惡、推測說法。「ことは～が」也表示部分否定，用同一語句的反覆，表示前項雖然是事實，但是後項並不能給予積極的肯定。後項多為條件、意見及感想的說法。

文法知多少？

☞ 請完成以下題目，從選項中，選出正確答案，並完成句子。

▼ 答案詳見右下角

1 いくら夫婦（　　）、最低のマナーは守るべきでしょう。

　　1．といえども　　　　　　　2．としたら

2 暖かい（　　）、ジャケットが要らないというほどではないね。

　　1．とはいえ　　　　　　　　2．ともなると

3 もっと早くから始めればよかった（　　）、だらだらしているから、間に合わなくなる。

　　1．ものを　　　　　　　　　2．ものの

4 お休みの（　　）お邪魔して申し訳ありません。

　　1．ものを　　　　　　　　　2．ところを

5 彼と同じポジションに就くなんて望む（　　）。

　　1．べからず　　　　　　　　2．べくもない

6 この状況なら、彼が当選し（　　）。

　　1．あるともかぎらない　　　2．ないともかぎらない

7 日本語でコミュニケーションがとれない（　　）。

　　1．ものでもない　　　　　　2．とも限らない

8 君のせいでこんな状態になって、謝ら（　　）だろう。

　　1．ないじゃおかない　　　　2．ずにはすまない

答案：(1) 1 (2) 1 (3) 1 (4) 2
(5) 2 (6) 2 (7) 2 (8) 2

問題1 （　　）に入るのに最もよいものを、1・2・3・4から一つ選びなさい。

1 　母は詐欺被害に（　　　　）、電話に出ることを極端に恐れるようになってしまった。

　　1　遭ったといえども　　　　　　　2　遭ったら最後

　　3　遭うべく　　　　　　　　　　　4　遭ってからというもの

2 　大切なものだと知らなかった（　　　　）、勝手に処分してしまって、すみませんでした。

　　1　とはいえ　　　　　　　　　　　2　にもかかわらず

　　3　と思いきや　　　　　　　　　　4　とばかり

3 　お忙しい（　　　　）、わざわざお越しいただきまして、恐縮です。

　　1　ところで　　　　　　　　　　　2　ところを

　　3　ところにより　　　　　　　　　4　ところから

4 　企業の海外進出により、国内の産業は衰退を余儀なく（　　　　）。

　　1　されている　　　　　　　　　　2　させている

　　3　している　　　　　　　　　　　4　させられている

問題2　つぎの文の＿★＿に入る最もよいものを、1・2・3・4から一つ選びなさい。

5 　どんな悪人＿＿＿＿　＿＿＿＿　＿★＿　＿＿＿＿いるのだ。

　　1　家族が　　　　　　　　　　　　2　悲しむ

　　3　死ねば　　　　　　　　　　　　4　といえども

▼ 翻譯與詳解請見 P.241

219

答案＆解題

| 01　時間、期間、範圍、起點

問題 1

＊ 1. 答案 1

> 以 A 議員的發言（為開端），年輕議員們紛紛提出了對法案的反對意見。
> 1 為開端　　2 僅限於　　3 關於　　4 依據

▲「A 議員の発言／A 議員的發言」後又提到「若手の議員の…意見が次々と／年輕議員們紛紛…意見」。「（名詞）を皮切りに／以…為開端」用在想表達"以…為開端，事情一件接一件的發生"時。例句：

・コンサートは、来月の東京ドームを皮切りに、全国 8 都市で開催される。

演唱會將在下個月於東京巨蛋舉辦首場，接下來將到全國八個城市展開巡迴演唱。

檢查其他選項的文法：

▲ 選項 2「（名詞）を限りに／僅限於」用在想表達"在…結束"時。例句：

・本日を限りに閉店致します。

本店將於今天結束營業。

▲ 選項 3「（名詞）をおいて／除了」用在想表達"除…之外就沒有了"時。是對…高度評價時的説法。例句：

・このチームをまとめられるのは君をおいて他にいないよ。

能夠帶領這支隊伍的，除了你再也沒有別人了！

＊ 2. 答案 4

> 這位天才少女（雖然）僅僅只有 16 歲，（但是）已經達到了世界的顛峰。
> 1 提到…的話　　　　　　2 在…的情況下
> 3 暫時　　　　　　　　4 雖然…但是…

▲「（名詞）にして／因為…，オ…；雖然…，卻…」用於想表達"因為是…的程度，オ…"，或是"雖然是…的程度，卻…"時。本題用的是後者的意思。例句：

・この問題は彼のような天才にして初めて解けるものだ。

這個問題唯有像他那樣的天才，才有辦法解得出來！

檢查其他選項的文法：

▲「（名詞）ときたら／提到…的話」用在表達…是不好的，表示不滿的時候。例句：

・健二君は優秀ですね。うちの息子ときたら、ゲームばかりで全く勉強しないんですよ。

令公子健二真優秀呀！説起我家那個兒子呀，一天到晚打電玩，根本不用功！

▲ 選項 2「（名詞）にあって／在…的情況下」用在想表達"在…這樣特殊的狀況下"時。例句：

・この非常時にあっても、会社は社員の雇用を守り続けた。

即便面臨這個嚴峻的時刻，公司仍然堅持絕不裁員。

▲ 選項 3「（發話文）とばかり（に）／像…的樣子」是"簡直就像是在説…的態度"的意思。例句：

・彼は、もう帰れとばかりに、大きな音を立ててドアを閉めた。

他簡直故意讓大家知道他要回去似的，用力碰的一聲甩上了門。

＊ 3. 答案 2

> 我（剛）賺進了錢，老婆（就）馬上花掉了。
> 1 一…　　2 剛…就…　　3 才剛　　4 一…就…

▲「動詞辞書形＋そばから／剛…就…」用在想表達"剛做了前項的努力，但後項的情況就馬上出現"時。例句：

220

・小さい子どもがいると、片付けるそばから、部屋が散らかっていく。

家裡只要有小孩子在，才剛收拾完就又馬上亂成一團。

檢查其他選項的文法：

▲ 選項1和選項3前面必須接動詞た形。如果是「稼いだとたん／一賺進來就」和「稼いだかと思うと／剛賺進來馬上就」則正確。

▲ 選項4「(動詞辞書形／た形) が早いか／一…就」用在想表達"做…後馬上接著做下一件事"時。例句：

・彼は教室の席に座るが早いか、弁当を広げた。

他一進教室坐到座位上，就立刻打開便當了。

✳ 4. 答案 3

(一旦)被高橋經理(握到了)麥克風，就得聽他唱完十首歌，你最好先有心理準備喔！

1 即使握到了…	2 想要握…
3 一旦…握到了…	4 一握到就…

▲「(動詞) た形＋が最後／一旦…就」是"如果…的話一定會造成嚴重的後果"的意思。例句：

・彼を怒らせたが最後、こちらから謝るまで口もきかないんだ。

一旦惹他生氣了，他就連一句話都不肯說，直到向他道歉才肯消氣。

※「たら最後／一旦…」意思也是相同的。

檢查其他選項的文法：

▲ 選項4「(動詞辞書形) なり／一…就…」是"做了…後立即做下一件事"的意思。例句：

・彼はテーブルに着くなり、コップの水を飲み干した。

他一到桌前，立刻把杯子裡的水一飲而盡。

✳ 5. 答案 4

他可能是疲憊不堪吧！(一)坐下來(就)睡著了。

1 一…立即	2 順便…
3 一旦…就完了	4 剛一…就…

▲「(動詞辞書形) が早いか／剛一…就…」表示前項的情況剛一發生，緊接著就出現後面的動作。例句：

・火事と聞くが早いか、かけ出した。

一聽失火了，就馬上跑了出去。

檢查其他選項的文法：

▲ 選項1「(動詞ます形) 次第／一…立即…」表示某動作剛一做完，就立即採取下一步的行動。前面要接「動詞ます形」，而且後項不用過去式，因此不正確。

▲ 選項2「(動詞普通形) ついでに／順便…」表示做某一主要的事情同時，再追加順便做其他件事情。「ついでに」一般前後會接兩件事，也不符題意。

▲ 選項3「(動詞た形) が最後／一旦…就完了」表示一旦做了某事，就一定會產生後面消極、不好的情況。前面要接動詞過去式，也不符題意。例句：

・彼を怒らせたが最後、本当に怖ろしいことが起こりました。

一旦惹惱了他，就真的發生了恐怖異常的事。

| 02　目的、原因、結果

問題 1

✳ 1. 答案 3

正因為有那時候的辛苦經驗，我(才有辦法來到)這裡。

1 想來	2 非常想來
3 才有辦法來到	4 能夠來的理由

▲「ばこそ／正因為」用在想表達"正是因為…，並不是因為其他原因"時。「こそ／正」表強調。接續方法是【[名詞、形容動詞詞幹] であれ；[形容詞・動詞] 假定形】＋ばこそ。例句：

・あなたのことを思（おも）えばこそ、厳（きび）しいことを言（い）うのです。

　我是為了你著想才說重話的！

＊ 2. 答案 2

> 為了把戰爭的慘況（告訴）後代子孫，於是決定出版其親身體驗談。【亦即，為了讓後代子孫明白戰爭的慘況】
> 1 流傳　2 告訴　3 被傳達　4 無法傳達

▲「(動詞辞書形) べく／為了」是"為了做…、為了能做到…"的意思。是較生硬的說法。從文意考量，要選他動詞的選項 2。

<u>檢查其他選項的文法：</u>

▲ 選項 1 是自動詞，因此不會有「する／做…」的意思。

▲ 選項 3 或選項 4 不是辭書形，所以不正確。

＊ 3. 答案 2

> 身為教育界人士，對孩童的霸凌行為視而不見是（絕不容許）的行為。
> 1 值得　2 絕不容許　3 難以承受　4 至於

▲「(動詞辞書形) まじき (名詞)／絕不容許」是"站在這個立場、或以道德角度，…是不被允許的"的意思。是生硬的說法。例句：
・金（かね）のために必要（ひつよう）のない手術（しゅじゅつ）をするとは、医者（しゃ）として許（ゆる）すまじき犯罪行為（はんざいこうい）だ。

　身為醫師卻為了賺錢而進行不必要的手術，這是天理不容的犯罪行徑！

※「とは／竟然會…」用於想表達"…令人驚訝、…令人吃驚"等的時候。

▲ 題目中的「見て見ぬふり／視而不見」是明明看到了卻裝作沒看到的意思。

<u>檢查其他選項的文法：</u>

▲ 選項1「(動詞辞書形、名詞) に足る／值得」是"…十分足夠"的意思。例句：
・彼（かれ）は信頼（しんらい）するに足（た）る人物（じんぶつ）だ。

　他是一位值得信賴的人士。

▲ 選項 3「(動詞辞書形、名詞) に堪えない／難以承受」用在想表達"無法忍受…、沒有做…的價值"時。例句：
・彼（かれ）の話（はなし）は人（ひと）の悪口（わるぐち）ばかりで、聞（き）くに堪（た）えない。

　他老是講別人的壞話，實在讓人聽不下去。

▲ 選項 4「至る／到達」寫成「に至るまで／至於」的形式，表示強調範圍。例句：
・妻（つま）は私（わたし）の服装（ふくそう）から髪型（かみがた）に至（いた）るまで、自分（じぶん）で決（き）めないと気（き）が済（す）まない。

　從我的衣著到髮型，太太統統都要親自決定才會心滿意足。

<u>問題 2</u>

＊ 4. 答案 3

> 畢竟是事關能否參加奧運的資格賽，每一位選手當時都難掩緊張的神情。
> 1 畢竟是　2 事關　3 資格賽　4 參加奧運

▲ 正確語順：<u>4 オリンピック出場（しゅつじょう）　2 をかけた　3 試合（しあい）　1 とあって</u>、どの選手（せんしゅ）も緊張（きんちょう）を隠（かく）せない様子（ようす）だった。

▲「、」的前面應填選項1。選項1的前面應接名詞的選項3。選項4和選項2用於說明選項3。

<u>檢查文法：</u>

▲「(名詞、普通形) とあって／由於…（的關係）」用在想表達"因為是…這樣特別的情況"時。例句：
・3年（ねん）ぶりの大雪（おおゆき）とあって、都内（とない）の交通（こうつう）は麻痺状態（まひじょうたい）です。

　由於是三年來罕見的大雪，市中心的交通呈現癱瘓狀態。

在錄用面試時，從報考動機乃至於家庭成員都仔仔細細問了我。

1 家庭成員　　2 從　　3 乃至於　　4 X

▲ 正確語順：採用面接では、志望動機　2から　1家族構成　4に　3至るまで、細かく質問された。

▲ 看到題目後想到「から～まで／從…乃至於…」這個文法。「に至るまで／甚至到…」是表達範圍的「まで／…到」的強調説法。

檢查文法：

▲「(名詞) に至るまで／甚至到…」是 "甚至是到…這個驚人的範圍" 的意思。例句：
・この保育園は、毎日の給食から、おやつのお菓子に至るまで、全て手作りです。
這家托兒所每天供應的餐食，從營養午餐到零食點心，全部都是親手烹飪的。

| 03 | 可能、預料外、推測、當然、對應 |

問題 1

年輕人用語

　　無論在任何時代，年輕人總有專屬於年輕人的獨特用語。當你在電車裡聽一群中學生或高中生聊天，經常會接而連三出現大人所無法理解的話語。或許他們在使用這種 **1** 只有年輕人才懂的語言時，能夠感受到同儕意識。

　　在一般手機或智慧型手機的 SMS 和 LINE 上，宛如暗號(注1)般的年輕人用語更是滿天飛。

　　我在網路上試著 **2** 稍微看了一下到底有什麼樣的用語。

　　例如，「フロリダ」這句話的意思據説是「我要去洗澡了，暫時離開(注2)對話」，用在自己要進浴室所以無法繼續交談的時候。類似的用語還有「イチキタ」，這是「回家一趟」的簡稱，聽説用在要先回家一趟再出門的時候。這些都是由漢字 **3-a** 讀音組合而成的 **3-b** 縮寫詞。

　　「リ」或「りょ」是「了解」、「おこ」是生氣的意思。雖然覺得似乎 **4** 沒有必要縮寫到這麼極端的地步，但或許年輕人都是急性子(注3)的緣故吧。

　　「ディする」是把英文 disrespect（輕蔑）當成日語的動詞使用，表示「瞧不起」的意思。「メンディー」看起來像是英文，其實意思是「麻煩死了」。

　　至於「ガチしょんぼり(注4)沈殿(注5)丸」據説是用來表示非常沮喪的狀態，這句話倒是有點可愛，也頗具巧思。

　　正在使用這些年輕人用語的那些年輕人，幾年之後將不再是「年輕人」，應該也就不再使用這些年輕人用語了。或許在 **5** 短暫的時光中享受這樣的語言遊戲，亦不失為一種樂趣。

（注1）暗號：秘密記號。

（注2）脱離：離開原本所屬的地方。

（注3）性急：沒耐性的樣子。

（注4）垂頭喪氣：失望而提不起精神的樣子。

（注5）沈澱：沉落到最底下。

＊1. 答案 1

| 1 只有年輕人才 | 2 對年輕人來説 |
| 3 僅對年輕人 | 4 年輕人是 |

▲ 年輕人的獨特用語是指只有年輕人才懂的語言，換句話説就是「若者にしか通じない／只有年輕人才懂」的語言。「にしか／只…」

後面接否定的詞語，表示限定的意思。

於年輕人的獨特用語採取寬容的態度。

＊2. 答案 3

| 1一直 | 2相當 | 3稍微 | 4狠狠地 |

▲「のぞく／看了一下」是指只看一點點。符合這個意思的是選項3「ちらっと／稍微」。

檢查錯誤的地方！

▲ 選項1「じっと／一直」是目不轉睛盯著看的樣子。選項2「かなり／相當」是相當、非常的意思，表示在一定程度之上。選項4「さんざん／狠狠地」是好幾次、一次又一次等意思，表示程度極為離譜的樣子。

＊3. 答案 1

| 1 a讀音／b縮寫詞 | 2 a意思／b縮寫詞 |
| 3 a形式／b語言 | 4 a讀音／b成語 |

▲「フロリダ」的「フロ」來自於「風呂に入るから／我要去洗澡了」的「フロ」，「リダ」則是「離脱する／暫時離開」的「リダ」。「イチキタ」也同樣是由漢字組成的略語。

＊4. 答案 4

| 1縮寫或許也不錯 | 2組合起來或許也不錯 |
| 3或許不應該判斷 | 4沒有必要縮寫到 |

▲ 對於把「了解／了解」省略成「り」、「りょ」，「怒っている／生氣」省略成「おこ」的這些縮寫，作者認為「略しなくてもいいのでは／沒有必要縮寫到這麼極端的地步」。

＊5. 答案 2

| 1困擾的時候應該 | 2短暫的時光 |
| 3永遠地 | 4立刻 |

▲ 文章最後提到，這些年輕人幾年後也就不是年輕人了，趁現在還年輕，用年輕人的獨特用語享受文字遊戲或許也不錯。可見作者對

04 樣態、傾向、價值

問題 1

旅行的樂趣

電視上時常播映旅遊節目。觀賞那些節目時，儘管人在家中坐，卻 **1** 能夠前往任何遙遠的國度。一流的攝影師拍下壯麗的風景給我們欣賞。一來，我們不必費心準備出遊，更重要的是，完全免費。光是看著節目，就 **2-a** 彷彿自己也 **2-b** 去到了那個國家 **2-b** 似的。

或許有些人覺得，既然有節目播給我們看，就不必特地出門旅行了，但是我屬於看了節目以後反而勾起想前往旅遊的興致。我在腦海裡不斷想像著那個國家的自然景觀與居民生活，很想去一探究竟。

提到旅行的樂趣，我認為首先應該是這一項——在心裡不斷描繪著對於旅遊地的想像。 **3-a** 説不定那種想像會過度美化(註1)，實際上到了那裡一看， **3-b** 或許反而十分失望。不過，就算這樣也沒關係。因為親眼見證、親身體會到想像與實際之間的差距(註2)，也 **4** 正是旅行的樂趣之一。

至於另一項樂趣則是，從旅遊地期盼著回到自己的國家、自己的家、自己的房間。就在搭上回程飛機的剎那，我內心已經萌生對於回家的期盼了。

明明只是離家幾天而已，卻在飛機落地走進機場的那一刻，日本這個國家的氣味與美麗瞬時將我緊緊包圍，心頭頓時 **5** 想起家裡小院子的花草和自己的房間的影像。

一回到家裡，連解開行李都等不及(註3)，

一下子就撲上自己那張思念多日的床鋪。那一瞬間的喜悅實在難以形容。

　　或許，旅行的樂趣在於出發前和回家時雀躍（注4）的心情吧。

（注1）美化：以為比實際狀況更加美好。

（注2）差距：雙方之間的距離。

（注3）等不及：急著趕快進行的焦躁情緒。

（注4）雀躍：情緒非常高昂。

＊1. 答案 3

1 要去	2 或許能去
3 能夠前往	4 不能去

▲「居ながらにして／人在家中坐」是“實際上並沒有去、待在原地”的意思。因此後面應填入「行くことができる／能夠前往任何遙遠的國度」。

＊2. 答案 4

1 a 簡直是／b 要去
2 a 彷彿／b 要去似的
3 a 又或者／b 去過了似的
4 a 彷彿／b 去到了…似的

▲ 要尋找表示“只要看電視節目，就感覺自己好像到了當地”意思的詞語。

▲ 也可以寫成「まるで～行ったかのような／像是去到了…似的」，但是沒有這個選項，所以要選和「まるで／像是」意思相同，從「あたかも／彷彿」轉變而成的選項4「あたかも～行ったかのような／彷彿去到了…似的」。

＊3. 答案 2

1 a 萬一／b 應該有吧
2 a 說不定／b 或許反而
3 a 假如／b 一定有
4 a 比如／b 應該沒有

▲ a 和 b 是互相呼應的關係。正確呼應的組合是「もしかしたら～かもしれない／說不定…或許反而」。

檢查錯誤的地方！

▲ 選項1應寫作「もしも～ならば／萬一…的話」、選項3應寫作「もし～しても／假如…也」、選項4應寫作「たとえば～のような／比如…一般」，才是正確的呼應。

＊4. 答案 3

1 說不定沒有	2 應該有吧
3 正是	4 一定沒有

▲ 前文提到也許實際去了會感到失望。下一句又提到「それでもいいのだ／就算這樣也沒關係」，所以後面的句子應為表示理由。因此，應選擇含有表示理由的「から／因為」的選項3。

＊5. 答案 2

1 想出	2 想起
3 能擺脫困境	4 想出了

▲ 因為前面有「自分の部屋のことが／自己的房間的影像」，所以「心に浮かぶ／心頭想起」是正確的。

檢查錯誤的地方！

▲ 因為選項1「浮かべる／想出」是他動詞，不能接在「～が」之後。選項3「浮かばれる／被漂浮」是被動式，和此處的文意不合。選項4，注意前文用的是現在式「思い浮かべる／回想起」、「押し寄せる／將我包圍」，因此這裡不用過去式「浮かべた／想出了」，而應填入現在式。

05 程度、強調、輕重、難易、最上級

問題 1

＊ **1. 答案 3**

> 沒有想到我竟然得到諾貝爾獎！在我當年還是個窮學生的時候，（完全沒有）想像過會有這種事。
> 1 沒辦法　　　　　2 沒有做
> 3 完全沒有　　　　4 不做的事

▲ 因為是「貧乏学生だった頃／當年還是個窮學生的時候」，所以要選過去式。「～だに／連…」寫作「だに…ない／連…也不…」形式時，表示"完全…沒有"的意思。例句：

・あの泣き虫の女の子が日本を代表する女優になるなんて、夢にだに思わなかった。
作夢也想不到，那個愛哭的小女孩居然成為日本數一數二的女明星了！

▲「とは／竟然…」是表達"訝異、驚人、嚴重"等心情的說法。

＊ **2. 答案 4**

> 在移民者當中，有些人沒有機會學習，（甚至連）自己的姓名都不會寫。
> 1 一…就…　　　　2 正因為
> 3 自從…就一直…　4 甚至連

▲「（名詞）すら／甚至連…」是"舉出一個極端的例子，表示其他也肯定是如此"的說法。是"就連…"的意思。例句：

・父は病状が悪化し、自分の足で歩くことすら難しくなった。
家父病情惡化，已經幾乎沒力氣自己走路了。

檢查其他選項的文法：

▲ 選項 1「（名詞、動詞辞書形）だに／一…就…」是"光是…就會"的意思。多接在「聞く、考える、想像する／聽、想、想像」等特定動詞後面。例句：

・細菌を兵器にするとは、聞くだに恐ろしい。
光是聽到要打細菌戰，就讓人不寒而慄。

▲ 選項 3「（動詞た形）きり／自從…就一直…」表示"…之後也繼續維持相同狀態"。例句：

・母とは国を出る前に会ったきりです。
自從出國前向媽媽告別，一直到現在都沒再見到媽媽了。

＊ **3. 答案 3**

> 全國各地都有病患正在殷切期盼這種藥物成功研發出來，直到完成的那一天，我們（連）一分一秒都不能浪費！
> 1 立刻…　2 …順便　3 連…　4 不言而喻…

▲ 要選"即使一分也"意思的選項。「（1＋助数詞）たりとも…ない／那怕…也不（可）…」用在想表達"一點（助數詞）也沒有、完全沒有"時。例句：

・あの日のことは1日たりとも忘れたことはない。
那天的事，我至今連一天都不曾忘懷。

檢查其他選項的文法：

▲ 選項 1「（動詞辞書形）なり／剛…就立刻…」是"做了…後馬上…"的意思。例句：

・リンさんはお父さんの顔を見るなり泣き出した。
林小姐一見到父親的臉，立刻哭了出來。

▲ 選項 2「（名詞）かたがた／順便…」用在想表達"同時進行其他事情"時。例句：

・上司のお宅へ、日ごろのお礼かたがたご挨拶に伺った。
我登門拜訪了主管家，順便感謝他平日的照顧。

▲ 選項 4「（名詞）もさることながら／不言而喻…」用在想表達"…自不必說，並且比之更進一步"時。例句：

・この地域は景観はさることながら、地元の郷土料理が観光客に人気らしい。
這個地區不僅景觀優美，聽說當地的家鄉菜也得到觀光客的讚不絕口。

226

雖然談不上非常成功，仍是（相當了不起的成果）！
1 很難説是成功　　　2 再也不能失敗了
3 期待下一次能夠成功
4 相當了不起的成果

▲「（動詞ない形）までも／雖然…仍是」用在想表達"雖然無法達到…這麼高的程度，但可以達到比其稍低的程度"時。例句：
・毎晩（まいばん）とは言（い）わないまでも、週（しゅう）に一度（いちど）くらいは親（おや）に電話（でんわ）しなさい。
雖不至於要求每天晚上，但至少一個星期要打一通電話給爸媽！

▲ 本題要選表示"比非常成功的程度差一點的狀態"的選項。

問題 2

✱ 5. 答案 4

就算沒辦法借錢給你，至少可以幫忙介紹兼差工作喔！
1 就算　　　2 至少可以
3 沒辦法　　4 幫忙介紹兼差工作

▲ 正確語順：お金（かね）を貸（か）すことは　3できない　1までも　4アルバイトの紹介（しょうかい）　2くらいなら　できますよ。

▲ 因為句尾有「できますよ／可以喔」，所以注意到選項裡的「できない／沒辦法」。「お金を貸すこと／借錢給你」與選項 4 是成對的。「～までも／至少」是"雖然無法做到…"的意思。

検査文法：

▲「（動詞ない形）までも／至少」是"雖然無法達到…的程度，但能達到稍低一點的程度"的意思。題目的意思是雖然無法做到程度高的「お金を貸すこと／借錢給你」，但如果是程度低的「アルバイトの紹介／介紹兼差工作」就能做到。

✱ 6. 答案 1

這場接連幾度逆轉、連一分一秒都無法令人放鬆觀看的比賽仍在進行當中。
1 令人放鬆　　　2 無法
3 連…都　　　　4 一分一秒

▲ 正確語順：逆転（ぎゃくてん）に次（つ）ぐ逆転（ぎゃくてん）で、4一瞬（いっしゅん）3たりとも　1気（き）を抜（ぬ）くことの　2できない　試合（しあい）が続（つづ）いている。

▲ 將選項 1 和選項 2 連接起來接在「試合／比賽」前面。「～たりとも…ない／連…都沒有…」前接「一」和助數詞，是"全都沒有"的意思。

検査文法：

▲「1＋助数詞＋たりとも…ない／一…都沒有…」是"連一…也沒有、全都沒有"的意思。例句：
・一度（いちど）たりともあなたを疑（うたが）ったことはありません。
我連一次也不曾懷疑過你！

※「～に次ぐ～／接連…」表示"發生了一件又一件的…"的狀態。

※「気を抜く／放鬆」是"鬆懈緊張、大意"的意思。

✱ 7. 答案 3

不難想像由於突如其來的意外而失去了母親的她有多麼悲傷。
1 她有多麼悲傷　　2 不難
3 想像　　　　　　4 失去了母親

▲ 正確語順：突然（とつぜん）の事故（じこ）で　4母親（ははおや）を失（うしな）った　1彼女（かのじょ）の悲（かな）しみは　3想像（そうぞう）に　2かたくない　。

▲ 從助詞「は」來看，可知選項 1 是主語。選項 4 修飾選項 1。「～にかたくない（難（かた）くない）／不難…（不難）」用在想表達"即使不看也知道"時。

檢查文法:

▲ 「(名詞、動詞辞書形)にかたくない／不難…」是 "從情況來看，要做到…是很容易的" 的意思。經常寫成「想像にかたくない／不難想像」的形式。例句：

・彼女が強い決意を持って国を出たことは想像に難くありません。

不難想像她抱著堅定的決心去了國外。

| 06 | 話題、評價、判斷、比喻、手段 |

問題 1

＊**1. 答案 2**

能夠詮釋這個歷經許多人生苦難的主角的，（除了）他不作第二人想。
　1 無關　2 除了　3 以　4 盡最大的努力

▲ 「(名詞)をおいて…ない／除了…就沒有…」是 "除～之外就沒有了" 的意思。是對「～」有高度評價時的説法。例句：

・日本でこれだけ精巧な部品を作れるのは、大田製作所をおいてありません。

在日本能夠製造出如此精巧的零件，就只有大田工廠這一家了。

檢查其他選項的文法:

▲ 選項1「(名詞)をよそに／不顧」是 "不介意…" 的意思。例句：

・彼女は親の心配をよそに、故郷を後にした。

她不顧父母的擔憂，離開了故鄉。

▲ 選項3「(名詞)をもって／以…」是 "用…" 的意思，是較生硬的説法。如果填入的名詞為日期的情況，是 "到…時" 的意思。例句：

・本日をもって閉会します。

會議就到今天結束。

▲ 若是填入的名詞為方法等等，則用於表示手段。例句：

・君の実力をもってすれば、不可能はないよ。

只要發揮你的實力，絕對辦得到的！

▲ 選項4「(名詞)を限りに／從…之後就不（沒）…」用於想表達 "到…時為止（從此以後不再繼續下去）"。

＊**2. 答案 4**

（即使）Ａ公司（憑藉）其技術能力，也無法在時代的浪潮中存活下來。
　1 至於　2 不僅　3 不管　4 即使…憑藉…

▲ 從題目「技術力／技術能力」和「勝てなかった／無法勝過」兩處可以推測（　　）的前後關係是逆接。「(名詞)をもって／以…」是表示手段的説法。例句：

・試験の合否は書面をもってご連絡します。

考試通過與否，將以書面文件通知。

▲ 選項4「～をもってしても／即使…憑藉…」用在想表達 "就算以…也無法做到…" 時。是對「～」有高度評價的説法。例句：

・日本のベストメンバーをもってしても、決勝リーグに進むことは難しいでしょう。

即使擁有由日本的菁英好手組成的隊伍，想打入總決賽還是難度很高吧。

檢查其他選項的文法:

▲ 選項1「(名詞)に至っては／至於」是表示極端例子的説法。例句：

・学校はこの事件に関して何もしてくれませんでした。校長に至っては、君の考え過ぎじゃないのか、と言いました。

關於這起事件，學校完全沒有對我提供任何協助。校長甚至對我說了：這件事是你想太多了吧。

▲ 選項2「(名詞、動詞辞書形)にとどまらず／不僅…」是 "超越…這個範圍" 的意思。例句：

・彼のジーンズ好きは趣味にとどまらず、とうとうジーパン専門店を出すに至った。

他對牛仔褲的熱愛已經超越了嗜好，最後甚至開起一家牛仔褲的專賣店來了。

▲ 選項3「(名詞)をものともせずに／不當…

一回事」用在表達"不向困難低頭"時。
例句：
・母は貧乏をものともせず、いつも明るく元気だった。

家母並不在意家裡的生活條件匱乏，總是十分開朗而充滿活力。

＊3. 答案 1

關於這個問題，請容（我）表達（自己的）看法。
1 我自己的　　　　　2 正因為
3 雖說　　　　　　　4 儘管如此

▲「（名詞、普通形）なりの／自己的」是"在能做到～的範圍內"的意思。含有「～」的程度並不高的語感。例句：
・孝君は子供なりに忙しい母親を助けていたようです。

聽說小孝雖然還是個孩子，仍然為忙碌的媽媽盡量幫忙。

檢查其他選項的文法：

▲ 選項2「（名詞、普通形）ゆえに／正因為」表示原因和理由。是較生硬的説法。例句：
・私の力不足ゆえにご迷惑をお掛け致しました。

都怪我力有未逮，給您添了麻煩。

▲ 選項3「（承接某個話題）といえば／説起」用在表達"由於聽到了某事，從這事聯想起了另一件事"時。例句：
・きれいな花ですね。花といえば今、バラの展覧会をやっていますね。

這花開得好漂亮啊！對了，提到花，現在正在舉辦玫瑰花的展覽會喔！

▲ 選項4「（名詞、普通形）といえども／儘管如此」用在想表達"雖然…是事實，但…"時。例句：
・オリンピック選手といえども、プレッシャーに勝つことは簡単ではない。

雖說是奧運選手，想要戰勝壓力仍然不容易。

＊4. 答案 1

第一次嘗試打工，這才親身體驗到了這個社會的嚴苛。
1 親　　2 體驗到了　　3 的嚴苛　　4 身

▲ 正確語順：初めてアルバイトをしてみて、世間の　3厳しさを　4身を　1もって　2知った　。

▲「世間の／社會的」的後面應接選項3，句子最後應填入選項2。「をもって／以…」用於表示手段。選項3和選項2之間應填入選項4和選項1。

檢查其他選項的文法：

▲「（名詞）をもって／以…」用於表達手段。和「で／用…」意思相同，但因為是較生硬的説法，不太會在日常生活中使用。例句：
・彼の専門知識をもってすれば、この文書の解読も可能だろう。

只要借重他的專業知識，應該就能解讀這份文件了吧。

× 憑藉字典查詢不懂的詞語。

→○用字典查詢。

▲「身をもって／親身體驗」是固定説法，是"用自己的身體、親身去經歷"的意思。

＊5. 答案 2

即使是平時安安靜靜的這座寺院一旦變成（進入）葉子轉紅的季節，就會大批湧入來自國內外的遊客，好不熱鬧。
1 一旦變成（進入）　　2 葉子轉紅的季節
3 即使是　　　　　　　4 這座寺院

▲ 正確語順：いつもは静かな　4この寺　3も　2紅葉の季節　1ともなると　国内外からの多くの観光客で賑わう。

▲「静かな／安安靜靜的」的後面要接名詞，所以是選項2和選項4其中一個。從語意考

229

量，選項4後面應接選項3。選項1「とも
なると／一旦變成」是「になると／如果變
成…」的意思。

<u>檢查文法：</u>

▲「（名詞）ともなると／一旦變成」是“一旦
發展到…的境界、要是…狀況變得特別了”
的意思。例句：

・パート社員も 10 年目ともなると、その辺の
正社員よりよほど仕事ができるな。
即使是非正職職員，畢竟在公司待了長達十年，
做起事來比一般正職職員效率更高哪！

| 07 限定、無限度、極限

日本的敬語

日本人送東西給別人時會說「只是個
1-a 不值錢的東西，請笑納」；但同樣的
情況下，外國人多半會說「這是非常 **1-b**
好吃的東西，請嚐嚐看！」看在外國人眼
中，對於日本人的這種表現方式，既感到
不可思議，又 **2** 難以理解。外國人覺得
很奇怪，為什麼要把「不值錢的東西」送
給其他人呢？為何會有這樣的差異呢？

我認為那是因為，日本人說話時會考量
到對方的感受。即使致贈相當貴重的禮物，
如果告訴對方「這是非常貴重的禮物」、
「這是昂貴的禮物」，收到禮物的人會覺得
3 被下馬威，必然心情欠佳。為了不讓
對方感覺很差，於是刻意貶低自己的東西，
說是「不值錢的東西」、「一點點心意而
已」。也就是說，屬於謙讓語(注1)的一種。

謙讓語的精神在於，藉由自我謙虛的語
言讓對方感覺開心。舉例來說，把自己的
兒子說成「愚息」（小犬）也是 **4** 其中一
種。人心十分微妙，當聽到對方介紹「這

是我的優秀兒子」時，覺得對方故意炫耀
因而產生反感；相反地，如果對方說的是
「這是小犬」，則很自然地感到安心。

至於尊敬語(注2)，不只 **5-a** 日語有，聽
說 **5-b** 外國語言也有。當想拜託對方做什
麼事時，不是使用命令的口吻，而是以謙
卑的態度有禮貌地請託對方，這與日語中
謙讓語的意涵並不相同。畢竟，他們會在
送禮時直接表明那是「貴重的禮物」、「昂
貴的禮物」，我想在他們的語言中，應該沒
有所謂的謙讓語吧。

（注1）謙讓語：敬語的一種，自我謙虛所
使用的文體。

（注2）尊敬語：敬語的一種，尊敬對方所
使用的文體。

﹡1. 答案 2

1 a 好吃的／b 不值錢
2 a 不值錢的／b 好吃的
3 a 不好吃的／b 好吃的
4 a 致贈／b 收下

▲ 因為文中提到外國人說日本人「なぜ、『つ
まらない物』を人にあげるのかと、不思議
に思う…／為什麼要把『不值錢的東西』送
給其他人呢？」，因此可知 a 應填入「つま
らない／不值錢」。b 則要填入與此相反的
詞語「おいしい／好吃」。

<u>檢查錯誤的地方！</u>

▲ 選項3，明知是「おいしくない／不好吃」
的食物，還送給別人是一件失禮的行為。
「つまらない／不值錢」是自謙說法，但「お
いしくない／不好吃」是「おいしい／好吃」
的否定詞。

1 難以理解　　　　　2 能夠理解
3 想要理解　　　　　4 非常明白

▲ 對外國人而言，要理解日本人「つまらない
物ですが／只是個不值錢的東西」這樣的説
法是很困難的。也就是「理解しがたい／難
以理解」。

＊ 3. 答案 4

1 被輕視了　　　　　2 被追趕了
3 感到煩惱　　　　　4 被下馬威

▲ 從他人那裡收到禮物時，如果對方説這是
「立派なもの／貴重的禮物」或「高価なも
の／昂貴的禮物」之類，會覺得對方自以為
是，因而有負面的感受。

＊ 4. 答案 3

1 有　2 那個　3 其中一種　4 是同一種

▲ 前文針對謙讓語進行了説明「自分の側を謙
遜して言うことによって、相手をいい気持
ちにさせる／藉由自我謙虛的語言讓對方感
覺開心」，並舉出「愚息／小犬」這個詞語
作為例子，也就是説「愚息／小犬」就是前
文提到的「謙讓語／謙讓語」，因此，根據
文章脈絡，應填入「それ／其中一種」。

＊ 5. 答案 2

1 a 外國語言／b 日語
2 a 日語／b 外國語言
3 a 敬語／b 謙讓語
4 a 那個／b 這個

▲「～だけでなく、～にもあると聞く／不
只…、聽説…也有」是「～にあるというこ
とはわかっているが、～にもあるそうだ／
雖然知道…有，不過…也有」的意思。因
為知道日語有尊敬語，所以 a 應填入「日
本語／日語」，b 應填入「外国語／外國語
言」。

曆法

　　從前的曆法，自然界和人類的生活是結
合在一起的。把從新月[注1]變成滿月又回
到新月的時間訂為一個月的是太陰曆，而
將地球繞行太陽一圈的時間訂為一年的則
是太陽曆。如果把這兩種結合起來，就叫
作太陰太陽曆（舊曆）。

　　倘若依據舊曆，一年會產生 11 天左右
的偏差，**1** 為求解決這個問題，於是規
定每隔幾年就有一年是 13 個月。**2-a** 然
而如此一來，曆法和實際的季節之間就會
出現落差，造成生活上極大的不便，**2-b**
因此又想出了「二十四節氣」與「七十二
候」的劃分方式。二十四節氣是把一年劃
分成二十四等分，也就是每一等分大約為
15 天；七十二候則是再把每一等分進一
步細分成三等分，而這種方式 **3-a** 最早
是在中國古代 **3-b** 所想出來的辦法。並
且，七十二候曾於江戶時代[注2]由日本的
曆法學家配合日本的氣候風土予以修訂完
成。順帶一提，據説「氣候」這個詞彙是
由「二十四節氣」的「氣」加上「七十二候」
的「候」組合而成的。

　　依據「二十四節氣」與「七十二候」來看，
舉例而言，春天的第一個節氣是「立春」，
在曆法上為春天的起始，而初候為「東風
解凍」，二候為「蟄蟲始振」，三侯為「魚
陟負冰」，每一侯都是以簡短的言詞充分表
達出該季節的特徵。

　　至於現在使用的曆法叫作公曆，或者可
以稱為太陽曆（新曆）。

　　這種 **4** 新曆單純使用的數字來表示
月日，例如「3 月 5 日」。偶爾翻閱舊曆
「二十四節氣」與「七十二候」的時候，總

讓人想進一步了解過去日本人那種與自然界緊密相依^{（注3）}的生活以及美感^{（注4）}。況且，古人的智慧未必 **5** 不能對現代生活 **5** 有所助益。

（注1）新月：依照陰曆，月亮在每個月初剛開始出現時細細的樣子。

（注2）江戶時代：1603年～1867年，由德川幕府掌握政權的時代。

（注3）緊密相依：緊緊依偎在一起的意思。

（注4）美感：對於美學的感受。

＊ **1. 答案 2**

```
1 要想解決是          2 為求解決
3 即使解決也          4 必須解決才行
```

▲ **1** 前面的「それ／這個問題」是上一句的「1年に11日ほどのずれが生じること／一年會產生11天左右的偏差」。讓數年一次一年13個月，就能解決「それ／這個問題」。也就是説，**1** 應填入「解決するために／為求解決」。

＊ **2. 答案 3**

```
1 a 所以オ／ b 可是
2 a 即使／ b 換言之
3 a 然而／ b 因此
4 a 然而／ b 但是
```

▲ 文章脈絡是：為了解決一年有11天左右的偏差，讓數年一次一年13個月→但是如此一來，月曆上的日期和實際的季節就有了差異，很不方便→於是便想出了……這樣的區分方式。

＊ **3. 答案 4**

```
1 a 原本是／ b 組合起來的
2 a 最近／ b 所想出來的
3 a 從以前／ b 可以想見
4 a 最早／ b 所想出來的
```

▲ 把選項實際代入a和b確認看看吧！

▲ 「『七十二候』は、……a もともと古代中国で b 考え出されたものである／『七十二候』則是……a 最早是在中國古代 b 所想出來的辦法」填入這兩個詞語後，句子就説得通了。

檢查錯誤的選項！

▲ 選項1的「組み合わせた／組合起來的」、選項2的「最近／最近」、選項3的a和b填入句子都不正確。

＊ **4. 答案 3**

```
1 舊曆    2 新月    3 新曆    4 太陰太陽曆
```

▲ 前一句提到「単に太陽暦（新暦）といっている。／可以稱為太陽曆（新曆）」，接著提到「この／這種」，因此「この／這種」指的是「太陽暦／太陽曆」，但因為沒有這個選項，所以「太陽暦／太陽曆」的另一個説法「新暦／新曆」是正確答案。

＊ **5. 答案 1**

```
1 不能有所助益          2 有所助益
3 被有所助益            4 或許會有所助益
```

▲ 前人的智慧對現代的生活仍有益處，換句話説就是「役に立たないとも限らない／不一定沒有用」。

檢查錯誤的地方！

▲ 選項2「役に立つとも限らない／不一定有用」是沒有用處的意思。

▲ 選項3和選項4後面不會接「とも限らない／不一定」。

問題1

名副其實

日本有句諺語叫作「名副其實」，意思是人的名字或者事物的名稱，確實呈現出其性質或是內容。

以事物的名稱來說，應該是與實際狀況相符的。畢竟事物的名稱是配合它的性質或運作方式而命名的。

但是，人的名字 **1** 又是如何呢？

在日本，原則上每個人只有一個名字，並且是出生之後由父母 **2-a** 命名的。父母在為生下來的孩子 **2-b** 取名時，便將對孩子的期望蘊含在這個名字裡面。名字就是父母送給孩子的第一份寶貴的禮物。為女孩命名時 **3-a** 多半希望她長得溫柔與美麗，而為男孩命名時 **3-b** 多半希望他長得堅強與高壯。我想，那就是父母對孩子的期望吧。

因此，人名 **4** 並不一定名副其實。尤其年輕時更是如此。

我的名字是「明子」。這個名字想必意味著家父母期望我成為一個開朗進取的人，以及能夠明確主張自己的立場與想法的人。然而，我平常總覺得這個名字根本沒有反映出我的本性。 **5** 因為我 **5** 似乎有時候會沮喪而心情低落，有時候也會猶豫[注]而不敢清楚表達自己的想法。

不過，遇到那樣的時刻，我會忽然想起父母傾注在我的名字之中的期望，並且反省自己必須成為一個「開朗、明確表達想法的人」。經過這樣一次次的鍛鍊，或許等到有一天終於成為那樣的性格時，我才能抬頭挺胸地說出「名副其實」這句話。

（注）躊躇：猶豫的意思。

* 1. 答案 2

| 1 應該是那樣的吧 | 2 又是如何呢 |
| 3 或許是那樣 | 4 隨便怎樣都好 |

▲ 前一段提到「物の名前について確かにそう（＝その性質や内容をあらわす）であろう／以事物的名稱來說，應該是這樣（＝與實際狀況相符）的」。下一段接著說「しかし／但是」人的名字，因此推測後面應該以「どうだろうか／又是如何呢」來表示疑問。

* 2. 答案 1

| 1 a 命（名）／b 取（名） |
| 2 a 應該命（名）才對／b 取（名）也行 |
| 3 a 取（名）／b 命（名） |
| 4 a 附上（名）／b 命（名） |

▲ a 因為前面有「両親によって／由父母」，所以 a 應填入被動形的「付けられる／命名」。

▲ b 接在「両親は……名前を／父母……（取）名」後面的應為「付ける／取」。

* 3. 答案 4

| 1 a 由於多／b 或許 | 2 a 雖然多／b 少 |
| 3 a 雖然少／b 不多 | 4 a 多半／b 多半 |

▲ 從上下文來理解，a・b 都應填入「多い／多半」。因此，「女の子には～多いし、男の子には～多い／為女孩…多半，而為男孩…多半」這個句型是正確的。

* 4. 答案 3

| 1 有 | 2 或許有 | 3 並不 | 4 應該有才對 |

▲「必ずしも／一定」後面應接否定的詞語。因此，選項3「いない／並不」是最合適的

選項。

＊ **5. 答案 2**

1 因為沒有才這樣	2 因為…似乎…
3 而是沒有	4 肯定是這樣

▲ 由於前一句提到「この名前は決して私の本質をあらわしてはいない／這個名字根本沒有反映出我的本性」，作者接著說明理由「私は、時に〜たり〜たり／我有時候會…，也會…」。因此選項 2「しがちだからだ／容易有…傾向」最為合適。

---

10 無關、關連、前後關係

問題 1

＊ **1. 答案 2**

他（不顧）父母的期望，從大學輟學，到鄉下開了一家咖啡廳。

1 不分	2 不顧	3 別說是	4 不管是

▲ 從（　　）的前後文可知，要選擇「與父母的期待相反」意思的選項。「（名詞）をよそに／不顧」是「無視…狀況而行動」的意思。例句：
・スタッフの心配をよそに、監督は危険なシーンの撮影を続けた。
導演不顧工作人員的擔憂，繼續拍攝了危險的鏡頭。

檢查其他選項的文法：

▲ 選項1「（名詞）を問わず／不分」是「與…無關，哪個都一樣」的意思。例句：
・町内ボーリング大会は、年齢、経験を問わずどなたでも参加できます。
鎮上舉辦的保齡球賽沒有年齡和球資的限制，任何人都可以參加。

▲ 選項3「（名詞）はおろか／別說是」是「別說…就連…也」的意思。常用在負面的事

項。例句：
・その男は歩くことはおろか、息をすることすら辛い様子だった。
那個男人別說走路了，看起來就連呼吸都很痛苦的樣子。

▲ 選項4「（名詞、疑問詞）であれ／不管是」是「即使…也」的意思。例句：
・たとえ社長の命令であれ、法律に反することはできません。
即使是總經理的命令，也不可以違反法律規定！

＊ **2. 答案 1**

（不管）有任何理由，遲到就是遲到！

1 不管…	2 如果是…的話就不得而知了
3 一旦成為	4 畢竟是

▲「いかん／不管」是「不管怎樣、無論如何」的意思。「（名詞）のいかんによらず／無論」是「無關…」的意思。是生硬的說法。例句：
・大会終了後は結果のいかんによらず、観客から選手全員に拍手が送られた。
不管結果如何，賽事結束之後，觀眾一起為全體運動員送上了熱烈的掌聲。

檢查其他選項的文法：

▲ 選項2「（名詞、普通形）ならいざしらず／（關於）我不得而知…」用在想表達「如果…的話也許是這樣，但事實並非如此」時。例句：
・子どもならいざ知らず、君はもう立派な大人なんだから、自分のことは自分でしなさい。
小孩也就罷了，你已經是個成年的大人了，自己的事情自己做！

▲ 選項3「（名詞）ともなると／一旦成為」是「如果到了…的地位或程度」的意思。例句：
・やはり社長ともなると、乗っている車も高級なんですね。
當上總經理之後，果然連乘坐的轎車也相當豪華呢！

▲ 選項4「（名詞）のことだから／畢竟是」
用在想表達"從…的性格和平常的舉動來看
的話"時。例句：
・真面目な木村さんのことだから、熱があっ
ても会社に来るんじゃないかな。
做事那麼認真的木村先生，就算發燒，大概也會
來上班吧！

＊ 3. 答案 2

> 隊員們（絲毫不顧）自身的危險，奮力搜尋
> 失蹤者的下落。
> 　1 撤除　　2 絲毫不顧　3 不分　　4 無關

▲「（名詞）をものともせず／絲毫不顧」表達
"不把困難當作問題、克服困難"的樣子。
例句：
・中村選手は、足のけがをものともせず、ボー
ルを追いかけた。
中村運動員當時不顧自己腳部的傷勢，仍然拚命
追著球跑。

<u>檢查其他選項的文法：</u>

▲ 選項1「（名詞）を抜きにしては／沒有…
就（不能）」是"如果沒有…的話"的意思。
例句：
・吉田君の頑張りを抜きにしては、文化祭の
成功はなかっただろう。
假如沒有吉田同學的努力，這次的文化成果發表
會想必無法順利完成。

▲ 選項3「（名詞）を問わず／不分」用於想
表達"不管是否…，哪個都一樣"時。例
句：
・テニスは、年齢を問わず、何歳になっても楽
しめるスポーツです。
網球是一項不分年齡的運動，不管幾歲的人都可
以樂在其中。

▲ 選項4「（名詞）をよそに／無關」是"不
在意…"的意思。例句：
・住民の反対運動をよそに、ごみ処理場の建
設計画が進められている。
垃圾處理場的建蓋計畫不顧當地居民的群起反對，
依然持續進行。

＊ 4. 答案 3

> （要不要）在這份契約上簽名當然全由你自
> 己決定，但我認為這項簽約內容對你絕對
> 沒有壞處喔。
> 　1 X　　　　2 X　　　　3 要不要　　4 X

▲「（動詞意向形）（よ）うが、（動詞辞書形）
まいが／不管是…不是…」用在想表達無論
做不做都一樣、哪個都沒關係時。例句：
・あなたが信じようが信じるまいが、彼女は
二度と戻ってきませんよ。
你相信也好，不相信也罷，總之她再也不會回來
了。

※ 選項3「…しまいが」的「し」是「します」
的ます形的語幹，當「まい」接在一段活用
動詞和變格活用動詞後面時，動詞用辭書形
或ます形都可以。如上例，「信じるまい」和
「信じまい」都正確。

▲ 另外，接在動詞「する」之後的用法，除了
「するまい」和「しまい」之外，還有「す
まい」這種例外的形式。

※「（よ）うが、～まいが／不管是…不是…」
和「（よ）うと、～まいと／不管是…不是…」
意思相同。

<u>檢查其他選項的文法：</u>

▲ 沒有選項1、2、4的説法。

問題 2

＊ 5. 答案 4

> 自從開始工作以後，我沒有一天<u>不想著早
> 知道應該學習更多知識才對</u>。
> 　1 學習更多知識才對　　　　2 不想著
> 　3 X（即，進入這樣的狀態）4 早知道應該

▲ 正確語順：仕事を始めてから　<u>3 というも
の</u>　<u>1 もっと勉強しておく</u>　<u>4 べきだった
と</u>　<u>2 思わない</u>　日はない。

▲ 因為「べき／應該」前面必須接辭書形，所
以可以將選項1和選項4連接起來。選項4

235

後面應填選項2。「始めてから／自從開始」後面應接選項3。「思わない日はない／沒有一天不想著」是雙重否定，是每天都這麼想的意思。

檢查文法：

▲「(動詞て形)からというもの／自從…以來一直」用在想表達"從…以來一直持續同樣的狀態"時。是"自從…以來"的意思。例句：

・子<ruby>供<rt>ど</rt></ruby>もが生<ruby><rt>う</rt></ruby>まれてからというもの、我<ruby><rt>わ</rt></ruby>が家<ruby><rt>や</rt></ruby>の生活<ruby><rt>せいかつ</rt></ruby>は全<ruby><rt>すべ</rt></ruby>て子<ruby><rt>こ</rt></ruby>ども中心<ruby><rt>ちゅうしん</rt></ruby>だ。

自從孩子出生之後，我家的生活完全繞著孩子打轉。

11 條件、基準、依據、逆接、比較、對比

問題 1

杜拜遊記

我利用公司的休假日去了杜拜旅行。旅遊行程是深夜從羽田機場搭機起飛，經過了 11 個多小時的飛行時間抵達杜拜，在那裡住了兩晚，於第三天晚上搭機返國。

杜拜是阿拉伯聯合大公國位於波斯灣沿海的一個城市，由歷代世襲^(注1)的酋長治理國家，其面積和埼玉縣大約相同。這裡 1-a 原本是個小漁村，進入 20 世紀之後發展成為貿易港口。自從 1966 年挖掘到石油之後突然變得非常富裕，其後的經濟發展朝著不單一依賴石油出口的方向積極努力。 1-b 如今，這裡已經發展成摩天大樓林立、全球聞名的一座豪奢^(注2)的商業城市。杜拜現在的石油產量 2 儘管不多，然而來自貿易、建設、金融、觀光等不同領域產業的收入仍足以支撐其財政所需。

這裡不愧是財政收入有 30%屬於觀光收入的城市，可供旅客遊覽的地方多不勝數，

甚至有好幾處都是享有「世界第一」稱號的名勝，包括世界第一高塔哈里發塔、龐大的人工島棕櫚島、擁有多達 1,200 家店鋪入駐的購物中心^(注3)、世界最高級的七星旅館卓美亞帆船飯店、世界最斜的人造塔樓(首都門)等等……。

總而言之，眼前所見無不令人「嘆為觀止」，3 為之折服。我在購物中心裡的咖啡廳彎腰俯瞰下方，各種膚色的人種穿著形形色色的服裝穿梭來往。身穿傳統民族服飾、貌似阿拉伯人的人 4 寥寥可數。據說阿拉伯人只佔杜拜總人口的不到 20%，因此阿拉伯人在這裡看起來反而像是外國人。

不過，這個以急速發展為自豪、宛如未來都市的杜拜，據說也曾面臨過非常嚴重的經濟危機。2009 年，這裡發生過一場被稱為「杜拜風暴」的無力償付債務^(注4)的金融危機。所幸得到阿拉伯聯合大公國首都阿布達比的經濟援助，目前的社會狀況已經相當穩定，各項開發工程也正在進行，現在仍然持續償還債務之中。

我心裡想著關於杜拜的這一切，從哈里發塔的 124 樓遙望底下的街景，忽然覺得位在沙漠中的杜拜市容正如「空中樓閣」^(注5)，宛如綻放在沙漠中的一朵虛幻之花^(注6)，剎時感到了一股微微的寒意^(注7)。然而，這也正式象徵 21 世紀文明的杜拜具有魅力之處。我不得 5 不祈求(我衷心祈求)這裡往後依然能夠繼續維持現在的繁榮盛景。

(注 1)世襲：由子孫繼承。

(注 2)豪奢：豪華而奢侈的樣子。

(注 3)購物中心：彙集了許多商店的建築物。

(注 4)無力償付債務：債務超過了債務人能夠償付的限度。

(注 5)空中樓閣：日文原意是蓋在沙上的

大厦，比喻基礎不穩固而容易崩塌
的事物。

（注6）虛幻之花（虛有其表）：日文原意是
沒有結果就凋謝了的花朵，比喻事
物沒有實質內容。

（注7）感到一股微微的寒意：覺得似乎有
點冷。

＊ **1. 答案 3**

1 a 如今是／b 原本是
2 a 原本是／b 如今也是
3 a 原本／b 如今
4 a 如今是／b 現在則是

▲ **1-a** 空格部分的後面「小さな漁村だった
が／原本是個小漁村」是過去式，**1-b** 的後
面「発展を誇っている／以發展為傲」是現
在式，所以可知 a 應填入「もとは／原本」，
b 應填入「今や／如今」。

＊ **2. 答案 2**

1 一方面有　2 儘管（儘管有、儘管是）
3 雖然有　4 有是有

▲ 注意題目空格的前後，「石油産出量はわず
か／石油產量不多」和「貿易や〜など幅広
い産業がドバイをささえている／來自貿
易…等不同領域產業的收入仍足以支撐杜拜
財政所需」，這前後兩項是相反的內容，所
以填入「にもかかわらず／儘管」最為適切。

＊ **3. 答案 2**

1 壓倒對方　　　　　2 為之折服
3 感到失望　　　　　4 聚集起來

▲ 要尋找能表達出看見「すごい／嘆為觀止」
的事物時內心震撼的詞語，找到了選項 2
「圧倒されて（しまう）／為之折服」是正
確答案。選項 1「圧倒して／壓倒對方」是

指展現出卓越的事物或出眾的力量來戰勝對
手。本題必須寫成被動式「圧倒されて／被
對方壓倒（為之折服）」。

＊ **4. 答案 4**

1 非常多　　　　　　2 了不起
3 是阿拉伯人啊　　　4 寥寥可數

▲ 空格後面的句子寫道「ドバイではアラブ人
こそ逆に外国人に見える／阿拉伯人在這裡
看起來反而像是外國人」，因此「アラブ人
らしい人はとても少ない／看起來像阿拉伯
人的人很少」，也就是說選項 4「わずか／
寥寥可數」是正確答案。

＊ **5. 答案 3**

1 祈求　　　　　　　2 雖然祈求
3 不祈求【願わずにはいられない＝不得
　不祈求＝衷心祈求】　4 持續祈求

▲ 這題考的是「ずにはおかない／不能不…」、
「ないではおかない／必須」。選項 3「願
わずにはいられない／不得不祈求」表達「ど
うしても願う気持ちになってしまう／衷心
祈求」的意思。

| 12　感情、心情、期待、允許

問題 1

＊ **1. 答案 3**

（即使）事到如今才後悔，也於事無補了！
1 由於　2 由於　3 即使　4 因此

▲「（動詞た形）ところで／即使…」用在想表
達 "即使做…也沒用" 時。例句：
・今から急いで行ったところで、どうせ間に
合わないよ。
　就算現在趕過去，反正也來不及了啦！

237

※「今さら／事到如今」是"事到如今"的意思。用在表達已經太遲了、為時已晚的句子中。

✱ 2. 答案 1

> 對少年所成長的家庭環境，（不由得）令人心生同情。
> 1 不由得　　　　　　2 …是最好的
> 3 沒辦法就只能…　　4 哪能…

▲「（名詞）を禁じ得ない／不由得」前接帶有情感意義的名詞，表示面對某種情景（看到、聽到或想到的），心中自然而然就會產生一種難以抑制的感情。例如：
・彼の輝く才能とセンスに嫉妬を禁じ得ない。
對他耀目的才華及獨特的品味，不禁感到嫉妒。

檢查其他選項的文法：

▲ 選項 2「（名である・動詞辭書形）に越したことはない／…是最好的」表示沒有比這個更好的了，那樣就在好不過了。前接名詞要多加「である」，也不符題意。例如：
・飲食店はおいしいに越したことはない。
餐飲店最重要的無非就是好吃。

▲ 選項 3「（名詞）を余儀なくされる／沒辦法就只能…」表示因為大自然或環境等，個人能力所不能及的強大力量，迫使其不得不採取某動作。不符題意。例如：
・会社が買収されて、彼は退職を余儀なくされた。
他的公司被收購，因此迫不得已辭去工作。

▲ 選項 4「（名詞・動詞辭書形）どころではない／哪能…」表示沒有做某事的時間或金錢等。不符題意。

✱ 3. 答案 4

> 發自內心（由衷地）祈禱新冠肺炎疫情能早日結束。
> 1 不能…　　　　　　2 …得不得了
> 3 …得不得了　　　　4 由衷地

▲「（動詞て形）やまない／由衷地」前接感情

動詞，表示那種發自內心關懷對方的感情，一直持續著。例如：
・これは私が尊敬してやまない先生の言葉です。
這是我發自內心尊敬的老師的話語。

檢查其他選項的文法：

▲ 選項 1「（動詞て形）（は）いられない／不能…」表示由於沒有時間而無法做某事，或由於精神上的原因不能維持現有的狀態。不符題意。例如：
・人が苦しんでいるのを見ていられなくて、つい手を貸してしまった。
不忍心看到有人備受折磨，不由得就動手幫起忙了。

▲ 選項 2「（動詞て形）たまらない／…得不得了」表示某種感情嚴重到使說話人無法忍受。不符說話人的心情。

▲ 選項 3「（動詞て形）かなわない／…得不得了」表示負擔太大了，因此而不能容忍。一般用在不滿或抱怨的情況。在這裡也不符說話人的心情。例如：
・隣の工事がガンガンガンと煩くてかなわない。
隔壁的工程鏘鏘鏘震耳聲響，真是吵死人了。

問題 2

✱ 4. 答案 1

> 提起那時從山頂上眺望的景色實在太壯觀了！我一輩子都不會忘記！
> 1 太壯觀了　2 那時眺望　3 提起　4 景色

▲ 正確語順：山頂から 2眺めた 4景色の 1素晴らしさ 3といったら。一生の思い出だ。

▲ 請注意如果把選項 2 填入句尾，句子則無法成立。將選項 4 和選項 1 連接在一起。「山頂から／從山頂上」的後面應接選項 2。句子最後應填入選項 3。選項 3 將「といったらない／實在是」的「ない」（本題是過去式所以應為「なかった」）省略了。

▲「(名詞)といったら(ない)／實在是」是表達"驚訝於程度之高(或低)"的説法。是口語説法。例句：

・怒られたときの、うちの犬の顔といったらないんだ。人間よりも悲しそうな顔をするよ。

說起我家那隻狗挨罵時的表情簡直難以形容，看起來比人類還要傷心難過呢！

＊5. 答案 4

就算向她表白，<u>反正都會被甩的</u>，所以還是放棄算了，可是…。
1 可是…　　　　　2 反正
3 都會被甩的　　　4 還是放棄算了

▲ 正確語順：彼女に告白したところで、2ど
うせ　3振られるのだから　4やめておけ
ばいい　1ものを。

▲「告白したところで／就算向她表白」的意思是"即使向她表白"，是表示否定的意思。選項2是表達"無論做什麼都沒用、結果都是不行的"意思的副詞，因此選項3的前面應填入選項2。選項3的「だから／所以…」後面應接選項4。選項1是"可是…"的意思，是表達可惜的心情或語含責備的説法。

検査文法：

▲「(動詞た形)ところで／即使」是"做…也是沒用的"的意思。例句：

・私なんかが、どんなにがんばったところで、佐々木さんに勝てるはずがないよ。

像我這樣的人即使再怎麼努力，也不可能贏過佐佐木同學啦！

▲「(動詞、形容詞の普通形)ものを／然而卻…」是陳述説話者假設的期待狀況，用於表達對現實不滿的心情。例句：

・山田さんも、意地を張らないで、ちゃんと奥さんに謝ればよかったものを。

山田先生也別賭氣了，只要誠心向太太道歉就沒事了嘛。

▲ 從這句例句可知，説話者期待山田先生向太太道歉，但因為山田先生沒有這麼做，因此説話者覺得很可惜。另外，「ものを／然而卻…」後面的「謝らなかった／沒有道歉」常常被省略。

| 13　主張、建議、不必要、排除、除外

＊1. 答案 1

(又不是)小孩子，人家叫你回去，你就真的回來了嗎？
1 又不是　2 要是　　3 不管　　4 …一樣

▲ 因為是責備「そのまま帰ってきた／就這樣回來了」，所以要選擇「あなたは子供ではないのに／你明明不是小孩子了」意思的選項。「(名詞)では(じゃ)あるまいし／又不是…」是"因為不是…"的意思。

檢查其他選項的文法：

▲ 選項2「(名詞)ともなると／要是…那就…」用在想表達"到了…某較高的立場或程度"時。例句：

・大学も4年目ともなると、授業のサボり方もうまくなるね。

大學都已經上了四年，蹺課的方法也越來越純熟囉。

▲ 選項3「(名詞)いかんによらず／不管」是"和…無關"的意思。例句：

・レポートは内容のいかんによらず、提出すれば単位がもらえます。

不論報告內容的優劣程度，只要繳交，就能拿到學分。

▲ 選項4「(名詞)ながらに／…狀(的)」是"…狀(做某動作的狀態)"的意思。例句：

・その男は事件の経緯を涙ながらに語った。

那個男人流著淚訴說了整起事件的來龍去脈。

239

由於政府的應對失當而導致受害範圍的擴大。這（不是）人禍（又是什麼呢）？
　1 不可能是那樣　　　　2 頂多
　3 用不著　　　　　　　4 不是…又是什麼呢

▲ 要寫成表示「これは人災だ／這是人禍」意思的句子。「人災／人禍」是指因人為的不注意等而引起的災害。能使句子成為肯定句的是選項 2 和選項 4。

▲「（名詞）でなくてなんであろう／不是…又是什麼呢」用在想表達 "正是因為…、除了…以外就沒有了" 時。是較生硬的説法。例句：
・事故の現場で出会ったのが今の妻だ。これが運命でなくてなんであろうか。
　我在事故的現場遇到的那位女子就是現在的太太。如果這不是命運，那又是什麼呢？

檢查其他選項的文法：

▲ 選項 1「（名詞、普通形）であろうはずがない／不可能是那樣」用在想表達 "有根據認為絕對不會…" 時。例句：
・彼が犯人であろうはずがない。そのとき彼は香港にいたのだから。
　他不可能是兇手！因為那時候他人在香港。

▲ 選項 2「（数量）といったところだ／頂多…」用在想表達 "最多也才…" 時。例句：
・頑張ったが、試験はあまりできなかった。70 点といったところだろう。
　雖然努力用功了，但是考題還是不太會作答。估計大約七十分吧。

▲ 選項 3「（名詞、動詞辞書形）には当たらない／用不著…」用在想表達 "沒必要…" 時。例句：
・たいした怪我ではありませんから、救急車を呼ぶには当たりませんよ。
　傷勢不怎麼嚴重，用不著叫救護車啦！

如果找不到飯店，那就在野地露宿（就是了）。
　1 甚至能…　　　　　　2 …就是了
　3 一直…　　　　　　　4 依舊…

▲「（動詞た形・動詞辭書形）までだ／…就是了」表示現在的方法即使不行，也不沮喪，再採取別的方法。

檢查其他選項的文法：

▲ 選項 1「（動詞辭書形）ほどだ／甚至能…」為了說明前項達到什麼程度，在後項舉出具體的事例來。不符題意。例如：
・夫は口が達者で、セールスに来た営業マンも逃げ出すほどだ。
　我先生能言善道，他甚至能把上門推銷的推銷員嚇得逃之夭夭。

▲ 選項 3「（動詞辭書形）ばかりだ／一直…」前接表示變化的動詞，表示事態朝不好的方向，越來越惡化。不符題意。

▲ 選項 4「（名詞の・形容詞普通形・動詞た形）ままだ／依舊…」表示某狀態沒有變化，一直持續的樣子。不符題意，也沒有「動詞辭書形＋まま」的形式。例如：
・経営陣が代わっても、経営体質は依然、古いままだ。
　即使換了經營團隊，經營體質仍一如往昔的保守。

聽說颱風即將登陸。明天的登山活動（不得不）取消。
　1 總不能　　　　　　　2 不得不
　3 得以逃過一劫　　　　4 無法那樣做

▲ 要選有「中止する／取消」意思的選項。「ざるを得ない／不得不…」用在想表達 "我並不想這樣，但因為某個原因所以沒有辦法" 時。例句：
・この学生は、面接の印象はよかったが、テストの点数がこんなに悪いのでは、落とさ

ざるを得_えない。

這個學生面試時給人的印象不錯，可惜筆試分數太糟糕了，不得不刷掉他。

▲ 句型是「（動詞ない形）ざるを得ない／不得不」，但「する／做」是例外，必須寫作「せざるを得ない／不得不做」。

檢查其他選項的文法：

▲ 選項 1「（動詞辞書形）わけにはいかない／不可以」用在想表達 "由社會角度或心理因素而無法做到" 時。例句：

・友達_{ともだち}と約束_{やくそく}をしたので、話_{はな}すわけにはいかない。

我已經答應朋友絕對不告訴任何人了，所以不可以講給你聽。

▲ 選項 3，「（動詞ない形）ずにすむ／不…也行」用在想表達 "不做…也沒關係" 時。例句：

・保険_{ほけん}に入_{はい}っていたので、治療費_{ちりょうひ}は払_{はら}わずにすんで、助_{たす}かった。

多虧已經投保才不必付治療費用，省了一筆支出。

▲ 選項 4，「（動詞ない形）ずにはおけない／不能不…」是 "不…就是無法原諒，一定要這麼做" 的意思。例句：

・不良品_{ふりょうひん}を高_{たか}く売_うるようなやり方_{かた}は、罰_{ばっ}せずにはおけない。

將瑕疵品以高價售出的行徑，非得處以重罰才行！

※ 選項 3、選項 4，「する／做」後面接否定的「ず（に）／不…」時，不會寫「しず（に）」，而應寫作「せず（に）／不」。

＊ 5. 答案 2

假如是失去了所有的財產倒還另當別論，只不過是彩券沒中獎，用不著那麼沮喪吧。

1 用不著　　　　　　2 只不過是
3 另當別論　　　　　4 彩券沒中獎

▲ 正確語順：全財産_{ぜんざいさん}を失_{うしな}ったというのなら　3 いざ知らず　4 宝_{たから}くじがはずれた　2 く

らいで　1 そんなに　落_おち込_こむとはね。

▲ 考量到「全財產失去了／失去了所有的財產」和選項 4 是相對的，因此中間填入選項 3。連接選項 4 和選項 2。選項 1 填入「落ち込む／沮喪」前面。

▲ 句尾「とは」是表示驚訝的説法。「とは」後面的 "…驚人、…訝異" 被省略了。

檢查文法：

▲「（名詞、普通形）ならいざ知らず／倒還另當別論」先舉出一個極端的例子，表示 "如果是…也許是這樣，（但情況並非如此）"。例句：

・プロの料理人_{りょうりにん}ならいざしらず、私_{わたし}にはそんな料理は作_{つく}れませんよ。

姑且不論專業的廚師，我怎麼可能做得出那種大菜嘛！

▲「（名詞、普通形）くらい／不過是…」用在想表達程度很輕的時候。例句：

・そのくらいの怪我_{けが}で泣_なくんじゃない。

不過是一點點小傷，不准哭！

| 14 禁止、強制、讓步、指責、否定

＊ 1. 答案 4

（自從）家母（遭受）詐騙之後，就變得非常害怕接聽電話了。

1 雖説遭到了　　　　2 一旦遭受之後
3 為了遭受　　　　　4 自從…遭受…

▲「（動詞て形）＋からというもの／自從…以來」是 "從…後一直" 的意思。用在想表達當時發生的變化，之後也一直持續下去的時候。例句：

・営業部_{えいぎょうぶ}に異動_{いどう}になってからというもの、夜_{よる} 8 時_じより前_{まえ}に帰_{かえ}れたことがない。

自從被調到業務部以後，再也不曾在晚上八點之前回到家了。

檢查其他選項的文法：

▲ 選項 1「(名詞、普通形) といえども／雖説…可是…」是"即使如此"的意思。例句：

・有名人といえども、プライバシーは尊重されるべきだ。

雖説是知名人士，仍然應該尊重他的隱私。

▲ 選項 2「たら最後／一旦…就…」用在想表達"如果…的話一定會造成可怕的後果"的時候。例句：

・このお菓子は、食べ始めたら最後、一袋なくなるまでやめられないんだ。

這種餅乾一旦咬下第一口，就忍不住一口接一口，直到最後把一整包統統吃光了。

▲ 選項 3「(動詞辞書形) べく／為了…而…」是"為了…"的意思，是較生硬的説法。例句：

・新薬を開発するべく、研究を続けています。

為了研發出新藥，研究仍在持續進行。

✱ **2. 答案 1**

（雖説）並不曉得那是非常重要的東西，仍然必須為我予以擅自丟棄致上歉意。

1 雖説　　　　　　　　　2 儘管如此
3 原以為　　　　　　　　4 似乎…般地

▲ 從（　　）前後文的關係來考量，「(名詞、普通形) とはいえ／雖説」用在想表達"…雖是事實，但還是…"時。例句：

・駅前とはいえ、田舎ですので夜 7 時には真っ暗になりますよ。

雖説是車站前面的鬧區，畢竟是鄉下，到了晚上七點就一片漆黑囉。

檢查其他選項的文法：

▲ 選項 2「(名詞、普通形) にもかかわらず／儘管如此」是"雖然…但還是"的意思。例句：

・悪天候にもかかわらず、多くのファンが空港に押し寄せた。

儘管天氣惡劣，仍然有大批粉絲爭相擠進了機場。

▲ 選項 3「(普通形) と思いきや／原以為…」

用在想表達"雖然是…這麼想，但事實並非如此"時。例句：

・去年できたこのラーメン屋は、すぐに潰れるかと思いきや、なかなか流行っているようだ。

去年開張的這家拉麵店，原本以為很快就會倒閉了，沒想到成為一家當紅的名店呢！

▲ 選項 4「(発話文) とばかり (に)／似乎…般地」是"簡直就像是在説…的態度"的意思。例句：

・母は、がんばれとばかりに、私の肩をたたいた。

媽媽拍了我的肩膀，意思是幫我打氣。

✱ **3. 答案 2**

您這麼忙 (的時候) 還特地撥冗前來，直在不敢當。【亦即，您在百忙之中…】

1 即使　　　　　　　　　2 …的時候
3 依照不同的地方　　　　4 從…的部分

▲「(普通形、な形 - な、名詞 - の) ところを／…的時候」是用在"在…的時候卻…、在…的狀況卻…"時，是表示抱歉的説法。例句：

・お休みのところを、お邪魔いたしました。

不好意思，在您休息的時間打擾了。

✱ **4. 答案 1**

隨著企業進軍海外，國內產業亦不得不 (隨之) 衰退。

1 隨之　　　　　　　　　2 使之
3 正在做　　　　　　　　4 正在做被交付的事

▲「(名詞) を余儀なくされる／不得不…」是"因為某些原因，所以不得不做…"的意思。「される」是被動形。例句：

・震災の被害者は、不自由な暮らしを余儀なくされた。

當時震災的災民被迫過著不方便的生活。

▲ 選項2「を余儀なくさせる／不得不…」用在想表達"讓某事變成…的狀況"時。「させる／使…」是使役形。例句：

・景気の悪化が、町の開発計画の中止を余儀
  けい き　あっ か　　　　　　まち　かいはつけいかく　ちゅうし　よ ぎ
  なくさせた。

随著景氣的惡化，不得不暫停執行城鎮的開發計畫了。

▲ 沒有選項3和選項4的説法。

＊5. 答案 2

即使是十惡不赦的壞人，如果死了，還是
會有為他傷心的家人。
　1家人　2傷心　3如果死了　4即使是

▲ 正確語順：どんな悪人　<u>4といえども</u>　<u>3</u>
　　　　　　　　　　あくにん
　<u>死ねば</u>　<u>2悲しむ</u>　<u>1家族が</u>　いるのだ。
　　し　　　　　　かな　　　　　　か ぞく

▲ 接在「どんな悪人／十惡不赦的壞人」後面的是選項4。「いるのだ／會有」前面的是選項1。選項3和選項2是用來説明選項1的詞語。

※ 如果連接選項1和2寫成「家族が悲しむ／家人很傷心」的話，就無法連接句尾的「いるのだ／會有」。

▲「(名詞)といえども／即使是…」用在想表達"雖然…是事實，但實際情況和想像中的並不同"時。例句：

・社長といえども、会社のお金を自由に使う
　しゃちょう　　　　　　かいしゃ　かね　じ ゆう　つか
　ことは許されない。
　　　　ゆる

雖説是總經理，仍然不被允許隨意動用公司的資金。

Index 索引

244

245

MEMO

絕對合格 全攻略！
新制日檢！
N1 必背必出文法 (20K+MP3)

絕對合格 15

● 發行人	林德勝
● 著者	吉松由美・田中陽子・西村惠子・山田社日檢題庫小組
● 譯者	吳季倫
● 出版發行	山田社文化事業有限公司

地址　臺北市大安區安和路一段112巷17號7樓
電話　02-2755-7622　02-2755-7628
傳真　02-2700-1887

| ● 郵政劃撥 | 19867160號　大原文化事業有限公司 |
| ● 總經銷 | 聯合發行股份有限公司 |

地址　新北市新店區寶橋路235巷6弄6號2樓
電話　02-2917-8022
傳真　02-2915-6275

● 印刷	上鎰數位科技印刷有限公司
● 法律顧問	林長振法律事務所　林長振律師
● 定價+MP3	新台幣399元
● 初版	2020年7月

© ISBN : 978-986-246-582-0
2020, Shan Tian She Culture Co., Ltd.

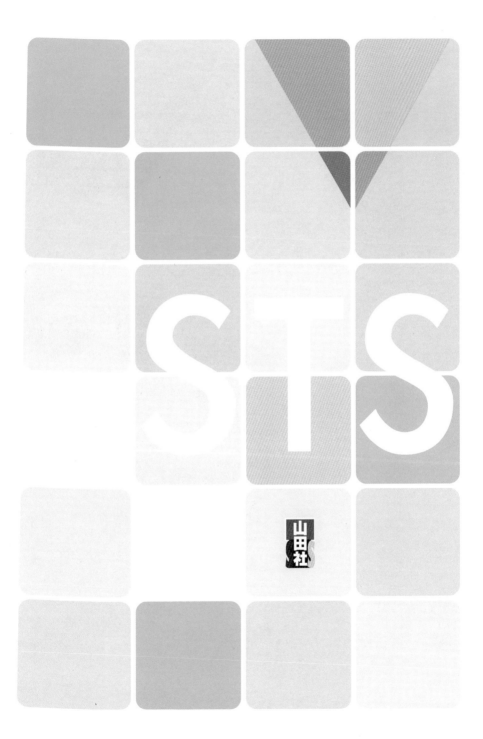

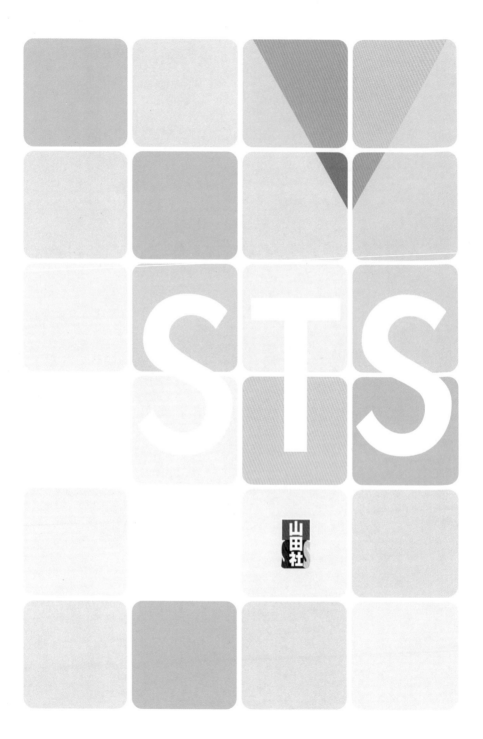